沖縄コンフィデンシャル

楽園の涙

高嶋哲夫

集英社文庫

目次

本作はフィクションであり、実在の個人・団体・事件などとは、一切関係ありません。

本書は、「ｗｅｂ集英社文庫」二〇一七年十一月～二〇一八年四月に配信されたものを大幅に加筆・修正したオリジナル文庫です。

沖縄コンフィデンシャル

楽園の涙

第一章　真実の行方

1

心地よい音。さらに眠りに引き込もうとする音。

静かな子守唄にも似た波の音だ。こんな音をスマホの呼び出し音にするのはバカだと言ったのは、ノエルだ。

反町は目を閉じたまま手を伸ばし、枕元を探ってスマホをつかんだ。

〈今、どこにいるの〉

ノエルの声が飛び込んでくる。

「家だ。俺は今、爆睡中だ」

〈一課は暇でいいね。何時だと思ってるの〉

「昨日の夕方から張り込みをやって、日付が変わってからコンビニ強盗を二人逮捕した。タレコミがあった。報告書を書いて帰宅したのが――」

目を開けると強い陽光が脳の奥まで流れ込んでくる。

デスクのデジタル時計に目をやると午後一時だ。まだ一時間も寝ていない。

〈今、那覇中央病院。頭から血を流した女性が病院に運び込まれた。かなりひどい傷。新都心のショッピングセンターの駐車場で襲われた。ハンドバッグを取られそうになって、抵抗したら殴られて車止めに頭をぶつけた。犯人はそのまま逃走〉

「引ったくりか。おまえとどういう関係がある」

〈第一発見者がアメリカ人の老夫婦。だから私が呼ばれた〉

「引ったくりだろ。所轄の刑事が行ってるはずだ。なんで、わざわざ俺に知らせる。具志堅さんからの呼び出しもない」

〈来れば分かる。私に言えるのはそれだけ〉

病院名を繰り返して、電話は切れた。

スマホを置くと同時に、また波の音が聞こえる。やはり、この着信音は正解だった。サーファーの反町には、意識の切り替えができる。さあ、次のウェイブだ。

〈那覇中央病院だ。そっちで会おう〉

それだけで電話は切れた。具志堅からだ。彼は反町の相棒であり、大先輩のベテラン刑事だ。彼から電話があるということは、ただの引ったくりではないのか。

反町は勢いをつけて上半身を起こした。

眠気の大部分は具志堅からの電話で消し飛んでいたが、全身がだるい。身体は正直で、まだ睡眠を求めている。

遅れると無言の制裁を受ける。刑事としての自覚の薄い奴は俺の視野から消えろ、と具志堅の目は言っている。

冷たいシャワーで身体から倦怠感を追い出し、自転車に飛び乗った。

反町雄太は二十九歳、巡査部長。沖縄県警刑事部捜査一課の刑事だ。与那原町の宮良よし枝というお婆さんの家に下宿していて、県警本部まで自転車で通っている。自転車は本土から持ってきたロードバイクだ。

ヘルメットが風を切る感触が心地よかった。

五月の沖縄。

強い日差しが全身を包み、一分で汗が噴き出してくる。

梅雨に入る前の蒸し暑い日々だ。今年は梅雨入りが遅れ、一気に夏が来たような晴れた暑い日が続いている。湿度は高く、息苦しいほどだ。これも地球温暖化のせいかと、マスコミは連日騒いでいる。

サングラスを通した強い陽が目の奥に沁み込んでくる。

ノエルの言葉がよみがえった。「来れば分かる」とはどういう意味だ。

那覇中央病院は新都心にある。ノエルと具志堅の電話は、おそらく同じ事件だ。

那覇新都心とは、那覇市北部の再開発地区のことだ。米軍牧港(まきみなと)住宅地区が返還されたとき、その跡地を含む二百十四ヘクタールが再開発された。広くて近代的な大型ショッピングセンターを中心に、高級ブランド品の大型免税店、県立博物館や総合運動公園などの公共施設群が集まっている。さらに、高層の商業ビルやマンション、モノレールの駅が並ぶ。南部の県庁地区とともに那覇の新しい顔となる場所だ。

那覇中央病院に駆け込み、看護師に告げられた集中治療室に行くと、若い制服警官が廊下の椅子に座っている。

赤いハイビスカス柄のアロハにくたびれたジーンズ、スニーカー姿の反町を見て、顔をしかめて立ち上がった。

警察手帳を見せると姿勢を正して敬礼した。

手の平を返したような態度には慣れている。鏡を見ると文句は言えない。異様に色が黒いのは、サーフィン焼けだ。反町も背筋を伸ばし返礼したところで、エレベーターが開き、ノエルと二人の男が出てきた。

男は比嘉(ひが)という、反町も知っている五十代半ばの那覇署の刑事だ。彼の相棒は親泊(おやどまり)、反町の一歳下の刑事だ。何度か一緒にサーフィンをしたことがある。彼らは沖縄生まれ、沖縄育ちの生粋のウチナーンチュだ。比嘉は白のカッターシャツ、親泊は赤いハイビスカス模様のかりゆしウェアを着ている。かりゆしウェアは沖縄では正装として通るが、赤は勤務中に着るには派手すぎる。親泊も所轄の跳ね返り者か。

二人が怪訝そうな顔で反町を見た。ノエルを見ると顔を背けている。

「女が襲われて大怪我をしたっていうから来てみた」

「引ったくり、物取りでしょう。わざわざ県警本部の刑事さんが来る必要はないですよ」

比嘉の言葉は皮肉にも取れる言い方だ。トゲを含んでいる。

「反町さんは、天久警部補が呼んだんです。二人は同期ですから。引ったくりといっても傷害事件です」

親泊が取り繕うように言う。

反町はノエルの腕をつかんで二人から離れ、声を潜めた。

「なんで俺を呼んだ。那覇署の奴らに嫌味を言われた」

「手術が終わって集中治療室に運ばれたところ。担当医に会ってきた。頭を打ったことによる脳挫傷だけど軽い部類。手術で血腫を取り除いた。処置が早かったので命に別状はない。けど、意識は戻ってない。現場はショッピングセンターの駐車場」

ノエルは反町の言葉を無視して要点だけを一気に言った。

「女の身元は？　もう分かってるんだろ」

ノエルが目で集中治療室を指した。

反町は窓ガラス越しに覗き込んだ。

「あれは――」

出かかった言葉を呑み込んだ。

頭に包帯を巻いた女性が横たわっている。色白で整った顔。美しい女性だった。まるで眠っているように穏やかな表情だ。だが、右目の下と唇の横にできた青アザが異形だった。殴られた痕か。

「儀部優子。知り合いでしょ」

優子の夫、儀部誠次は沖縄の有力者だ。軍用地の大地主で、サトウキビ畑と製糖工場を持っている。何ヶ所か所有している軍用地の賃料だけで年に億単位の収入がある。

現在、沖縄県の面積の約一割が米軍基地となっていて、地代は年間約一千億円に達する。これらは思いやり予算として日本政府から支払われている。

軍用地を新たに購入すれば、国との賃貸借契約は最長で二十年続く。地代は毎年一パーセントずつ上昇しており、持っているだけで安定した収入が入り、地価も上がる。管理費も修繕費もいらない。軍用地だという証明書があれば、沖縄の銀行は地代の七割程度はすぐにも融資してくれる。軍用地が金融商品と言われる所以だ。

「発見者のアメリカ人夫婦はどうした」

「現場で帰ってもらった。話はショッピングセンターの駐車場で聞いた。二人は事件とは関係ない。免税店で買い物をして駐車場に戻ると、女性が強盗に襲われ、揉み合っていた。鼻血で血まみれになってね。男がハンドバッグを取ろうとして顔を殴ったのよ。女性は倒れて車止めのコンクリートに頭をぶつけた。奥さんが悲鳴を上げたので、犯人は逃げていった」

　ノエルが反町に事件のあらましを話した。それに、と言って改めて反町を見た。

「彼女、ハンドバッグに三百万円入りの封筒を持っていた。百万円の束が三つ。帯封に銀行名が入っていない札束」

「赤堀も呼んだほうがよさそうだ」

「それは待ったほうがいいんじゃないの」

　ノエルの目がエレベーターに向いている。開いたドアから、具志堅が出てきた。

「えい、反町。ちゅーや早かったな」

　具志堅の声が響く。彼の沖縄言葉が違和感なく耳に入るようになったのは、最近になってからだ。ってからだ。ちゅーやは今日は、の意味だ。

　具志堅正治は五十八歳で反町の相棒だ。沖縄生まれの沖縄育ち。ウチナーンチュを絵に描いたように小柄でずんぐりして、大き目の顔に太い眉がドンとある。一見のんびりした男だが、沖縄古武道の達人だ。警察官になって三十六年のたたき上げの刑事、警部補だ。

「被害者は儀部優子、三十二歳――」

反町はノエルから聞いた事件の概要を具志堅に説明した。具志堅は平然とした顔で聞いている。

「そうなんだろ」

横で聞いていた所轄の二人に同意を求めると、慌てて頷(うなず)いている。

「女の意識が戻れば、犯人の識別は可能ということか」

「揉み合っていますから、顔は見ていると思われます」

「他の目撃者はいないのか」

「アメリカ人の老夫婦だけです。犯人が逃げる後ろ姿を見ていますが、ほんの一瞬で顔は見ていないようです。すでに帰ってもらっています」

「特徴は聞いたか」

続けて質問する具志堅から沖縄言葉が消えている。

「背の高い痩せた男。ライトブルーのポロシャツを着て、若い感じだったと言っています。その他は不明です。ほんの一瞬、後ろ姿を見ただけです。引ったくり未遂事件と思われます」

具志堅が考え込んでいる。

「被害者は儀部誠次の奥さんです」

「だから、おまえに電話した。俺は様子を見にきただけだ」

反町の言葉に具志堅が平然とした顔で言う。

しかし、と言って反町と所轄の二人を見すえた。

「初動捜査では先入観は入れるな。誰の女房であろうと関係ない。白紙で当たれ。すべての状況を把握した後で、様々な事情を当てはめて考えろ」

反町の思いを察してか、淡々とした口調で言うとエレベーターのほうに歩いていく。

反町は県警本部に戻るというノエルを追って駐車場に向かった。

「おまえ、いつ警部補になった。親泊がそう呼んでたよな」

「先月の試験で通った。別に隠してたわけじゃない。来月の官報に載る」

「俺には何も言わなかっただろ」

「昇進するのに、あんたに断る理由なんてない」

「だいぶ、元気になったな。立ち直りが早いタチだな」

「あんたこそ、大丈夫なの」

ノエルの言葉に、反町の心の奥に押し込めている思いが微(かす)かに疼(うず)きだす。

「時間に遅れないでよ」

その思いを打ち消すように、ノエルが車から顔を出して怒鳴った。今夜、同期の三人が集まって飲み会をする約束になっている。

ノエルの専用車になっている、国際犯罪対策室の黄色い軽自動車が走り出すのを見送ってから、反町はロードバイクに乗った。

天久ノエルは反町と同期で階級は同じ巡査部長だったが、先の昇進試験に受かったらしい。二十九歳の警部補はノンキャリとしては異例の早さだ。反町は試験を受けることさえ、考えたことがなかった。

エキゾチックな日本人にしか見えないが、ノエルは黒人と白人のハーフの米兵と日本人の母の間に生まれた。顔は母親、身体つきは父親の血を引いていると言っていた。身長は百七十五センチの反町とほぼ同じだが、脚の長さに反町は目を見張ったものだ。

根っからのウチナーンチュで、県内の国立大学法学部を出て、在学中に交換留学生として一年間ハワイ大学に留学している。英語はネイティブ並みだ。

所属は刑事部刑事企画課・国際犯罪対策室だ。

沖縄は基地がある関係で米兵がらみの事件が多い。さらに最近は中国人を筆頭に、韓国、台湾など近隣アジア諸国からの観光客が爆発的に増えている。その対応のための部署で、英語に堪能(たんのう)な警察官を置いている。

ノエルはやっと以前のノエルに戻りつつある。少し前までは平静を装っているのが見え見えで痛々しかった。半年ほど前、沖縄と東京を巻き込んだ危険ドラッグ、「ドラゴンソード」事件では、心身ともに大きな痛手を受けた。すぐに立ち直れというほうが無理だ。この事件では反町も大きな心の傷を負っている。

反町は空を見上げた。

蒼穹が広がっている。その中に数個の白雲が浮かんでいた。

反町は東京生まれ東京育ちだが、大学一年の夏、沖縄に来て就職はここと決めた。東京から飛行機で三時間弱。太陽の輝きと空と海の青さ。本土とは違う世界がそこにはあった。日本でありながら、明らかに違っている。初めて本物の海と空を見たと感じた。自分の居場所を見つけたような気がしたのだ。ここには新しい世界と人生があると。

それから毎年沖縄に通い、大学卒業後一年の浪人を経て、沖縄県警に就職した。

2

沖縄県警察本部は那覇市の中心部にある。

沖縄最大の繁華街、国際通りの西に沖縄県庁、那覇市役所等が集まる官庁街がある。その一角の九階建ての建物だ。

反町は県警本部に戻ると、その足で捜査二課に行った。

刑事部捜査一課が殺人、強盗、暴行など凶悪犯罪を扱うのに対し、捜査二課は詐欺、横領、汚職、不正融資・背任などの企業犯罪、経済犯罪、選挙違反などの知能犯罪を対象に捜査する。

「約束は今夜だろ。まだ五時間ある」

「話がある。場所を変えないか」

「ここでいい。さっさと言ってくれ。気が散るだろ」

背後に立った反町に、赤堀がいつも通り振り向きもせずに言った。彼は自分の仕事以外には、ほとんど興味を示さない。

赤堀寛徳(ひろのり)は準キャリアで警察庁採用。沖縄県警に出向してきている。反町より一歳若いが、課長補佐で階級は警部。反町の二階級上だ。

「新都心のショッピングセンターでちょっとした事件があった。女性が暴漢に襲われ、殴られて車止めで頭を打って意識不明だ」

「一課の仕事だ。それも所轄だ。僕には関係ない。僕が忙しいのは分かってるだろ」

「襲われた女は優子だ。儀部優子」

パソコンの画面に目を止めたままだった赤堀が立ち上がると、反町の腕をつかんで部屋を出た。そのまま隣の会議室に入っていく。部屋に入るとドアを閉めた。

「優子さんが襲われて意識不明に――」

「おまえが捜査していた儀部誠次の妻だ。ハンドバッグを取られそうになって、抵抗して頭を打った。今のところ命に別状はないが意識が戻っていない」

「犯人は逮捕されたのか」

「所轄が引ったくりの線で、これから捜査に入る」

反町は事件の概要を説明した。赤堀が無言で聞いている。

「状況からしたら、単なる物取りだ。車は新車のＢＭＷ。彼女はブランド物を身に着けている。服はもちろん時計、靴。ハンドバッグはエルメスだ。問題は三百万円入りの封筒だ。犯人が知ってたかどうか」

「三百万？」

「百万円の束が三つ。ハンドバッグに入っていた」

「犯人はそれを狙ったのか」

「分からん。抵抗したので殴られて倒れた。人が来たので、犯人は何も取らずに逃げている。単なる引ったくりだろうが、一応知らせておこうと思った」

「優子さんの意識が――」

赤堀は想像以上に動揺している。

「儀部の土地の捜査はまだ続いているのか」

赤堀が一瞬躊躇するように視線を逸らせたが、すぐに反町に戻した。

「僕一人だが、まだ追ってる。定期的に上に報告している。儀部が彰に対する訴えを取り下げたので、表立っては動いていないが」

彼の上というのは、東京の警察庁のことだ。

一年前、赤堀は儀部親子の軍用地がらみの事件について調べていた。

儀部誠次には二人の息子がいる。最初の妻の子である長男の彰、三十三歳と、二番目の妻の子、次男の敏之、二十三歳だ。

沖縄では長男の立場は絶対的だ。家を継ぎ、護っていく。中でも旧家である儀部家は特にその傾向が強かったのだろう。そうした立場にありながら、彰は儀部の所有する軍用地の一つの権利証と実印を持って東京に逃げた。怒った儀部は実の息子の彰を窃盗で訴えた。その事件を担当したのが刑事部二課の赤堀だった。その後、儀部は訴えを取り下げた。強姦事件など、親告罪の刑事事件は、被害届が取り下げられると捜査はすべて中止となる。しかし窃盗は非親告罪なので、違法行為があったことを警察が確認すると、被害者が捜査の中止を訴えても捜査や取り調べを中止することはない。その判断は、警察に委ねられる。

反町は赤堀に車の運転を頼まれ、何度か儀部の家に行ったことがある。そのとき優子に会った。どこか憂いを含んだ美しい女性だった。優子は儀部の三番目の妻で三十二歳。

六十九歳の儀部とは親子ほどの歳の差だ。

優子が儀部と結婚したのは、当時生きていた母親の生活と金のためだと赤堀は話した。赤堀が優子に同情し、好意を抱いていることは間違いない。たしかに、優子の美しさは際立っていた。

「優子を襲ったのは、儀部誠次ということは考えられないか」

ふと思いついて聞いただけだが、赤堀の表情が変わった。

「なぜ自分の妻を襲う。おまえ、何か知ってるのか」

「忘れろ。単なる思いつきだ」

そうは言ったが、赤堀は納得していない様子だ。

「二人の関係に思い当たることがあるのか」

反町は聞いたが、赤堀は答えない。逆に反町に質問した。

「なぜ、優子さんは新都心のショッピングセンターに行った」

「俺が知るか。意識が戻ったら聞いてみろ」

「誰かに呼び出されたということはないか」

「彰のことを言っているのか」

一年前、反町は赤堀に数枚の写真を見せられた。望遠レンズで隠し撮りされた写真だ。そこには男女の密会の場面が写っていた。二人は寄り添って歩き、キスをしてマンションに入っていった。女が出てきたのは翌日の昼だ。明らかに恋人関係だ。男は儀部彰、女は優子だった。二人は義理とはいえ親子に当たる。

親子ほど歳の違う儀部夫婦。儀部の息子、彰と優子は同年代だ。同じ屋根の下に住んでいれば、お互い惹(ひ)かれ合っても不思議ではない。

二人が東京で密会している。それを儀部が知れば、反町の言葉も思いつきではなくなる可能性もある。

だがその写真以上に反町を驚かせたのは、赤堀の表情だった。心底疲れ切り、苦悩に満ちた表情だった。優子に対する思いの深さに違いない。それが一年たった今も続いているのか。

「優子さんが入院している病院に行きたい。一緒に行ってくれ」

「仕事はいいのか」

「これだって、仕事の一部だ」

他の仕事で忙しいんじゃないのか、反町は出かかった言葉を呑み込んだ。

沖縄の公共交通はゆいレールと呼ばれるモノレールとバスだ。電車はなく、ゆいレールも那覇空港―首里(しゆり)間だけを走っている。あとはタクシーしかなく、車がないと移動には不便だ。

赤堀は一年近くかけて運転免許を取ったが、極度に運転を嫌っている。何のために免許を取ったのかと聞くと、資格を取るのが趣味だと答えた。

反町は赤堀を県警の車に乗せて、再度病院に行った。

集中治療室の前には那覇署の制服警官と、比嘉と親泊が残っていた。二人は帰り支度を始めたところだった。

所轄の事件は、基本的に所轄で捜査される。殺人などの重要事件では合同捜査本部が立ち上がり、県警本部の刑事が中心となって所轄とともに捜査することになる。今回の場合、所轄のみで処理される事件だ。

「引ったくりが傷害事件に発展した部類だ。双方にとって、最悪のケースになった」

比嘉が気楽な口調で言った。おそらく彼の言葉は正しい。優子に個人的な感情を持っていなければ、当然の判断だ。

反町の横で悲痛な表情で集中治療室の優子を見つめている赤堀に、親泊が不審の目を向けている。端整でふっくらしていた優子の顔は異様に青白く、ロウ人形のようだった。それでも、際立って美しかった。

「捜査方針は決まりましたか」

「被害者の持っていた高級バッグを狙った物取りだろう。エルメスの中でも、人気があるバッグだ。中古で売っても五十万は下らない」

あるいは、と言って反町は比嘉に視線を止めた。

「三百万の現金を持っていることを知っていて、それを狙った」

「しかし、その線は薄い。やり方が衝動的すぎる。大金を持っていると知っていたとは思えない。まず、ショッピングセンター周辺で起こった過去の引ったくり事件をピックアップしてみる。似たような犯行があるので、追って報告する」

「引ったくりと、決めつけていいんですか」

「決めつけちゃいない。正攻法だ。近辺の防犯カメラを調べて、不審者を拾い出してみる。被害者の意識が回復したら、犯人の特徴が分かる。被害者に確認させて、それで事件は解決だ」

比嘉が反町を睨んで言う。県警本部に対する対抗意識剝き出しだ。

反町はいつも具志堅に言われていることを口に出しただけだが、比嘉の顔を見て後悔した。

反町たちが話している間も、赤堀は集中治療室の窓に顔をつけるようにして、ベッドに横たわる優子を見ている。しかし彼は、反町たちの話はしっかり聞いているのだ。

海からの涼しい風が熱を含んだ空気を振り払い、心地よかった。波の音が微かに聞こえてくる。

目の前の通りを数台のバイクが爆音を轟かせて走りすぎて行く。

反町、ノエル、赤堀の三人は若狭公園近くの海岸通り沿いにあるレストランにいた。

昼間からの暑さでベランダ席の客はまばらだった。夜になってもまだ熱気が残っている。

沖縄の梅雨入りは例年は五月の初めで、梅雨明けは六月下旬になる。しかし今年は梅雨入りが遅れ、早くも夏のような日が続いている。

去年の秋、沖縄で危険ドラッグが出回った。売人は腕に青い龍、ブルードラゴンのタトゥーがある男。そのドラッグは那覇を中心に広がりを見せた。背後には大がかりな組織があると判断し、県警は捜査一課と暴力団対策課が一体となって捜査を始めた。

やがて、警視庁からも応援の刑事が送り込まれて来た。東京でも危険ドラッグ、「ドラゴンソード」が出回り始めたからだ。

背後には香港マフィアが関わっていることが判明した。彼らはこの新種の危険薬物を、東京を中心に一斉に売り出す、Xデイを目指して準備を進めていた。その中には米軍も入っている。沖縄県警、警視庁は異例の協力体制をとってそれを阻止した。

だが、香港マフィア、ブルードラゴンのボスは、二十六年前に沖縄のアメリカ海兵隊から突然姿を消した、ノエルの父親ジェームス・ベイル元少尉だった。その父をノエルは警察官になってまで捜し続けていた。だが、ノエルは実の父に撃たれ、殺されそうになりながらも反町とともに彼を逮捕した。

事件後、反町と赤堀は、ノエルを誘って定期的に集まるようにしている。ノエルの様子を確かめ、彼女の気分をまぎらわせるためだ。初めは会うことを嫌がり、ほとんど口を開かなかったノエルも、半年経った今、時折り本物の笑顔を見せるようになっている。

「調子はどうだ、ノエル」

三人が集まると反町の口から出る最初の言葉だ。

「まあまあよ。ありがとう」

ノエルも心得ていて、無理にでも笑顔を見せた。初めはぎこちない笑顔だったが、最近は自然なものに変わりつつある。

「あんたのほうはどうなのよ。サンニンを見ると涙を流してるんじゃないの」

反町の顔が曇った。ブルードラゴンの捜査過程で、ラウンジ〈月桃〉のママ、安里愛海が現れた。エキゾチックな彫りの深い顔、褐色の肌。憂いを含んだ美女だった。愛海は黒人の米兵と日本人女性とのハーフだ。〈愛海〉は沖縄の海のように、誰からも愛される女性になってほしい、母が願いを込めて付けた名前だ。

日本人でもアメリカ人でもない。ノエルと同様、自分のアイデンティティを求めて苦しんでいた。何度か会ううちに、差別を受けながらも懸命に生きる愛海に反町は惹かれていった。愛海も自由に、思いのまま生きる反町を受け入れた。しかし愛海は、ブルードラゴンの組織に関係していた。反町をかばって胸を撃たれたが、一命をとりとめた。

彼女は今、東京拘置所に入っている。

月桃は花の名で、サンニンは月桃をあらわす沖縄の方言だ。房状に白い花が咲き、甘い香りがする。

「ごめん。私だって涙が出る」

ノエルが顔を曇らせた。愛海はノエルの幼なじみ、二人ともハーフで単に友人という以上のものを感じていたのだ。

愛海のどこか憂いを含んだ彫りの深い顔が反町の脳裏に浮かんだ。

その思いを振り払うように、さてと言って、反町は身体を前に倒した。これから内緒話だという合図だ。

三人は額を寄せ合うようにして、小声で話し始めた。

「最近、儀部には会っているのか。儀部誠次、親父のほうだ」

反町は赤堀に改めて聞いた。

「優子さんの件は所轄の担当者から連絡がいってるが、僕からも事件について儀部さんに報せておいた。知らん顔をしてるのも不自然だし」

「儀部の反応は？」

「既に家族から聞いていた。彼は今博多だ。急きょ帰ってくるそうだが、明日になる」

電話はアリバイを確かめる意味合いもあるのだろう。

「妻が襲われて意識不明なんだ。彼ならヘリをチャーターすることも可能だろう。宮古島のサトウキビ畑の視察にたびたび使ってる」

「命に別状ないと言うとホッとした様子だった。声の調子からの推測だが」

「儀部と優子はうまくいってるのか」

反町はわざと聞いて赤堀の反応をうかがった。赤堀は持っていたビールのグラスをテーブルに置いて海に視線を向けた。あきらかに動揺している。彼はまだ優子に想いを抱いている。反町はさらに続けた。

「アリバイがあっても、人を雇って襲わせることもできる」

「儀部さんがそこまでやる理由はなんだ。夫婦仲が悪いだけじゃ動機が弱すぎる」

反町に視線を戻した赤堀が強い口調で言う。

「儀部さんが帰ってくるまでに、できることはやっておきたい。優子さんが襲われて、意識不明なんだから」

「彼女が狙われた理由――。那覇署の奴らの推測どおり、単なる物取りの線が強い。それとも、優子が狙われる理由があるのか」

赤堀の動揺が反町にも伝わってくる。

「優子さんは家から直接、ショッピングセンターに行ったのか」

反町の問いには答えず、赤堀が聞いてくる。優子の家は首里金城町だ。車で二十分かからない。

「そこまでは調べていない。所轄の奴らだって同じだ。彼女は被害者だぞ」

言ってから反町は後悔した。赤堀の顔は真剣そのものだ。

何のために、優子さんは新都心のショッピングセンターに行った——赤堀の呟きが聞こえる。反町はノエルに視線を向けた。

「三百万円入りの封筒はどうなった」

「ハンドバッグを所轄に渡したら、病院で預かってもらえって。所轄も扱いに困ったんじゃないの。なんと言っても優子さんは被害者、被害者のものだからね。だからお金は病院に来た家族に渡した」

「犯人は三百万を狙ったのか」

「そうじゃないと思う。たまたま入ってたんじゃないの。優子さん、見るからにリッチって女性だもの。ブランド専門店で買い物があったとか、支払いだってある。百万単位のモノだって普通にある」

一瞬考えてから、ノエルが言った。

「だったらカードを使うだろ。そんな大金、持ち歩かない」

「今まで、捜査に関係ないと思って黙っていたけど——」

ノエルが遠慮がちに言った。

「看護師さんが、優子さんの身体にいくつか傷があるって。まだ治り切っていない青アザも」

「犯人と争ってできたものか」

「違う。昨日今日のモノじゃなくて、もっと前のモノ。子供の頃の虐待痕でもない。青アザもどこかに打ち付けて出来たアザではなくて、殴られてできたんだろうって。それに――」

　言葉を濁している。

「ハッキリ言えよ」

「火傷(やけど)の後も。タバコの火を押し付けられたものだろうって」

「虐待されてたっていうのか」

　赤堀の顔が歪(ゆが)み、青白くなっている。

「医者は知っているのか」

「着替えさせるとき背中と腹部にあったって。いい大人の問題でしょ。先生に言っていいものかどうかって、私だけに教えてくれた」

　三人はしばらく黙り込んでいた。

「彰は沖縄にいるのか」

「東京だ。東京の知り合いに調べさせた」

東京の知り合いとは、警察庁の赤堀の後輩たちだ。

「やはり、単なる物取りの可能性が高い。那覇署の連中に任せたほうがいい」

　反町の言葉に赤堀は答えない。彼にとっては治療のために髪を剃(そ)られ、複数のチューブにつながれて集中治療室のベッドに横たわる優子の姿が忘れられないのか。

「彰は優子の状況を知っているのか」

「そんなことは知らない。彰は東京だって言っただろ」

　赤堀がムキになって答える。

　反町の脳裏に、再度、一年前、赤堀が突然反町の下宿にやってきて見せた写真がよぎった。東京の彰のマンションでの彰と優子の密会の写真だ。同時にそれを見せたときの赤堀の苦悩に満ちた表情も蘇(よみがえ)ってくる。

「だったら、知らせてやれ。二人の関係を知るのにいいチャンスだ。彰が飛んで来れば二人はデキてる。優子だって夢の中で待ってるぜ。彰の居場所は分かってるんだろ」

　黙って二人の話を聞いていたノエルが、反町の足を蹴った。いい加減にやめろという合図だ。かなりの強さだったので反町は思わず顔をしかめた。

「本当に趣味の悪い奴だな」

　赤堀が反町を睨んだ。

「東京の知り合いに、優子が襲われたことをそれとなく彰に教えるように指示しろよ」

反町は繰り返した。

「確かに何かが動くかもしれないな」

今度は赤堀までもが呟く。

ノエルが二人を交互に見て、呆れたように息を吐いた。

「儀部と彰のほうはどうなってる。儀部はなぜ訴えを取り下げた」

「やはり親が実の子を訴えるなんてのは、良心が痛んだのだろ。おまけに彰は長男だ。世間体だってある。沖縄では特にそうだ」

反町は儀部と優子の現状についてさらに詳しく聞きたかったが、ためらっていた。彰が加わると普通の三角関係より、さらにドロドロしたものになる。

「最近、基地返還後の土地利用について色んな噂が飛び交ってる。だが、どこまで真実なのか分からない。おまえは関わってるから知ってるだろ」

反町は話題を変えようとした。

来年、久々の大型返還が具体的に決まる。その跡地利用に様々な声が上がっている。米軍用の基地外住宅の建設とか、本土の富裕層向けの高級リゾートマンションや、高級老人ホームの建設というものまである。最近噂されているのは、統合型リゾート施設の建設計画だ。

「今、沖縄は動いている。若い奴らの中には基地返還を叫ぶだけじゃなくて、共存の方向を探る者たちもいる。今後、この動きはますます大きくなる」

「儀部親子の和解も共同で何かするつもりか」

「そこまでは知らない。おまえが直接聞いてみろ」

「帰りましょ。二人ともますます趣味が悪くなってる。私はついていけない」

ノエルが立ち上がった。


そのまま家に帰るという二人と別れて、反町は県警本部に戻った。

午後十時を過ぎていたが、捜査一課にはまだ数人の刑事が残っている。

昔は寝食を忘れて犯罪捜査に情熱を燃やす刑事が多かったが、今はサラリーマン刑事ばかりだと去年退職した刑事がこぼしていた。

反町は刑事の心意気の低下より、時代の流れで捜査のやり方が変わったのだと思っている。スマホ、パソコン、インターネット、SNSの影響だ。防犯カメラやDNA鑑定など、技術の進歩もある。さらには犯罪者の意識だ。インターネットやSNSを使って、直接相手と顔を合わせない、声さえ交わすことのない犯罪が増えている。

しかし具志堅を見ていると、退職刑事の言葉も的はずれではない気もする。足と経験と勘で愚直に事件を追う、古いタイプの捜査手法も重要だと思えてきたのだ。

優子の事件も引ったくりの可能性が高いが、無意識の内に具志堅の言葉に従っているのかもしれない。初動捜査の重要性――。

反町は具志堅がいないのを確かめて、県警本部を出た。いれば今日一日のことを話しておこうと思ったのだ。

3

翌日、反町はいつもより一時間早く県警本部に行った。

捜査一課はひっそりとしていた。大きな事件の捜査中は、泊まり込んでいる刑事も多く、部屋の空気も殺伐としている。しかし今は、比較的穏やかな空気だ。

誰もいないと思っていた部屋でキーボードを打つ音がする。

具志堅が一人、パソコンに向かっていた。捜査資料の持ち出しは厳禁なので、深夜、あるいは早朝に来て仕事をしている者を時折り見かける。

具志堅は五十八歳だが、パソコンについては反町より詳しい。簡単なプログラムなら、自分で組むこともできるらしい。スキル習得の動機は、北海道に住む孫娘のためだ。そろそろ、喋(しゃべ)り始める年齢だ。インターネットでパソコンに送られてくる動画や写真を見て加工し、無料のビデオ通話で顔を見ながら話すにはパソコンが自由に使えなければならない。

反町が隣に座ると、具志堅がパソコンに顔を向けたまま話し始めた。

「おまえ、新都心の引ったくり事件を調べてるのか」

「被害者は儀部の妻の優子です。赤堀が扱ってた事件との関連もあるし、放ってはおけない気がして」

「そう思って、おまえに報せて俺も行ってみた。しかし、所轄の捜査に間違いはない。今のところはな」

「俺もそう思っています。でも簡単に決めつけるのも――」

「おまえがそれをひっくり返せば大したもんだ。だが、今は所轄の事件だ。筋だけは通しておけよ」

県警本部の刑事が走りすぎると、所轄との連携が損なわれるということだ。比嘉も反町が駆け付けたのをいい顔はしていなかった。

「優子が死ぬようなことがあれば強盗致死事件となって、合同捜査本部が立ちますかね」

「優子は危ないのか」

具志堅がパソコンから顔を上げた。

「状態は安定してますが、意識が戻りません」

「植物状態になるということか」

「医師にも分からないそうです。今日目覚めるかもしれないし、数ヶ月後、数年後かもしれないと言ってます」

　覚めない可能性にも言及していたが、具志堅も知っているだろう。

「三百万はどうなった。優子が持ってたんだろ」

「病院じゃ預かれないって言うんでノエルが所轄の許可を得て、儀部の家族に返したそうです」

「金の出所は」

「出所って、優子は被害者ですよ。金持ちなんだからそのくらいの金――」

　反町は言いかけた言葉を呑み込んだ。持っててもおかしくはない、と言おうとしたのだが、やはり持ち歩くには多すぎる現金だ。

「犯人は銀行から引き出したのを見てたのかもしれませんね。そして後をつけて、ひと目のない駐車場で襲った。やはり金の出所は調べるべきですね」

　反町は立ち上がった。

「先入観は捨てろ、白紙になれ。感情的になるなよ。刑事だって人間だ。色眼鏡(いろめがね)は付きものだ。自分の筋書きに合わせようと、情報を都合のいいほうに判断する。それが冤罪(えんざい)を生むもとだ」

「具志堅さんも引ったくりに疑問を持ってるんですか」

　具志堅は答えず、再びパソコンに向き直った。

　反町は赤堀に話して、三百万円の出所を調べ始めた。

「儀部に聞くのがいちばん早い」

　反町が言うと、赤堀は顔をそむけた。

　すでに三百万の存在は儀部に分かっているはずだが、直接聞くことを躊躇うのは優子のことを考えてか。

「いやなのか。優子が儀部の金を勝手に持ち出したとも考えられる」

「札束の帯は無印だ。優子が自分の金を引き出した可能性もある」

「ハンドバッグにカードか通帳が入っているだろ。銀行を当たったほうがいい。一日の引き出し額はカードで五十万、通帳だと限度はない」

　反町は親泊に電話した。

「優子のハンドバッグの中身の記録は取ってるんだろ。銀行のカードか預金通帳と印鑑はなかったか」

〈カードだけです。通帳や印鑑があれば、家族に渡しています〉

　親泊が今更どうかしたのか、という口調で言う。

〈三百万のことですか。我々も不審に思ってて、儀部に直接聞きました。儀部の家では、その程度の金は当主の妻であれば、自由に扱えるそうです。なんの不思議もないとの答

えです〉

親泊の声が心なしか低くなった。刑事の懐でも考えたのか。

昼になってから、儀部が博多から帰ってきた。朝一番の飛行機で戻るはずだったが、午後になったのだ。

優子は容態が安定しているということで、集中治療室から個室に移されていた。

儀部は次男の敏之が運転する車でやってきた。那覇空港から直接病院に来たという。連絡を受けた赤堀が反町を誘って病室で待っていた。他に所轄の比嘉と親泊がいる。

儀部は車椅子に乗り、サングラスにスーツ姿の敏之が押して病室に入ってきた。儀部とは一年近く会っていないが、見間違うほどにやつれていた。彼は六十九歳のはずだが、頬がこけ顔色も悪く、八十代の老人にも見えた。強張(こわば)った表情の敏之が車椅子の背後に立っている。よほど緊張しているのか。

「赤堀さん、優子はどんな具合だ」

赤堀は答えず脇によけた。儀部の車椅子がベッドに近づいていく。

優子は複数のチューブにつながれ、眠っている。

儀部が車椅子から立ち上がろうと、ベッドの手すりをつかんだ。その瞬間、儀部の身体が傾いた。敏之が支える。儀部は立ち上がるのをあきらめ、車椅子に身体を沈めた。

儀部はベッドの手すりの隙間から手を伸ばし、優子の頬を撫でている。その土気色の手はシミとしわに覆われ、枯れ枝のようだった。

その様子を赤堀が無言で見ている。

「誰がこんなことを。早く犯人を捕まえてくれ。わしにできることは何でもする」

儀部が刑事たちに顔を向け、震える声で訴えた。目は充血して潤んでいる。反町の背筋に冷たいものが流れた。言葉では表しにくいが、どこか異様なものを感じたのだ。

横では敏之が表情のない顔で立っていた。

「現在、捜査中です。逮捕までそんなに長くはかかりません」

赤堀が比嘉に捜査状況を説明するように言った。

「引ったくりの線で捜査しています。ここ半年余りに、新都心周辺で似たような手口の引ったくりが六件起きています。周辺の防犯カメラの映像を調べて、不審者を洗い出しています」

比嘉は儀部とは初対面だが、彼のことは知っている。

「わしに協力できることは何でも言ってくれ」

儀部が車椅子に座ったまま、刑事たちに向かって丁寧に頭を下げた。

「あの身体じゃ人を襲うなんてのは不可能だ」

県警本部に戻る車の中で、反町は赤堀に言った。

「だから彼は関係ないと言っただろ」

「儀部の様子からは、夫婦仲が悪いなんて信じられないぜ。儀部は優子にべた惚れ――いや、異常な愛情っていうんだろうな」

「夫婦仲が悪いなんて、僕は言った覚えはないぞ。しかし、愛情じゃない。執着心なんだろう、しかも異常だ」

「一方的な儀部の溺愛か。それをいいことに、優子は息子とできてたってわけか」

「そういう発想しかないのか」

赤堀が軽蔑のこもった視線を反町に向けた。優子のことになると過剰反応を示す赤堀を見て、反町は面白がっている節がある。

ビルの間にゆいレールの車輛が走っていくのが見えた。

何かを考えるようにしばらく無言だった赤堀が口を開いた。

「彰はまとまった金が必要だった。優子さんを連れて逃げるために」

また、しばらく黙り込んだ。やがて、覚悟を決めたようにしゃべり始めた。

「彰は儀部にいたぶられ、辱められている優子さんを憐れんでいるうちに、愛し始めていたんだろうな。優子さんも儀部とあの家から自分を助け出してくれる人だと思い始めた。しかし、二人とも自分たちの立場を考えると、早急には動けなかった。金もなかっただろうしな」

　赤堀が呻くように言う。

「儀部は若く美しい妻をどうしても自分の元においておきたかった。そのために、優子さんに色々やったらしい。アメとムチというやつだ。口には出せないひどいことや屈辱的なことも。ノエルが言ってた身体の火傷の痕と青アザも――」

「それで、彰は儀部の軍用地の権利証と実印を持って家を出たのか。じゃなんで、優子も一緒に連れていかなかった」

「まだ早いと思ったんじゃないのか。東京で二人で生活していく自信がなかった。生活の基盤を作って呼び寄せようと思っていた」

「儀部は彰の告訴を取り下げた。良心の痛みと、世間体のためか」

　赤堀が考え込んでいる。反町が促そうとしたとき、口を開いた。

「彰が持ち出した土地の権利証など、儀部さんにとってはごく一部で、取るに足らないモノだ」

　赤堀が息を吐いた。「持ち出したのは、それだけじゃないらしい。もっと重要なモノもだ。僕はそれについての和解策が、儀部さんと彰の間で取られたと思ってる。だから告訴を取り下げた。彰がそれで儀部さんを脅したか、返す約束をしたか僕には分からないが」

「そんなものがあるのか」

「僕たちにも分からない。あくまで僕の想像だ」

赤堀が僕たちというのは、警察庁と検察庁だ。

「一年間調べて来たが、何なのかは分からない」

いや、分かってる。反町は口元まで出かかった言葉を呑み込んだ。赤堀が、いや警察庁と検察庁が追い続けているモノと関係があるはずだ。そうでなければ、これほど儀部親子にこだわらない。

「もう一息なんだ。それで、僕も東京に帰れる」

赤堀が独り言のように言うと、窓の外を見つめたまま黙り込んだ。

県庁前に差し掛かったとき、車の流れが止まった。前方に数十名のデモ隊が歩いている。〈米軍普天間飛行場、即時閉鎖〉〈辺野古移転、絶対反対〉〈米軍は沖縄から出ていけ〉。プラカードを掲げた隊列が県庁に向かって進んでいく。

「長引きそうだ。次の知事選は大変だな」

赤堀の呟きのような声が聞こえた。中央志向の赤堀にとっては、特別の思いがあるのだろう。

反町の運転する車は県警本部の駐車場に入っていく。

その日の夜、所轄の親泊から電話があった。

〈赤堀課長補佐、どうなってるんですか〉

親泊の、憤りと困惑の混じった声が飛び込んでくる。

優子を襲った引ったくり犯について、数時間おきに新しい情報がないか聞いてくると いう。相手が準キャリの警部、本庁捜査二課の課長補佐なので、ないがしろにはできな いで困っているらしい。

〈今、夜の九時です。さっきも電話がありました〉

「あいつは儀部が関わる事件を担当してきたし、優子の知り合いでもある。だから気に なるんだろう。エリート意識の塊のような奴だが、根はいい奴だ。面倒がらずに付き合 ってやってくれ。ただし、彼が何を聞いたか、必ず俺に連絡をくれ」

反町は赤堀が赴任したときの歓迎会で、酔っ払って眠り込んだ赤堀をマンションまで 送っていった。誰が赤堀を送っていくか、若手がじゃんけんをして反町が負けたのだ。 そのとき部屋まで上がらされ、さんざん愚痴を聞かされた。彼は〈キャリア〉と〈東 京〉に異常なまでのコンプレックスを持っている。赤堀自身は準キャリアで大阪出身な のだ。それ以来の付き合いで、今では上司というより同年代の仲間という意識が強い。

本人は沖縄に回されたのは自分がキャリアではなく、準キャリアであるせいだと信じ 込んでいる。キャリアは国家公務員採用Ⅰ種試験合格、準キャリアは国家公務員採用Ⅱ

種試験に合格した者で、キャリアに準ずる扱いを受ける。

〈でも、事件は引ったくりで決まりです。ここ数ヶ月で、近場で似たような事件が六件ありました。もう何人か容疑者が上がっています〉

「フラーが、初動が大事だろ」

思わず具志堅の口癖が出た。フラーは沖縄言葉でバカ者の意味だ。今では使う者はまれで若い者の中には知らない者もいる。親泊の反応もない。

「思い込みが捜査を停滞させるんだ」

〈比嘉さんにもいつも言われてます〉

だったら他の可能性も考えろ、という言葉を我慢した。正直、反町も引ったくりの線を有望と見ている。半分以上は赤堀に付き合っているのだ。

「駐車場の防犯カメラはどうなってる」

〈あの場所は死角になってるんです。偶然なのか、犯人が知ってて犯行に及んだのか〉

親泊の声のトーンが落ちた。反町の心に暗いモノがよぎった。この事件は長引くかもしれない。

「おまえらの動きも必ず俺に報告するんだぞ」

反町は叩(たた)き付けるように受話器を置いた。

具志堅がパソコンから顔を上げ、じろりと睨んだ。

4

那覇署は優子が襲われた事件を単なる引ったくり、窃盗事件として捜査を続けていた。最初、事件解決に時間はかからないだろうと踏んでいたが、捜査はなかなか進まなかった。被害者、優子の意識が戻らないのが、事件解決の大きな障害だった。

この数ヶ月の間にもショッピングモールの駐車場や、その近辺でブランド物のバッグを狙った同様の事件が起こっていた。所轄は、那覇の窃盗常習犯やチンピラを中心に調べている。

反町のスマホが鳴り始めた。

〈容疑者を捕らえました。儀部優子の引ったくりの件です〉

那覇署の親泊だ。〈安部裕也（あべゆうや）、二十八歳。ショッピングセンターの裏通りで、三十五歳の女性のハンドバッグを引ったくりましたが、女性に反撃されて逃げました。その折、女性の悲鳴を聞いた警邏（けいら）中の警官が駆け付け、通行人の協力を得て逮捕しました〉

「優子の件も吐いたのか」

〈黙秘しています。目撃証言は背の高い痩せた男、安部は百七十八センチ、ひょろ長い男です。かなりの余罪がありそうなので、そのうち吐くでしょう〉

親泊は自信を持って話している。

「赤堀には言ったのか」

〈これからです。まずは、反町さんにと思って〉

反町は礼を言って電話を切った。やっぱり、と思うと同時に、物足りなさも感じる。

十分も経たない間に、赤堀からスマホに電話があった。

〈これから、那覇署に連れてってくれ〉

反町は赤堀を車に乗せて、那覇署に駆け付けた。

取り調べは始まっていた。

二人は所轄の刑事に案内され、取調室の隣の部屋に入った。そこにはモニターがあり、隣の取調室が視聴できる。

取り調べているのは比嘉と親泊だ。

引ったくり犯の安部はひょろりとした、歳より老けて見える男だ。三十前だが、すでに四十代にも見える。生活の乱れからか。

「窃盗の前科のある男です。二年前に刑務所を出て、同様な犯行を繰り返していたんでしょう。余罪が十件以上ありそうです。ここ一年間の同様な事件の大半は、安部の仕業と見ていいようです」

横にいた所轄の刑事が言う。

やがて安部がポツリポツリと喋り始めた。

〈けっこうやったよ。しかし、現金を持ってる金持ちは少ないんだよな。ほとんどがカードだもんな。全部捨てた〉

見かけに反して声と口調の若々しさがアンバランスだった。

〈新都心のショッピングモールでもやったのか〉

〈いろいろやったよ。たかが引ったくりだ。大した罪にはならない〉

〈新都心のショッピングモールの事件は殺人未遂だ〉

比嘉の言葉に安部の表情が変わる。

〈一昨日（おととい）の午前十時すぎだ。女が襲われ、殴られた拍子に転んで、頭を打って意識不明だ。被害者が死んだら、窃盗から強盗致死だ。たかが引ったくりなんて思うな。罪の重さは天と地ほど違うぞ。二十年以上は出られない。下手（へた）したら無期懲役だ。おまえは前があるから、要注意だ〉

安部は答えない。不貞腐（ふてくさ）れたように下を向き、デスクの一点を見つめている。何かを考えているのか。

赤堀は取り調べの様子を食い入るように見つめている。

安部がしばらくして顔を上げると、居直ったように喋り始めた。

〈勝手にしろ。どうせ、しばらくは出られないんだ。面白くやろうぜ〉

〈おまえがやったのか〉

〈ああ、やったよ。それがどうした〉

　安部が挑戦的な視線を比嘉に向けている。


　反町は赤堀と那覇署の駐車場に行った。

「これで納得したか。儀部優子は引ったくりの被害者だ。俺もこの事件は――」

「どう思う。あの男」

　赤堀が反町をさえぎり聞いてくる。

「やったって言ってただろ。優子の場合はただの引ったくりじゃない。下手したら、強盗致死になる。良くても強盗傷害だ。それを認めたんだ」

「ただ、目立ちたいだけかもしれん。それとも警察をからかってるのか。公判で否定すればいいことだ。警察の強引な取り調べに負けたとか、誘導に引っかかったとか」

　赤堀が今までと違って冷静な声で言う。

「なんで、そんな面倒なことをするんだ。警察に恨みでもあるのか。否定できなきゃヤバいだろ。心証も悪くなるし」

「あの男、仕事は」

「運送会社の運転手だ」

「会社の住所は分かるか」

「親泊のメモに書いてある。財布に名刺が入っていたと言ってた」

反町は親泊からもらったメモ用紙を出した。安部の情報が書いてある。

赤堀が車に乗り込んだ。

「会社に行く。一昨日の午前十時前後のアリバイを調べる」

「優子の引ったくりは、あいつじゃないと思ってるのか。安部が嘘をついてると。やめてくれよ、引ったくりに決まりだ」

反町は運転席に座った。

「あの男、居直る前にしばらく考えていただろ。優子が襲われた時間のアリバイを考えていたんだ。完全なアリバイがあるから、居直った」

「警察をからかってると言うのか」

「面白くやろうぜ。あの野郎が言ってた。あの男、これで三度目だ。かなりパクられ慣れてる。態度もふてぶてしい。弁護士も選任だ。弁護士との付き合いも長い。警察をなめてるんだ。取り調べでいい加減なことを言っても、公判でアリバイを言えばひっくり返るってことも知ってるんだ。取り調べがきつかったとか、忘れてたって適当なことを言えばいいからな」

赤堀の言葉は正しいかもしれない。そんな気がしてきた。やはり準キャリだけのことはある。しかし、事件は引ったくりには違いない。

運送会社は泊港(とまりこう)の近くにあった。

事務員は事件当日の勤務記録を出してきた。

「安部さんは本部町(もとぶちょう)に行ってますよ。その日の朝八時に那覇本社を出ています。帰ってきたのは午後三時。間違いありませんね」

勤務記録を見せながら言った。那覇から本部町までは約八十五キロ、沖縄自動車道を使っても片道一時間三十分以上はかかる。

「本部町に行って、安部が本当に行ったかどうか調べるか」

「所轄に任せる。あいつは警察をからかって面白がっているだけだ。そんなことに時間を使うだけあいつの思う壺(つぼ)だ」

赤堀が言い切った。

「あの野郎、ぶん殴ってやりたい」

反町は吐き捨てると、親泊に電話して事情を伝えた。

二人は県警本部に戻った。

反町は一瞬立ち止まり、息を軽く吸った。

午後六時すぎ、国際通りは観光客であふれていた。

およそ一・六キロの通りの両側には土産物店、飲食店が軒を連ねる、県内一の観光エリアだ。中ほどには公設市場もあり、住民も含めて人でにぎわう。聞こえてくるのは日本語の他に中国語、韓国語、そして英語が混ざる。中国人が多く、両手にいくつもの紙袋を持った子供連れの団体は大抵そうだ。建ち並ぶ店の従業員にも中国人が多い。

反町は観光客の間を縫うようにして足を速めた。

〈B&W〉に入ると、奥の席で赤堀が反町のほうを見ている。横ではノエルがルートビアを飲んでいた。これはノンアルコールの炭酸飲料で、漢方薬のような匂いと味だと思ったが、今ではコーラと変わらない。

アメリカでは名の知れたチェーン店で、ルートビアが有名だ。

国際通りの中ほどにあり、入口付近はテイクアウトのハンバーガーとルートビアを求める観光客で溢れている。しかし細長く続く店の、奥の席は空いていることが多い。そこからは店内を一望でき、客の出入りがひと目で分かる。地元の若者も多い。

「おまえの言うとおりだった。親泊に運送会社のことを伝えて、調べさせた。親泊が本部町の会社に行って写真を見せて確かめた。そこの防犯カメラにもバッチリ映っている。優子が襲われた時間だ。安部もアリバイを認めた。比嘉が安部を殴りそうになったんで、親泊が止めたそうだ。俺だったら、一緒になってボコボコにしてるよ」

反町は赤堀に言って、ノエルに安部の話をした。

「優子さんの事件はまだ犯人の目途も立たないの。あの辺り、最近引ったくりが何件かあったって聞いた。アメリカ人の女の子も被害にあってる。そっちは安部なのかしら」

「優子さんの事件は強盗傷害だ。引ったくりなんかじゃない」

赤堀が念を押すように言う。

「優子さん、まだ意識が戻っていないものね。死なないとしても、このまま意識が戻らなかったら――」

赤堀の顔を見て、ノエルは途中で言葉を止めた。植物状態だと言いたかったのか。

「赤堀はこの事件に執着しすぎてる。優子絡みだから」

「何か新しいことが出たの。だったら当然――」

「刑事のカンだろ」

具志堅がよく使う言葉だ。最近、その言葉が違和感なく自分の口から出るので、反町は驚いている。

「無責任な言葉ね。なんの根拠もない」

反町も最初はそう思っていた。しかし、具志堅と一緒に捜査をしていると、そういうのもアリかなと思えることが何度かあった。豊富な経験に基づく合理的な推理だけでは説明のつかないこともある。

「優子の持ち物は見たか」

　反町はノエルに視線を向けた。

「一応調べたけど、おかしなものはなかった。三百万円の札束以外はね。ごく普通の女性の持ち物ばかり。ただしお金持ちのね。化粧品なんか、口紅一本で私の半年分の化粧品代なんじゃないの」

「今どこにある」

「病院。彼女の病室のロッカー」

「最初に家族が来たのは――」

　赤堀がノエルに問いかけた。

「病院に担ぎ込まれた日。家に電話するとすぐに息子が来た。息子といっても、優子さんにとっては義理の息子だけど。儀部の次男、敏之よ」

「俺は会わなかったぞ」

「ドクターに会って様子を聞いてすぐに帰ったもの。父親に連絡しなきゃならないからって。私、あの人嫌い。何考えてるか分からない顔をしている」

　こう露骨に言うのは、ノエルにしては珍しい。よほど苦手なのだ。

　反町は敏之の姿を思い浮かべた。何を考えているのか分からない。確かにそのとおりだ。能面のように無表情で、細い眼（め）は陰湿ささえ感じる。

「ハンドバッグを渡して、中のお金と貴重品は持ち帰るように言った。でもそれ以外は病院に置いてってあげてって。目覚めたとき、化粧品は必要でしょ」

「何かなくなったものはないか」

「知るわけないでしょ。チェックなんてしてない。二人は義理とはいえ、親子なのよ」

「三十二歳の母親に二十三歳の息子か。優子が九歳のときの子ってわけか」

「やめなさい。趣味が悪いわよ」

ノエルが反町を睨む。反町は反論しなかった。しかし、そうも言っていられない。彰と優子の関係が続いていれば。彰はどこだ。反町はかろうじて、その言葉を呑み込んだ。赤堀の真剣そのものといった表情がそうさせたのだ。

第二章　過去の亡霊

1

優子が襲われてから三日がすぎた。

午後、反町は赤堀に県警本部の屋上に呼び出された。

眼下には那覇の街が広がっていた。街全体が突然訪れた夏のような強い陽光で輝いている。所々に見える琉球瓦（りゅうきゅうがわら）の朱色が、陽に光っていた。

反町はサングラスをかけた。じっとしているだけで汗がにじんでくる。

「那覇署の奴ら、引ったたくり事件だと決めてかかってる。ハンドバッグを取られそうになった優子さんが抵抗し、運悪く転んで、車止めに頭をぶつけた。僕が何を言っても聞く耳を持たない」

赤堀が憤慨した口調で言う。現在の赤堀の頭は優子のことでいっぱいなのだろう。それも悲劇の主人公の優子だ。

「状況から考えればそうだろうな。彼らから見れば、優子が誰の妻でどういう立場かなど関係ない。ハンドバッグを取ろうとした犯人に暴行を受けて、意識不明になった一人の犯罪被害者だ」

「このまま引ったくり事件として捜査を続けるのか。所轄の事件として」

「そうなるだろうな。しかし、それが正解かもしれない」

「なんでもいい。何かないか。普通の引ったくり事件と違う点だ」

赤堀がいらついた口調で言う。捜査二課の赤堀は、一課が取り扱うような暴力事件の捜査には慣れていない。

反町の脳裏には先入観を持つな、という具志堅の言葉が浮かんでいる。しかし、所轄の捜査に大きな間違いはない。

「優子の車は駐車場か那覇署か。ＢＭＷだったな」

突然、赤堀が聞いた。

「おそらく、もう移動させてる。車がどうかしたのか」

反町の言葉を無視して、赤堀は歩き始めている。確かに所轄も被害者の車までは調べていない。単なる引ったくりでなければ、何か残されているかもしれない。反町は後を追った。

「車で行こうぜ。那覇署だろ」

「歩いたほうが早い」

「勝手にしろ」

那覇警察署は県警本部の東一・五キロほどのところにある。歩いて十五分、車だと五分もかからない。国道三三〇号線に面した四階建ての建物だ。

県警の車に乗った反町は、那覇署が見え始めたところで赤堀に追いついた。

車を止めると、ホッとした様子で乗り込んでくる。赤堀の額には汗が噴き出て、カッターシャツが身体に貼り付いている。

親泊を呼び出して、赤堀が優子の車について聞いた。

「儀部の息子が乗って帰りましたよ。儀部敏之と言ったかな。事件のあった日の夜に、ショッピングセンターの駐車場から直接」

「キーはどうした」

優子の持ち物で儀部が持って帰ったのは三百万円だけだと聞いている。

「持ってましたよ。スペアがあるんじゃないですか」

「車は調べたのか」

「被害者の車ですよ。調べる理由があるんですか」

親泊が当然だという口調で言って、同意を求めるように赤堀から反町に視線を移した。

「初動が大事だろ。だから所轄も県警本部も一課の奴らは――」

文句を言い始めた赤堀を反町が押し退けた。

「被害者の車だぞ。俺だって調べない。敏之は黙って乗ってったわけじゃないだろ」

「電話がありました。被害者が当分入院することになったので、車はショッピングセンターの駐車場から移動させてもいいかって。放っておけばキズつけられる恐れもありますからね。いいですって、答えました」

赤堀のわざとらしいため息が聞こえる。

「でも一応、那覇署に来てもらいました。書類にサインがいるので。被害者の車を現場から自宅に移すんですから」

「一人で来たのか」

「若いのと一緒でした。彼も若いですがね。車で来てたから、一人が被害者の車を運転して帰ったんでしょう」

何か疑問でもあるかという顔で親泊が二人を見ている。


三十分ほど話して、二人は那覇署を出た。

建物を出たとたん、反町は思わず眉根を寄せた。強い陽光が直接、目に飛び込んでくる。沖縄は確かに赤道に近い、と感じる。

道路わきの花壇に月桃が咲いている。ブドウの房のような白い花を付け、甘い香りがする。反町の脳裏に愛海の顔が浮かんだ。明るさの中に潜む、寂しそうでどこか憂いを帯びた美しい顔。反町の心に深く刻まれている。光と影、陰と陽、沖縄の持つ現実そのもののように感じたのだ。そんな愛海に反町は強く惹かれた。何度か会いに行こうと思ったが、決心が付きかねていた。何をどう話せばいいか分からなかった。まだ心の整理が必要だ。愛海も同じだと思う。その思いを振り払うように駐車場に向かって歩みを速めた。赤堀が数メートル先を歩いている。

「エアコンの効いた店でキンキンに冷えたビールを飲みたいな。おまえも一緒に――」

「優子さんの車を調べたい。何かが出てくるかもしれない」

車の前に立った赤堀から、どこか思いつめたような言葉が返ってくる。捜査二課の課長補佐、赤堀警部が自ら現場捜査をしているのだ。表情にも今まで見たことのない強い決意が感じられる。

「分かったよ。しかし、これで終わりだ。何も出なかったら、所轄に任せるんだ」

「車は敏之が取りに来たと言ってた。だったら家にあるはずだ。キーはまだ優子さんのところか」

「所持品はまとめて病院にある。ノエルに頼むか。最初から関わってる女性警官だ。彼女なら優子の部屋に入ることができるかもな」

反町が何気なく言うと、赤堀がスマホを操作しながら助手席に乗り込んだ。

「ノエルと那覇中央病院で会うことになった。おまえから優子さんの車のキーを貸してくれるように頼んでくれ。優子さんの所持品は病室のロッカーだろ」

那覇署を出て県警本部に向かって走り始めた反町に赤堀が言う。反町はあわててウインカーを出すとハンドルを切った。


那覇中央病院の待合室に入ると、ノエルはすでに来ていた。二人を見ると目配せして部屋の隅に移動した。

反町が優子の車のキーを持ち出すように頼むと、ノエルは露骨に顔をしかめた。

「ヤバいことは分かってる。おまえには迷惑をかけない」

「もう十分にかけてる」

赤堀が反町の横でノエルに向かって頭を下げた。彼にとっては精一杯の意思表示だ。

「待合室で待っててよ」

「恩に着るよ。後悔はさせない」

「あんたらには、借りがあるからね。それを見越して頼んでるんでしょ」

ノエルは父親の事件のことを言っているのだ。

あのときは反町も赤堀も、ノエルを助けたいという気持ちだけで全力を尽くした。事件は解決したが、ノエルは心身ともに傷つき疲れ切っていた。そんなノエルを何とか元に戻そうと努力したのも二人だ。ノエルも二人の思いは十分に分かっている。

反町と赤堀が待合室の椅子に座って、五分もたたないうちにノエルが戻ってきて、赤堀の手にキーをすべり込ませた。

「できるだけ早く返す。この行為の危険性は分かってる。だから——」

赤堀が言い終わらないうちに、ノエルと反町は出口に向かって歩き出している。

「急ごうぜ。長居はまずい」

「分かってる。犯罪被害者のハンドバッグから勝手に車のキーを持ち出してきたんだからな。表沙汰になれば大騒ぎになる。僕のキャリアも終わりだ。絶対に成功させるんだ」

赤堀は歩きながら、自分自身に言い聞かせるように呟いている。


反町と赤堀はファミレスに入って、二時間ばかりをすごした。

暗くなってから、那覇市の東、首里金城町に向かって車を走らせた。

金城町は首里城の南にある古い街並みの町だ。坂道が多く、古くからの家も多い。街灯は少なく、さほど広くない道路を車のヘッドライトが浮かび上がらせている。

儀部の家は石畳道近くの静かな高級住宅地の一角だ。反町は赤堀を車に乗せて、何度か来たことがある。高い塀に囲まれた広い家で、昔風の琉球瓦が家屋に重厚さと琉球らしい趣きを与えていた。

駐車場は後から作られたらしく、道路に面して来客分を含めて数台入るように広くとられている。シャッターはついてはいるが、いつも開いていた。車の出入りが多いからだろう。

反町は儀部の家の前をゆっくりと通りすぎた。

赤堀の指示で車を縁石に寄せて止めた。儀部の家から百メートル以上離れている。

二人は車を降りて、儀部の家まで歩いた。

塀の向こうに外灯に照らされたサガリバナが見えた。

今はまだ青い蕾(つぼみ)だが、夏の初め、夜の間だけフジのように長く垂れた花穂に、白い四、五枚の花びらと線状の雄しべをもつ花を咲かせる。明け方には花びらは散ってしまうが、次の夜には新しい花が開く。

「いつ来てもいい所だな。夜だって風情がある」

赤堀の呟きが聞こえる。

この光景も赤堀には優子と結び付いているのだろう。

反町の心にも女の姿がよぎった。サガリバナを青白い線香花火のようだと言ったのは彼女だ。

屋根と門の両サイドの支柱上ではシーサーが二人を見ている。シーサーとは沖縄方言で唐獅子(からじし)のことで、陶器の置物だ。悪霊を追い払う魔除(まよ)けの役割があるとされている。

儀部の屋敷は、年間億単位の地代を受けている資産家が住んでいるとは思えない質素な造りの古い家だ。しかし敷地は周りの家の数倍あり、取り巻く塀も他の家より高い。

南側に縁側があり、襖でへだてた和室が奥に続いている。襖を取りのぞけば冬にも奥まで日差しが入り、客が来れば数十人規模の宴会を開ける広さになる。部屋数も一般の家の倍以上あった。お盆にはこの広い屋敷が人で溢れると聞いている。

応接室にはウミガメの甲羅や虎の毛皮が飾ってあり、壁際に三線が二竿、立てかけてあった。反町が眺めていると、「沖縄の先祖代々の家だ。当主はこれらを護り、受け継いでいかなきゃならない」と言った赤堀の言葉を思い出した。

「それもまた重荷だ」

反町は心の中で呟いた。

「やはり家族に断ったほうがいいんじゃないか。たかが車を調べるだけだ」

「いつからまともな刑事になった。なんでわざわざノエルに頼んで車のキーを持ってきた。家族に頼めば、断られると思ったからだろ」

いつもの反町と赤堀の立場が逆転している。暴走気味なのは赤堀だ。

二人は道路に面したガレージの前に来た。シャッターは開いたままだ。

ガレージには五台分の駐車スペースがあり、二台の車が停めてあった。

左ハンドルのＢＭＷが優子の車、もう一台はベンツのＳクラスだ。儀部が乗っているのを見たことがある。

反町と赤堀は手袋をはめて、懐中電灯を持った。

「見つかったらアウトだな」

「窃盗に当たる。懲戒免職ものだ」

車に乗り込むと、ビニール袋を出して残留物を拾い集めていく。毛髪や落ちている細かい土壌や小石だ。赤堀は何を探しているのか。彰の痕跡か。反町はふと思った。

「指紋採取ができればな。同乗者を割り出せるかもしれない」

「優子は一人でショッピングセンターに行ったんだろ。そして車を降りたときに、暴漢に襲われた。それとも、同乗者が車を降りてから優子を襲ったというのか」

「それを調べるのが刑事だろ」

赤堀から聞く、初めての刑事らしい台詞(せりふ)だ。


十分余り調べたが、目ぼしいものは何も見当たらない。

何かあれば、既に家の者が見つけているはずだ。

「諦めたほうがいいんじゃないか。やはり優子は引ったくりに襲われた。運が悪かったんだ」

赤堀が無言でダッシュボードを調べている。そこは反町も調べた。しかも二度。

車が前を通りすぎるたびに、二人は動きを止めて息を殺した。

車のライトとエンジン音が近づき、スピードをおとし始める。二人は懐中電灯を消して、前座席に重なるように身体を隠した。

車はガレージの前に停まり、バックで入って来る。テールランプがＢＭＷの内部まで明るく照らし出した。

反町は拳を握りしめた。反町の下で身を潜めている赤堀の鼓動と緊張が伝わってくる。

車が停車すると、背の高い痩せた男が降りてくる。儀部の次男、敏之だ。

ガレージを出ようとした敏之の足音が止まった。振り返ってこちらを見ている気配がする。赤堀の身体が緊張で硬くなっている。反町は息を止め、赤堀の身体をさらに押さえた。足音がＢＭＷに近づいたとき、スマホの着信音が聞こえた。

スマホの明かりが見え、敏之の声が聞こえ始める。

敏之が話しながらガレージを出て行く。スマホの明かりが消え、足音が遠ざかっていった。赤堀の身体から力が抜けるのが感じられる。

「心臓が止まるかと思った」

「威勢がいいのは優子に関係してることだけか」

「これだって優子さんのためだ。さっさと降りろ。敏之は行ったんだろ」

反町が身体を上げたが、赤堀はうずくまったままだ。反町が赤堀の腕をつかんで車から引き出した。赤堀の手には一枚のレシートがある。

「優子さんが襲われた日だ。やったぜ。これで優子さんの足取りがつかめる」

レシートを見ていた赤堀が押し殺した声を上げた。

那覇オリエンタルホテルの駐車場の領収書が、運転席のシートの隙間に挟まっていたのだ。赤堀がスマホを出して写真に撮って、レシートを元に戻した。

赤堀は外に誰もいないのを確かめるとガレージを出て、車を止めたほうに歩き始めた。

「優子さんは新都心のショッピングセンターに来る前、那覇オリエンタルホテルに行ってる。入車は午前九時十八分。出庫は九時四十三分だ。ホテルに滞在したのは、二十五分間。その間に、何をしてたんだ」

「彰が那覇に戻ってるということはないか」

「彰じゃない。ホテルの滞在時間は車の出し入れを考えると二十分以内だ」

「彰に会ったのならもっと長くなるか」

反町は言ってからしまったと思ったが、赤堀の冷静な声が返ってくる。

「那覇オリエンタルホテルに行ってくれ」

「その前に、ノエルに車のキーを返す」

反町はアクセルを踏み込んだ。

2

那覇オリエンタルホテルに着くと、反町と赤堀は警備主任に会った。

警察手帳を出して、防犯カメラに記録された映像を見せてくれるように頼んだ。

警備主任が赤堀から反町に視線を移した。胡散臭そうな表情を隠さない。反町はどう見ても県警の刑事には見えないのだろう。

「ホテルの出入口、フロントとラウンジの防犯カメラの映像を見せてくれ。それでヒットがなければその他のもだ」

赤堀の威圧的な態度と言葉に警備主任は顔をしかめたが、付いてくるように言ってエレベーターに向かっていく。

二人は警備室に行って、ホテルの入口とフロント前、ラウンジが映っている防犯カメラの映像を調べた。誰かと会うとすればフロント前かラウンジだ。それとも、直接部屋に行ったか。しかし、ホテル内の滞在時間は二十分あまりだ。部屋に行くには短すぎる。

赤堀がモニターに顔を近づけた。ベージュのブラウスにライトブルーのパンツ、エルメスのハンドバッグを持った女、優子だ。

九時二十分すぎ、優子がホテルに入ってきた。そのまま、ラウンジに向かう。優子の歩く先には男が座っている。後ろ姿で顔は見えないが、仕立ての良さそうなスーツの大柄な男だ。

「こっちを向け。あの野郎、見覚えがあるぞ」

赤堀の低い声が聞こえる。警備主任が意外そうな顔を赤堀に向けた。

優子が男の前に座った。二人で何か話している。十分がすぎたころ、男がバッグから封筒を出してテーブルに置いた。

反町は赤堀に視線を向ける。赤堀が頷いた。封筒の中身はおそらく金だ。あの厚さだと三百万円くらいか。優子のハンドバッグに入っていた封筒だろう。

「他の角度からの防犯カメラの映像はないのか」

「ラウンジが映っているのはこれだけです。防犯カメラも多すぎると、お客様から苦情が来ます。あとはフロントとエレベーター前の映像です」

「早送りにしてくれ。優子が出ていくところが観たい」

反町の言葉で、映像が早送りになった。二人が話し始めて十七分たった。

優子が突然立ち上がり、出口に向かって歩き始める。テーブルの上の封筒は消えていた。優子がハンドバッグに入れたのか。男が身体をひねって、立ち去る優子を見た。

「止めろ」

赤堀の声に警備員が映像を止めた。赤堀が身を乗り出して画面を凝視する。

温和だが彫りの深い顔――ダンディな中年だ。おそらく、四十代半ば。

「大利根だ。大利根富雄――」

赤堀から呟くような声が漏れる。反町は赤堀を押し退けて画面に顔を近づけた。

「間違いない」

優子は新都心のショッピングセンターで引ったくりに襲われる前、那覇オリエンタルホテルで大利根に会っていた。

あの金は優子が大利根から受け取った金だった。

「大利根は一年前にもこのホテルにいた」

反町は画面に顔をつけるようにして大利根を見つめた。反町の動悸が激しくなる。

大利根富雄、四十七歳。在日中国人三世だ。高校入試を機に帰化したが、祖父は戦時中、中国吉林省から九州の炭鉱に動員された中国人だ。

中華レストラン〈睡蓮〉のオーナーで、チェーン店は首都圏に十五店舗ある。生まれは長崎、育ちは横浜で服役の過去がある。

反町の脳裏に一年前の事件が黒い雲のように広がってくる。

昨年四月末、台風の翌日だった。

那覇市の海に面したリゾートホテル、グランドハーバー・ホテルで東京の不動産会社社長高田健二と那覇のクラブのホステス杉山麻耶の遺体が発見された。

捜査の結果、沖縄唯一の指定暴力団、黒琉会のチンピラ、国谷トオルが有力容疑者として浮かんだ。そして、高田が持っていた三千万円の金目当ての強盗殺人犯として指名手配された。

やがて、トオルは惨殺死体となって識原霊園の草むらで発見された。

その殺害方法から、犯人として日本にいたジミー・チャンの名前が浮かんだ。チャンは、黒琉会の幹部喜屋武泰の友人で中国マフィアだ。さらに遺体発見現場の近くで、チャンの目撃情報が入った。県警はトオルが高田から奪った金目当てのチャンの犯行として、チャンを追った。しかしチャンは姿をくらましていた。

そんなとき、新たな有力容疑者が現れる。トオルの元の職場仲間橋本雅夫、通称マサだ。マサは過去にトオルから執拗な嫌がらせと暴力にあい、金も脅し取られていた。マサの持っていたカバンからは、トオルの財布、運転免許証、現金二百万円も出ている。おまけに、マサはトオルの金のネックレスまでしていた。

県警は、嫌がらせと暴力の復讐と、トオルが高田から奪った金目当てで、マサがトオルを殺害したと判断した。

警察に追われたマサは車で逃走中、港で車止めを越えて海に突っ込み死亡した。マサの体内からは薬物反応が出ている。

だが、反町と具志堅は、チャンをトオル殺しの真犯人として追い続けていた。マサの事故死の状況はあまりにできすぎている。都合がよすぎるのだ。

二人と具志堅の元同僚の呉屋は、宮古島でチャンを追い詰め拘束するが、県警本部長の強い命令により解放した。チャンの拘束を解くようにと、具志堅と反町の辞職までチラつかせたのだ。県警本部長でも、かなりの覚悟がいる発言だ。彼一人の判断では難しい。さらに上からの指示があったのか。

高田、麻耶殺人事件と国谷トオル殺人事件、二つの事件は両方とも被疑者死亡として、一年前に幕引きされている。しかし、具志堅も反町もこの結果にはまったく納得していない。

大利根はトオルに殺害された高田の雇い主だ。高田に金を渡し、沖縄に新しい店を出すために、土地の調査と購入を頼んでいた。反町と具志堅は高田に関する捜査で東京に行ったときに、大利根と会っている。だが赤堀は大利根と直接の面識はないはずだ。

「大利根に会わなきゃならないな」

赤堀が呟いて立ち上がった。

フロントに行って、赤堀が警察手帳を見せて大利根はいるか、いれば電話で話したいと言った。

「確かにお客様の中にいらっしゃいますが、当ホテルとしましてはお客様のプライバシー保護のために――」

「勤務中だからビールは無理でも、コーヒーくらいは問題ないだろ」

反町は赤堀の腕をつかんでラウンジに向かった。

「もめないほうがいい。ちょっと休もう。もう少し冷静になって考えよう」

赤堀はかなり興奮している。反町も意外な展開に戸惑っていた。今、大利根と会っても有効な話はできない。相手を警戒させるだけだ。

二人はラウンジに入り、入口の見える席に座った。

反町がコーヒーを飲み終わったとき、赤堀の視線が入口を向いて止まっている。大利根が一人、フロントのほうに歩いていく。

赤堀が立ち上がり歩き出したので、反町は慌てて後を追った。今の赤堀は何をするか分からない。

反町は赤堀を押し退けて大利根の前に立った。

「俺を覚えてるか。あんたとは渋谷(しぶや)で会ってる。具志堅という刑事と一緒にいた沖縄県警の反町だ」

大利根は眉根を寄せて反町を見たが、かすかに頷いた。

三人はラウンジに戻って、向き合って座った。

「こいつは赤堀だ。俺よりずっと偉いし、頭もいい。東京から来た警部殿だ」

「沖縄にはよく来るんですか」

反町の言葉を無視して、赤堀が聞いた。

「何なんですか、急に」

「手間は取らせません。質問にさえ答えていただければ」

赤堀が慇懃な口調で続ける。大利根は一瞬眉根をひそめたが、赤堀の真剣な表情を見て諦めたのか話し始めた。

「反町さんには話しましたよ。一年ほど前ですが。店を出そうと思っています。高田君の手を借りることができなくなったので、私が直接動いています。美しい海と空。空気もいいし、食べ物も酒も独特のものがある。沖縄は素晴らしいところだ。病みつきになりましてね。大々的にやりたくなりました」

「それで、儀部優子さんと会っているんですか」

優子の名を出しても大利根の表情は変わらない。

「優子さんをご存知でしたか。彼女は東京で私のレストランをよく利用してくれます。今度は沖縄で、という話もしています」

「儀部彰と一緒にか」

「よく分かりませんね。何を言いたいのです」

「優子さんとは、先日もこのホテルのラウンジで会ったでしょう」

大利根の表情が僅かに変わった。ほんの僅かに。

「彼女の御主人は沖縄の大地主です。サトウキビ畑と工場も持っている有力者だ。いくつかの地区で土地売買の話が進んでいます」

「二十分程度でどういう話をしたんですか。差し障りのない程度に教えていただけませんか。特に彼女に渡した三百万円入りの封筒についても」

赤堀が大利根を見据えて聞いた。尋問には手順がある。反町はそう思ったが、今の赤堀には何を言っても聞かないだろう。

大利根は答えないまま赤堀から視線を外すと腕時計を見た。

「申し訳ないが約束の時間があります。私はビジネスで沖縄に来ています。けっこう時間に追われています。今も空き時間にちょっとホテルに寄っただけです」

「では、改めてということでいいですか」

「明日の朝の飛行機で東京に帰ります。それまでに、時間が取れるかどうか」

立ち上がった大利根が二人に頭を下げると、出口のほうに歩いていく。

後を追おうとした赤堀の腕を反町はつかんだ。

「適当にあしらわれるだけだ。もう遅いが、変に警戒されると困る。あいつと話すのは、もっと何かをつかんでからだ」

赤堀は急に力が抜けたように椅子に座り込んだ。

反町はホテルから出て行く大利根の後ろ姿を目で追った。


反町は赤堀を連れて再度警備室に行った。

優子が襲われた時間の防犯カメラの映像を調べた。

「大利根のアリバイ探しか」

「おまえの気がすむだろ。優子が襲われた十時すぎに大利根がホテルにいれば、大利根が金を取り戻すために優子を襲うなんて話は妄想になる」

大利根は優子が立ち去った後、しばらくして席を立った。その後は防犯カメラの視野から消えている。

「優子は駐車場に行って車を出して、ショッピングセンターに向かった。大利根は部屋に戻ったか、タクシーで優子の後を追ったか」

赤堀が呟く。

防犯カメラの映像によると、その後、フロントには大利根の姿は見えない。

「各階の廊下には防犯カメラはないのか」

「お客様のプライバシーにかかわることは、なるべく避けています。防犯とプライバシー、相反してなかなか難しいんです」

振り返ると警備主任が立っている。腕を伸ばして機械を操作した。

「エレベーターが監視できる位置に防犯カメラを設置しています」

赤堀が身体を乗り出してくる。

優子と別れて十分後、フロント寄りのエレベーター前に大利根が立っている。エレベーターのドアが開き、乗り込むのが見えた。

「上か下か」

「上だ。部屋に戻ったのか」

乗り込んだのは大利根と年配の夫婦だ。エレベーターは五階で止まり、次に十二階で止まった。大利根が宿泊している階だ。

「あと十分ほどで優子が襲われている時間だ」

反町の言葉に赤堀が頷く。これでは大利根が優子を襲うのは無理だ。

「優子は大利根の東京のレストラン〈睡蓮〉でも彼に会ってる。なぜ優子が東京で大利根の店に行った」

「彰も東京で大利根の店に行ってる。高田つながりで、親父のところから持ち出した土地の権利証を売るためだろう。そのとき親しくなったんじゃないのか。だから、彰に会いに東京に来た優子をレストランに連れて行った。二人はできてるんだから」

「やめてくれ、下品な言い方は」

「上品な言い方ではなんと言うんだ」

赤堀は答えない。

優子は新都心のショッピングセンターで男に襲われる前、那覇市内のホテルで大利根に会っていた。大利根は優子に三百万円を渡した。彰、優子、大利根――。父親の軍用地の権利証と実印を盗み東京に出た彰は、不動産屋、高田を通じて大利根と知り合い、彼の経営するレストランに、優子と行ったことがある。三人は顔見知りだ。

そして、大利根は一年前に殺された高田の雇い主だ。大利根は高田に金を渡し、沖縄の不動産の買い付けと状況を調べるように指示していた。だが高田は金目当てのトオルに襲われ、殺された。

さらに彰は土地の権利証と実印と共に、おそらく他の何かも持ち出している。反町の心に、様々な思いが入り混じった。

3

二人はホテルを出て、反町の運転する車で県警本部に向かった。

深夜にもかかわらず、国際通りは人が行き交っている。近くのラーメン屋には十人以上の人の列ができていた。その大半が中国人観光客だ。

赤堀が前方を睨むように見つめ、何かを考え込んでいる。

「大利根と儀部彰――」

赤堀の呟きのような声が聞こえた。

反町は横目で赤堀の顔を覗き見た。腫れぼったい瞼に充血した目。睡眠不足が顔に表れている。赤堀のこんな顔を以前にも見たことがある。あれは――。

一年前、高田、トオルの殺人事件が反町にとっては不本意な決着に終わった。その直後、赤堀が反町の下宿に深夜突然、一人でタクシーでやってきた。あのときも、赤堀はこんな顔をしていた。そして、タブレットの動画を見せたのだ。

新宿の高層ビル、最上階にあるクラブ。ボックス席に四人の男が座っていた。

二人は日本人、あとの二人はおそらく中国人だ。恰幅のいい男と小柄な男で中国語訛りの日本語を話した。二人とも見るからに仕立てのいいスーツを着ていた。

日本人の一人は大利根だった。あの男たちを赤堀たちは、今も追い続けているのか。

金なんてどうでもいい。リストとレポートはどうなってる。あれが表沙汰になると、政界がひっくり返る――。男の一人は中国語訛りのある日本語で、確かにそう言った。

赤堀は何を反町に報せたかったのか。高田、トオルの殺人事件はまだ終わっていないことを暗に反町に報せたかったのか。それとも、一人で抱え込むことに耐えられなかったのか。

県警本部が見え始めたとき、反町は車を路肩に止めた。赤堀がどうした、という顔を反町に向ける。

「もう一度、あの動画を見せろ。一年前の深夜、わざわざ見せにきたものだ」

赤堀の顔に動揺の色が浮かんだ。

「公安の友人が送って来た動画だ。高性能指向マイクで彼らの会話を拾ったと言った」

「忘れてくれ、と言ってもダメだろうな」

「当たり前だ。捜査は続けてるんだろ。だから大利根を知っていた。この一年でどのくらい進んだ」

「それも言えないというと――」

「具志堅さんに相談するだけだ。彼なら色々な方法を知っている。刑事部長はかつての部下だったし」

反町の言葉に赤堀は数秒考えた後、覚悟を決めたようにカバンからタブレットを出した。

かなりの遠距離から撮影、録音したもので、画質も音質もいいとはいえないが、人物を識別でき、声を聞き取れる。よほどの高性能機器を使っている。プロの仕事だ。

〈高田に渡した七千万の金は戻って来ないのか〉

〈金はどこに消えたか不明です。二百万はマサというチンピラが持っていたそうです〉

恰幅のいい男の問いに大利根が答えている。

〈政治家と業者には渡っていないのか〉

〈そう思われます〉

〈このおとしまえは付けてもらわなきゃな〉

男の言葉に大利根の顔が曇る。

〈金なんてどうでもいい。それより、リストとレポートはどうなってる。あれが表沙汰になると、政界がひっくり返る。さっさと探し出してもってこい。手元に戻るまでは、落ち着いて眠ることもできない〉

小柄な男がいらついた口調で言って、もう一人の日本人を見た。

日本人が無言で頷く。

〈チャンに探させてはいるのですが、なんせ本土と違って思うように動けず、情報が少なすぎます〉

大利根が言い訳のように答える。

〈しかし、今ごろになってなぜあのリストが流出したんだ。おまけにカビの生えたレポートまで。そっちも気になる。早急に調べ上げてくれ。それなりの手を打つんだ〉

小柄な男はワインを呷(あお)った。

男たちの背後にはネオンの輝きが撒(ま)かれた宝石のように輝いていた。

「ここまでだ」

 赤堀が反町の手からタブレットを取って動画を止めた。

 数分間の簡単な会話だが、一年前の状況が反町の脳裏に鮮明に蘇ってくる。同時に優子と彰の密会の写真を見せられたのだ。あのときの赤堀は悲壮な顔をしていた。

「おまえ、大利根に会ったことがあるのか」

「会ったことはないが、おまえよりはよく知ってる。裏の顔というやつだ」

「全部話せ。そのほうが話が早い」

反町が聞いたが赤堀は答えない。ここでもチャンの名が出ている。宮古島で拘束したチャンを県警本部長からの電話で解放した。やはりトオル殺しの真犯人はチャンか。この男たちの誰かが県警本部長を動かしたのか。それほどの力を持つ者とは——。

「四人の男がいた。大利根以外の男たちは何者だ」

「これ以上は話せない」

赤堀の声はいつになく強い意志を感じさせる。しかしその顔には、苦悩とも言える複雑なものが浮かんでいた。

「警察庁と検察庁の極秘事項というヤツか」

反町は挑発したが、赤堀の口は閉じられたままだ。

警察庁と東京地検特捜部の男が沖縄県警に来たのもそのころだ。二人は、高田殺しの情報を求めていた。

高田かあるいは麻耶という女は、何か持っていなかったかね。金以外のものだ。あるいはトオルが殺されたときに――そう聞いたのは東京地検特捜部の木島(きじま)だ。

沖縄の基地移転に関しては沖縄と本土の政財界、それに沖縄の住民の協力が必要だ。その間には、多額の金が動くこともある。ほとんどは表には現れない金だ。官邸から出る場合も、企業から出る場合もある。行き先は政治家、地元の有力者、企業と様々だ。反対派を懐柔させるためはもちろん、賛成派にさえもだ。我々はその流れを調べている。それには強い権力も働く。我々が潰されないためにも、極秘に動く必要がある。だからこうして二人で来て、ここできみと会っている――と、木島が続けた。

木島の言葉は動画の男たちと関係があるのか。

この動画と共に、反町は赤堀に別の写真も見せられている。優子と彰が東京で会っている写真だ。二人は親密そうに腕を組み、彰のマンションに入っていった。抱き合いキスをしている写真もあった。優子が出てきたのは、翌日だ。

反町に写真を見せたときの赤堀の顔は、今でも反町の脳裏に鮮明に残っている。苦悩に満ちた男の顔だった。準キャリアとしての誇りや自信は微塵(みじん)もなかった。

反町は頭の中を整理しようとした。

赤堀は儀部の土地の権利証と実印を持ち出した彰を追っていた。引ったくりの被害者として優子が現れ、その真相を探っていると大利根に行き着いた。大利根は殺された高田の雇い主だ。日本国籍は持っているが在日中国人である大利根は、中国人を含めたグループと関係があった。大利根と優子の関係は——。

優子が大利根から受け取った三百万円は——。優子が襲われたのは、引ったくりによるものではないとしたら——。反町の頭はさらに混乱し始めた。

反町は車を発進させた。県警本部に戻るまで反町も赤堀も無言だった。


「優子は大利根と会って何を話していた」

捜査一課に戻ってからも、反町は自分自身に問いかけた。

優子は大利根に会った後、新都心のショッピングセンターに何をしに行ったのか。考えれば考えるほど疑問が生まれてくる。

「優子を襲ったのは三百万円が目的だったのか。だったら、なぜ優子が金を持っていることを知っていた。ホテルで見かけて、つけて来たのか。だったら、封筒の中身が金であることはどうして分かった」

反町は自問自答したが、答えは出ない。

「大利根はなぜ、優子に金を渡した。優子が襲われたのは偶然か」

頭はますます混乱してくる。

反町は具志堅に話すべきか迷った。パソコンに向かう具志堅の後ろ姿を見ていたが、もう少し話が見えて来てから話すことに決めた。


大利根の名が出てから、赤堀の動きが怪しくなった。

捜査二課にいないことのほうが多い。近くの席の者に居場所を聞いても、要領を得ない。知らないというのではなく、言えないという感じだ。

反町のスマホが鳴った。

〈今、赤堀課長補佐が戻ってこられました〉

それだけ言うと、電話は切れた。

県警本部一階の窓口にいる女性警察官に、赤堀を見たら電話をくれるように頼んでいたのだ。

反町はエレベーター前に走った。

スマホを見ながら出てきた赤堀とぶつかりそうになった。

反町を見た赤堀が、慌ててスマホをポケットにしまう。

「どこに行ってた。昼から午後四時までの四時間」

反町は赤堀の腕をつかんで会議室の一つに入った。

「食事をして、ホテルで人に会ってた」

「沖縄セントラルホテルか」

頷いてから、赤堀はしまったという顔をした。とっさには嘘のつけない性格だ。

沖縄セントラルホテルは、沖縄でも高級ホテルの一つで、観光客というよりビジネスマンや欧米の客が多い。赤堀は東京から来た者たちと、いつもそこで会っていた。

「おまえの職場は県警本部じゃないのか。一課で聞いたが、誰も居場所を知らなかった」

「僕は警察庁からの出向だ。いずれ、警察庁に戻る」

「おまえ、俺に隠していることがあるだろう」

「当然だ。僕は二課の仕事をやってる。外部の者に余計な話はしない」

「動画の話を具志堅さんにするつもりだ。新宿高層ビルでの密談だ。大利根が映っているやつ」

高田と麻耶が殺された事件を発端とした一連の殺人事件と関係があるのだろうか。被疑者死亡で幕引きされているが、反町も具志堅も、あの事件は解決したとは思っていない。過去の亡霊のように浮かんでくる。

赤堀の顔色が変わった。

「あれについては忘れてくれ。一年も前のものだ。もう骨董品(こっとうひん)だ。あんなものに頼っていると、捜査に支障が出る」

「捜査とはなんだ。儀部の息子の彰の件か。それとも、あの動画に関係していることか。それとも両方か」

「両方とも、おまえとは関係ない」

「やはり、この一年間、東京とこそこそやっていたのか。今、東京の奴らが那覇に来ているんだろう。おまえは彼らと会ってる」

赤堀の顔に緊張が走った。やがて観念したように話し始めた。

「もっと沖縄を取り巻く状況を見ろ。沖縄は普天間基地の辺野古移転で大きく揺れてる。尖閣(せんかく)諸島を含め、周辺諸国との政治的緊張も高まっている。沖縄も米軍基地も、ますます重要度が増している。不動産の不正売買どころじゃない」

「基地地主が関係してるんじゃないのか。だから、東京の二人が頻繁に出入りしてる。尾上(おがみ)と木島だったな」

反町は警察庁と検察庁から来た二人の名前を出して、赤堀の反応を見ようとした。しかし、いつもは露骨に顔に表れる赤堀の反応がない。

4

大利根との出会いで、反町の脳裏には高田の姿が膨れ上がっていた。彼は大利根の指示で沖縄に来て、殺された。その後、トオルとマサ、二人の若者が死んでいる。

反町は生活安全部サイバー対策室の平良(たいら)の所に行った。

一年半前、生活安全部に新たに創設された部署で、急に増え始めたインターネット、SNSなどのコンピュータネットワークを舞台とした犯罪を対象としている。犯罪捜査に直接加わるのではなく、各部署から持ち込まれた電子機器の解析を行っている。平良は反町より一歳年下で、パソコンオタクの少年がそのまま警察官になったような男だ。赤堀とタブレットの動画データについて話しているとき、一台のノートパソコンを思い出したのだ。

高田が殺された事件の捜査で、具志堅と一緒に高田が社長をしていた池袋(いけぶくろ)の高田不動産に行った。

残されていた高田のパソコンに、暗号化されたファイルがいくつかあった。反町は不動産会社を引き継いでいる片山(かたやま)からパソコンを買い取り、沖縄まで持って帰った。平良にはファイルの暗号化の解除を頼んでいたのだ。しかしその後、高田殺害の容疑者トオルは死亡し、捜査は打ち切りになった。以後、何度かファイルについて電話をしたが、積極的には催促していない。パソコンもそのままになっていたのだ。

「持ち込んだパソコンがあるだろ。どうなっている」

「まだできてません。かなり難しくて。あれはおそらく、中国系のプロが絡んでます」

平良は一瞬戸惑った表情をしたが、慌てて言った。中国系のプロとは人民解放軍に近い組織だ。

「一年近くも前の話だ。おまえが無能だからできないのか、単に忘れてただけなのか」

「無能だなんて――。時間さえあれば」

「だったら、結果で示せ」

「仕事の合間にやってます。だから時間が――」

平良はムキになって言うが、目がデスクの上をさまよっている。

反町は平良のデスクに積み上げられている雑誌や書類をかき分けた。その下に埋もれたパソコンがある。

「一週間以内に解除できなかったら、おまえは無能だ。一年かかっても何もできていない。県警全員に言いふらすからな」

反町は平良の額を思いきり指ではじくと、部屋を出た。


一課に戻る途中、反町は赤堀の部屋に寄った。

赤堀の姿は見えない。デスクにはタブレットが置いてある。

反町は周囲に気づかれないようにタブレットを立ち上げ、画面をスクロールしたが開かない。

「来る前には電話しろと言ってるだろ」

振り向くと赤堀が立っている。

「タブレットは指紋認証だ。僕にしか開けられない」

薄笑いを浮かべた赤堀が言う。

「そういうことは俺以外の者には言うな。おまえの指一本があれば、簡単に開けるということだ」

赤堀の前で人差し指を切り取る動作をして見せた。赤堀の表情が一瞬で変わった。

「中のファイルも重要なものは暗号化してる」

「おまえのここに聞けば開けるということだろ」

反町は人差し指で、赤堀のこめかみを突いた。

「トオルの遺体を見ただろ。ズタズタだった。チャンがやった他の殺しの写真も見たよな。ノエルのファイルにあったやつだ」

赤堀の顔色が変わっている。ノエルは国際犯罪について詳しい。彼女がインターポールから送られて来る中国マフィアの殺人現場の写真を見せてくれたのだ。

「あれはどう見ても同一犯人だ。トオルはチャンにやられた。県警内じゃ誰も信じてくれなかったがな。俺と具志堅さんは、宮古島でチャンを拘束した。しかし、県警本部長の電話で解放しなきゃならなかった。おまえらは信じただろ。クソッ」

反町は机の脚を蹴って赤堀を見据えた。周りの視線がいっせいに集まるのを感じる。

「チャンの変態野郎、トオルに何かを吐かせようとした。あれだけ痛めつけられれば、俺だったら全部しゃべる。あること、ないこと全部だ。おまえは、どこまで耐えられるか」

赤堀は返事をしなかった。顔は蒼白（そうはく）になり、指先が震えている。

反町は赤堀の肩を叩くと二課を出た。


傷害事件から五日がすぎたが、優子の意識はまだ戻らない。

捜査も大きな進展はなかった。所轄は相変わらず引ったくり未遂事件として、防犯カメラの映像の収集と類似事件の洗い出しを続けていた。

親泊からの捜査報告の電話の後、反町はノエルを呼び出した。

「なんでおまえが、今でも優子の様子を見に行くんだ」

「県警に女性警官が少ないからじゃないの。行きがかり上、私が連絡係になってる。大した世話もしてないけどね」

「男が会いに来た。親泊から連絡があった。病院に行ったとき、言われたそうだ。おまえは聞いてるか」

ノエルは首を横に振っている。

反町はスマホを出して赤堀から手に入れた彰の写真を見せた。

「儀部の長男、彰だ。俺たちはこの男を捜してる」

「聞いて来いってことね。あんた、病院の看護師に評判良くないものね。もう、借りは返したつもりだったけど。でも、ひどい写真。どこのサルが撮ったの」

「東京のサルだ。夜、望遠で撮るとこうなるんだ」

ノエルが反町の手からスマホを取って、自分のスマホに写真を転送した。


しばらくして再び、ノエルが反町のところに来た。

「やはり、優子さんのところに男が会いに来たそうよ」

「彰か」

「今まで来たことのない人だって。がっちりした三十代くらいの男」

「写真を見せたのか」

「あの写真じゃ、判断できない。病院の防犯カメラの映像を見れば分かるんじゃない。各階に防犯カメラが付いてるから」

「赤堀を連れて行くか。彰については、彼のほうが詳しい」

「私も電話しようと思ってたところ」

「おまえの車で送ってくれるか」

ノエルは嫌そうな顔をしたが頷いた。事件そのものに興味が出てきたらしい。

反町は赤堀に電話して、地下駐車場で待ち合わせた。

病院の警備室に行き、三人で優子の病室階のエレベーター前に設置された防犯カメラの映像を見た。

「止めてくれ」

声を上げたのは赤堀だった。

「儀部彰が那覇に戻っている」

赤堀が呻くように言う。「何やってるんだ、東京の奴ら」

エレベーターから降りた男が立ち止まって、廊下の左右を見ている。がっちりした男だ。彫りの深い顔に特徴がある。青いかりゆしウェアにグレーのパンツ。沖縄ではごく普通の男だ。さほど鮮明ではない画像に一瞬で気づくとは、赤堀は彰の顔を頭に刻み込んでいる。

やはりあの日、優子は彰に会うために新都心のショッピングセンターに行ったのか。彰が病院に来たのは昨日の午後、優子が入院して五日目だ。それまで、突然いなくなった優子を探していたのか。それとも、彰が優子を襲い、様子を見るために来たのか。様々な思いが反町の脳裏に交錯する。

「まず、彰を探すべきだな」

反町の言葉に赤堀が頷いている。

「彰を見つけて、儀部に会わせるか。優子を巡る親子対決だ」

「とことん悪趣味な奴だな」

赤堀が反町を睨んだ。

「儀部さんの具合がよくない。博多から帰るのが遅れたのも、優子さんが襲われ、意識が戻らないのを知ってショックで倒れたらしい」

「あの爺さん、そんなに優子に惚れてるのか」

反町の言葉に、赤堀がうんざりしたように息を吐いた。

ノエルは二人の話を無言で聞いている。


県警本部に戻ると、ノエルは自分の部署に帰った。

反町は赤堀を空いている会議室に連れていった。

「彰は親父に詫びを入れようとしてるんじゃないのか。あの三百万は土地を売った金の一部で、親父に返すつもりだった」

「儀部さんにとって三百万は大した金じゃない。儀部さんはなかなか頑固でね。おまけに根に持つタイプだ。沖縄独特の家族制度もある。彰は大学時代を東京ですごし、都会の味を知ったんだ。親と家に縛られない自由についてもな。沖縄に戻って父親の仕事を手伝っていたが、封建的な空気に不満を持っていたんだろう」

　赤堀はしばらく躊躇うように考え込んでいたが、口を開いた。

「最大の理由は、優子さんだろう。二人は歳が近い。優子さんは魅力的な女性だ。一つ屋根の下に暮らしていれば、おかしなことにもなる。おまけに優子さんは儀部に理不尽に縛られている。優子さんへの同情が愛情に変わってもおかしくはない」

　反町は優子の身体に青アザがあった、あれは殴られてできたものかもしれない、というノエルの言葉を思い出していた。

「だったら、一人で逃げることはないだろ。優子も連れて行けばいい」

「いずれは呼び寄せるつもりだったのだろう。当座の生活資金と東京での事業資金にするために、金庫にあった土地の権利証と実印を持って家を飛び出した」

「儀部はそれ以外にも盗まれた物があって、それだけは取り返したいと言ってたんだったな。それが、新宿の高層ビルで男たちが話してた、リストとレポートじゃないのか」

　反町が言葉を挟んだが、赤堀は無視してしゃべり続けた。

「結局、東京での仕事はうまくいきそうにない。土地の権利証も思ったほどの金にはならなかった」

「土地は適正価格で取引されたんだろ。だったらまとまった金になったはずだ」

「軍用地なんて、長期で持っていてこそ旨味(うまみ)がある。だが返還予定地は場所さえよければ何倍にもなる。大利根にだまし取られたというわけだ」

「彰が持ち出した権利証の土地の場所はどこだ」

「沖縄北部だ。広さでいえば大したことはないが、返還予定の軍用地の中心地区だ。跡地利用のキーになる土地だ」

赤堀はこれで終わり、というように軽く息を吐いて反町から視線を外した。

「優子と彰のことを儀部が知ったら血を見るな」

反町の言葉に赤堀が顔をしかめた。

「そんなに執着してる土地なら買い戻せばいい。買ったのは大利根だろう」

「いや、違う。金田修司（かねだしゅうじ）という男だ」

「何者だ、そいつは」

「在日中国人だ。すでに帰化しているが」

「大利根も在日だ。つながっているのか」

「まだ調べはついていない。公（おおやけ）には動けないことだからな」

「大利根と彰は那覇で会ってるんじゃないか。二人は単なる売り主と買い主の関係じゃなさそうだ」

「僕は知らない。二人については東京から入ってくる情報だけだ」

赤堀がしまったという顔をして視線を逸らせた。

「まだ事件性はないからな。積極的には動けない」

　赤堀は時計を見て、約束があると言って部屋を出ていった。


　反町はノエルの所に行った。

　東京から来た警察庁の尾上、東京地検特捜部の木島の名を出して、去年の八月以来、沖縄に来ているか調べるよう頼んだ。

「うちの課の名前を出しては動きづらいんだ。詮索されても嫌だし。相手に知られると、もっとマズいんだ」

「昔、赤堀とエレベーターから出てきた二人でしょ。彼らはまだ、赤堀と動いてるの」

「あのときは基地地主に絡む問題だったが、今は分からない」

「じゃ、儀部や大利根とも関係あるの」

　ノエルはまだ二人が絡む事件については詳しくは知らないはずだ。

「まさか、優子さんの事件も、ただの引ったくりじゃなくて関係があるって言うんじゃないでしょうね」

　反町は無言だった。

「嘘でしょ。本当なの。だったら赤堀の執念の勝ちじゃない」

　ノエルの驚きが伝わってくる。

「それが分からないから、調べてくれって言ってるんだ。二人が来てるなら、刑事部長には会ってるだろうから、総務課の者に聞けばいい」

「それだけ分かってれば、自分でやれば」

「俺は人脈がおまえほど広くないからな」

「限られてるものね。それに、秘書課の女性には人気ないし」

ノエルがバカにしたように言う。しかしそれは事実で、サーフィン仲間か暴対の刑事にしか、反町と親しい者はいない。

5

反町は、ファストフード店〈B&W〉にいた。ここにいればケネスが現れ、新情報が得られることが多い。反町は気晴らしを含めて、定期的に来ることにしている。

反町がルートビアを前に三十分ほどすぎたとき、ケネスが現れた。

反町を見て意外そうな顔をしたが、椅子を引き寄せて横に座った。

ケネス・イームスはアメリカ海兵隊のMP、ミリタリー・ポリスだ。階級は三等軍曹で、下から数えて五番目にあたる。

基地内では迷彩服に拳銃、警棒を下げ、腕にMPの腕章を巻いているが、今は赤いかりゆしウェアを着て短パン姿だ。素足に履いているのは赤いスニーカー。今日はドジャースの野球帽をかぶっていた。高校生のような幼さを感じさせる端整な顔に赤みがさしている。走ってきたのか。

ノエルの友人だが、半年ほど前から反町の貴重な情報源になっている。アメリカが調査する沖縄情報のほうが日本より幅広く詳細だ。特に自爆テロが世界中で頻発し始めたころから、その傾向が強い。

ケネスは基地内にいるとき以外は、たいていここで奥の席に座り、ルートビアのラージサイズとタブレットを前に置きハンバーガーを食べている。

「どうかした？　憂鬱そうな顔をして」

「おまえこそ、いやに機嫌がいいな。なにかいい情報があるのか」

「基地中がピリピリしてる。僕らＭＰは大変。一秒だって気を抜けない。今、沖縄の米兵や軍属が事件を起こしたら、沖縄ばかりじゃなくて日本中が大騒ぎをするでしょ」

ケネスが身体を寄せ、声を潜めた。

普天間基地移転に伴い、現在、辺野古の埋め立てが進んでいる。辺野古には本土からの応援部隊を含めて、基地反対派が詰めかけていた。大きな集会がないときでも数十名が常駐している。

おまけに、ここ数ヶ月の間に複数のヘリとオスプレイの緊急着陸事故が続いている。

県警でも関係部署の人間は神経が張り詰めていた。

「沖縄の宿命か。そう単純に言うと、よし枝さんに追い出されるか」

与那原町の反町が間借りしている家のお婆さん、宮良よし枝を反町はよし枝さんと呼んでいる。八十八歳だが、裏の小さな畑で野菜を作っている。右足が不自由なのは、沖縄戦で受けた傷の後遺症だと、近所の人から聞いたことがある。

「チャンはどうしてる」

反町はケネスに会うと必ず聞く言葉を繰り返した。

「日本に入国すれば、すぐに知らせが来ることになってる。香港を出た気配もない。僕に言えるのはそれだけ」

「何かあったら、すぐに知らせるんだぞ」

反町はケネスの背中を叩いたが、ケネスは応えない。ケネスのことをいじめると承知しないからね、ノエルの言葉がよみがえった。

「俺はケネスのこと大好きなんだぞ」

そうだよなと言って、反町はケネスの肩を抱いて引き寄せた。ケネスも嫌がるどころか、まんざらでもない感じだ。

第三章　謎の中国資本

1

反町が県警本部に戻りエレベーター前に立ったとき、スマホが鳴り始めた。

サイバー対策室の平良からだ。

〈あれ、何とかできま――〉

「すぐ、行く」

反町は途中でスマホを切ると、階段に向かってダッシュしていた。

サイバー対策室に飛び込むと、平良のところに直行した。

平良はサンドイッチを食べながら、コンピュータのディスプレイを見ている。

「仕事の片手間にやってたんで、時間がかかりましたが――」

「ファイルはどこだ」

平良が身体の位置をずらした。ディスプレイには、英語の文章と複数の表があり、細かい数字が並んでいる。最後に一枚のカラーイラストが付いていた。最初のページには〈シークレット〉のウォーターマークが付けられている。

反町は英文を目で追っていった。

ポケットからＳＤカードを出して平良に手渡した。

「これにコピーしてくれ。他にも暗号化されたファイルがあっただろ。それも見せろ」

「とりあえず一つだけ。暗号化の種類が違うんです。よほど用心深い奴です。何となくパターンが分かったので、開くには時間はかからないと思いますが。十日もあれば」

「今度は片手間じゃなく、メインでやるんだぞ。本部長表彰が待ってるからな」

反町は平良の手からサンドイッチをもぎ取って頬張った。

一課の自分のパソコンの前に座ると、ＳＤカードを開いた。

イラストは統合型リゾート施設の外観図だ。プライベートビーチに面してプールが二つ、両端にホテルがある。中央部には店舗が並び、野外舞台のある広場になっていた。食事をしながら、様々なイベントを楽しむことができる。まわりは塀で取り囲まれている。一般の人向けというより、富裕層を対象にしたものだろう。

タイトルの英文を指でたどった。

「新、大型、リゾート、施設、建設、計画、沖縄……」

単語を一つ一つ拾っていく。タイトルだけはつながった。沖縄、統合型リゾート施設建設計画。

本文の英語になると五分で諦めた。数字の表も同じだった。施設の説明と建設費の数字らしいことは分かるが、詳細はまったく理解できない。反町の語学能力を超えている。

「こんなの、どう見ても俺にはムリだ」

呟いてみたがどうにもならない。

具志堅に相談したいが、彼にもこの英文と数字を読み解くことはムリだろう。コソコソ何をしている、と怒鳴られるのがおちだ。

ノエルが頭に浮かんだが、やはり数字は難しい。彼女の頭も文系思考だ。

行き着くのは一人だ。反町はＳＤカードを持って二課に行った。

赤堀が迷惑そうな視線を向けてくる。

反町がファイルを開くと、赤堀はパソコン画面に顔を付けるようにして見ている。

「何のファイルだ。レジャー施設には違いないが、数字は何を示してる」

「少し黙っててくれ。おまえの声を聞くと集中できない」

十分ほどで赤堀が顔を上げて、反町に向き直った。

「どこで手に入れた」

「先に、これが何なのか説明しろ。おまえが話す通り具志堅さんに報告する。嘘だったら、警察には居られないぞ」

「沖縄に作る統合型リゾート施設の計画書だ。収支予測と建設費が書いてある」

「たかがリゾート施設の計画書か。ファイルを暗号化するほど、重要なものなのか」

反町の言葉に赤堀が画面の数字を指した。

「この数字通りだと、沖縄では最大級のものだ」

「三億円の建設費で最大級か」

「単位はドルだ。約三百三十億円。おそらく、もっとかかる。少なく見積もってる」

反町は画面に顔を近づけた。間違いない、ドルだ。

「なんで極秘に進めている。シークレットの印がついている」

「おまえのほうがよく知ってるんじゃないのか。ライバル企業も多いし、金に群がる奴らもいる」

赤堀が反町を見ている。暴力団のことを言っているのか。

「どこで手に入れた。日付がかなり前になってる」

「一課の極秘事項だ」

マウスに置いた赤堀の手首を反町がつかんだ。

「コピーは厳禁だ」

赤堀が反町を睨んだが、何も言わずマウスから手を放した。

「ギブ・アンド・テイクだ。東京から来たおまえの友人が言った言葉だ」

「なにがほしい」

赤堀がかすれた声を出した。

「過去の亡霊だ。新宿の高層ビルでの密会映像をよこせ。大利根を含めて四人の男が会ってただろう。二人は中国人だった」

赤堀が驚いた顔で反町を見た。

「あれは違法映像だ。望遠レンズと集音マイクを使っての隠し撮りだ。公になれば問題になる。おまけに一年近く前だ。古すぎる」

「イヤなら、さよならだ」

反町はファイルを閉じると、ＳＤカードを抜き出した。

「分かったから、ＳＤカードをよこせ」

「まず、密会の映像をＳＤカードにコピーするんだ。それを確かめたら、リゾート施設のファイルをコピーさせてやる」

「僕が信じられないのか」

「さすが警察庁のエリートだ。よく自分を知ってる」

赤堀は答えず、マウスを動かし始めた。

反町は帰宅前にもう一度、一課に寄った。ひょっとしたら、と思ったのだ。

ここしばらく大きな事件が起こっていないので、大多数の刑事は早めに帰っている。

すでに午後十時をすぎているが、電話番が残っているはずだ。

キーボードを叩く音が聞こえ、パソコンの明かりが見えた。残っているのは具志堅だ。

反町は具志堅のところに行って、背後に直立不動の姿勢で立った。

パソコン画面が過去の捜査ファイルに変わった。一瞬見えた前の画面は——山から見た海と町の写真だ。静かな海、彼方（かなた）には島が見える。数ヶ月前からたびたび具志堅が見ている写真だ。海は太平洋、島は久高島（くだかじま）に似ていると感想を言った覚えがある。久高島は中城（なかぐすく）湾の海岸から十五キロほどのところにある島だ。サーフィンを始めたころ、波を捜して海岸線を車で走ったことがあるのだ。具志堅は反町の言葉を無言で聞いていた。

顔を上げて反町を見た具志堅は、すぐにパソコンに目を戻した。

「また、不始末を仕出かしたか。幽霊を見たような顔をしてるぞ」

「幽霊ではありません。一昨日、大利根に会いました。那覇オリエンタルホテルです」

具志堅が椅子を回し反町に向き直った。

「あの大利根か。渋谷の中華レストランの」

「儀部優子は襲われる前に、ホテルで大利根に会っています」

具志堅が何かを考えるように眉根をすぼめ、反町から視線を外した。

反町は一昨日からのいきさつを具志堅に話した。話しながら頭の中をまとめていく。

具志堅が無言で聞いている。

「まだ何かありそうな顔だな」

話し終わった反町に具志堅が言う。

反町はＳＤカードを具志堅のパソコンに差し込んで、赤堀から手に入れた動画を再生した。

具志堅はやはり無言で、目は映像に釘付けになっている。新宿の高層ビルで、大利根を含めて四人の男が話している。

途中から具志堅がパソコンを操作して、音をクリアにし音量を上げた。時折り映像を止めて画面に顔を近づけている。数分の動画が終わり、具志堅が反町に視線を向ける。

「誰が撮った」

「東京の公安と聞いています」

「あの準キャリの後輩か。よくおまえに渡したな」

「物々交換です。高田のパソコン、池袋の不動産屋で片山から買ったでしょ。あの中にあった暗号化されたファイルが開けました。そのファイルと交換しました」

今度はＳＤカードの中の別のファイルを見せた。

「高田のパソコンのファイルにあったのは、沖縄での統合型リゾート施設建設計画です。かなり大規模なもので、建設費三億ドルです。大利根が計画していたのは、レストランじゃなかった」

「おまえは、この新宿の密談動画を一年前に見ていたのか」

「どちらも、手に入れたのは今日です。一時間ほど前」

「しかし、俺に黙っていた。一年間だ」

「もっと調べてから、報告しようと思ってました。結局、何もできませんでしたが」

「大利根以外の男たちが誰だか分かっているのか。一人は日本人の政治家。見たことがある。二人は中国人だ」

「俺は知りません。東京の奴らは分かっていると思います。警察庁と検察庁の二人です。もう一年もたってますから。でも、教えてくれないでしょう」

具志堅が考え込んでいる。

「聞き出す方法があります」

「フラーが。さっさと言え」

「高田のパソコンにあったファイルと交換します」

「それが、これじゃないのか」

「半分です。ファイルは他にもありました。ただ、暗号化の解除がまだです」

「いつできる」

「十日もあればと、言ってました」

「二日だ」

「五日なら――」

「三日だ。今日を入れて。明後日までだと伝えろ」

「でも――分かりました」

反町は電話で平良に明後日中にファイルを開くように言うと、返事を待たずに切った。

再び赤堀に会いに行った。

部屋に赤堀はいない。スマホで呼び出しても通じない。

「課長補佐はどこに行った」

「最近時々消えてしまう。携帯が通じない。おそらく電源を切ってる。キャリアのやることは、俺たちには分からん」

残っていた者に聞くと、うんざりした顔で答えた。

2

反町が二課の部屋から出ると、廊下に具志堅が立っていた。

「行くぞ」

エレベーターのほうに歩き始める。

「どこにですか。俺は——」

「課長補佐がいるところだ。おまえは知ってるんだろ」

「知りませんよ。あいつ、携帯を切ってて連絡も取れません」

「だったら、考えろ。おまえから高田のファイルを手に入れたら、それをどうする」

「東京に報告します」

赤堀は東京から来た連中とはホテルで会っている。今もおそらく——。

「沖縄セントラルホテルです」

「俺もそう思っている」

具志堅がエレベーターに乗りながら答えた。

赤堀の前に座っているのは、尾上と木島だ。

二人とはほぼ一年ぶりの再会だった。前回も、このホテルのラウンジで会っている。

三人とも紺のスーツにネクタイ姿で、やり手のビジネスマンが仕事の打ち合わせをしているという感じだ。赤堀もいつの間にか、ネクタイを締めている。

尾上憲一(けんいち)は警察庁、刑事局組織犯罪対策部、組織犯罪対策企画課課長で、赤堀の元上司だ。一年前は課長の下に代理が付いていた。

木島伸介(しんすけ)は検察庁の検事で、東京地検特捜部に所属している。

東京地検特捜部は、東京地方検察庁に設置されている特別捜査部だ。独自の捜査権限を持ち、政治家や官僚の汚職や大型脱税、経済事件などを集中的に捜査し、実績を上げてきた。

しかし十年近く前、証拠を十分に固めることなく強制捜査をして、強引にキャリア官僚を有罪へ追い込もうとした事件があった。そのころから、政権の意向や世論に流される傾向があるといった批判も出ている。

二人とも四十歳前後。かなりのやり手なのだ。反町と具志堅には雲の上の存在だ。

「一体、何が起こってる。一年分の空白を埋めたい」

反町は赤堀に聞いた。赤堀は驚いた表情で反町と横に立つ具志堅を見ている。

「何か新しいことが分かったのか。ギブ・アンド・テイクなんだろ。統合型リゾート施設建設計画の見返りは渡した」

「一年前のデータだが、まだ十分に価値があるらしいな。だがおまえに渡したデータは半分だ。まだ、残りがある」

赤堀はもとより、東京からの二人の表情が変わった。

「大利根たちが計画しているのはレストランじゃなくて、統合型リゾート施設だった。

だが、なぜ東京からあんた方が来てる。そんなことだけじゃ、わざわざ沖縄までは来ないだろ」

反町の背後から具志堅が言った。

「金額が問題なのか。三億って数字があったが、単位は円じゃなくてドルだったな」

「総工費約三百三十億円だ」

尾上が反応を見るように具志堅を見つめている。

「そんな金、どこが出すんだ。大利根じゃムリだぜ。あいつのレストランには行ったことがある」

大利根は中華レストラン〈睡蓮〉のオーナーだが、このレジャー施設は規模が違う。二つのホテルにプライベートビーチ付きだ。

「金はどこから出てる。大利根一人の手には負えない額だ」

「僕らもそう思った。それで、大利根の身元を調べた」

「彼は在日中国人だ。つまり中国とのパイプがある」

「知ってたのか」

反町の言葉に赤堀が驚いた表情を見せた。

「東京に行ったときに、具志堅さんが調べた。高校に入るとき帰化している」

「中国人が日本の土地を買い占めているのを知っているか。土地、山、建物。北海道から東京、横浜、九州。一部の富裕層だが買い漁っている」

　黙って聞いていた木島が口を開いた。

「彼らが沖縄にまで手を伸ばしているというのか」

「中国本土に近いからな。国際通りを歩けば分かるだろ」

　中国人観光客で溢れている。団体や家族連れで、大挙して押しかけてくる。土産物店や食堂の従業員も中国人が多い。

「だが、この建設資金は半端じゃない。大企業が噛んでるか、ファンドが作られている」

「それだけの資金源を持つ中国人が付いている。複数の中国人だ」

　赤堀が淡々とした口調で言う。一年以上かけて調べ上げたことなのだ。おそらく、具体的な名前もつかんでいる。反町は新宿の高層ビルで大利根と一緒にいた二人の中国人を思い浮かべていた。

「しかし、合法なら問題ないんじゃないのか」

「合法ならね。だがそうでなかったら。違法を見つけ摘発するのも警察、検察の仕事だ」

　赤堀が意味深長な言い方をした。

「大利根は実際に沖縄の土地を買い入れているのか」

「明日にでもデータを見せてやる。おまえのほうの約束も忘れるな」

「分かっている。ギブ・アンド・テイクだ」

反町は赤堀から、東京から来た二人に目を移した。

具志堅が反町の肩を叩いた。そろそろ時間だ、という合図だ。

ホテルを出るまで、三人の視線を背後に感じていた。


ホテルを出た途端、反町はその場に座り込みたい疲労に襲われた。全身から力が抜けていく。こんなことは初めてだった。

深夜にもかかわらず、熱気が二人を包み込んでくる。

県警本部に向かって車を運転しながら、反町は具志堅に話しかけた。

「土地の買い占めには、地権者が多いと必ず反対者が出ます。国が関係している公共性があるモノなら、法律を利用できますが、今回の場合は――」

反町は言葉を濁した。大利根が買い占めようとしている土地の所有者たちを思い浮かべた。中には儀部もいるだろう。

「まとまった土地を手に入れようとすれば、現在の地主全員と交渉しなきゃならない。だったら――」

反町は喜屋武を思い浮かべた。彼に並んでチャンの姿が現れる。

喜屋武は黒琉会の幹部で、具志堅の幼馴染(おさななじ)みだ。チャンは沖縄にいるときは、喜屋武と一緒にいる所をたびたび目撃されている。

具志堅は無言で、通りすぎる夜の町を見ている。

「黒琉会が絡んでいる可能性が高い」

「知らん。だが、金の動くところには必ず、アシバーの姿がちらつく」

具志堅が吐き捨てるように言う。アシバーとは、暴力団のことを指す沖縄言葉だ。


翌朝、反町は具志堅に言われた通り、ゆいレール県庁前駅のロータリーに立っていた。反町の前をサラリーマン風の人たちが歩いていく。県庁前駅の道路をへだてて官庁街に続いている。県庁舎をはじめ、那覇市役所や県警本部など沖縄の主要官庁が集まっている。

午前九時四十五分ちょうどに具志堅が現れた。具志堅には常に約束に遅れるというウチナータイムは通じない。時間厳守だ。

「自転車はどうした」

「県警本部の駐車場です」

「正解だ。自転車は目立つ。おかしな帽子をかぶって走ってると、バカかと思われる」

たしかに沖縄には自転車が少ない。反町も東京で買って、分解して那覇まで送ったのだ。ヘルメットをかぶって走っていると多くの人が振り向く。具志堅は自転車には乗ったことがないらしい。

具志堅が先に立って泊港方面に向かって歩いていく。国際通りとは反対側で、まだ行き交う人は少なく、店も半数以上が閉まっている。

「どこに行くんですか」

「昨日の話、あいつらの話は信用できるか」

「裏取りですか。でも、何の――」

途中で横道にそれ、〈琉球大嶺不動産〉の看板の前で立ち止まった。

社長の大嶺雄介は五十代と思しき大柄な男だ。目鼻のつくりが大きく、ヒゲの剃り痕の目立つ、見るからに沖縄的な顔をしている。この男とは一年前に会っている。

大嶺は忘れているらしく、二人に胡散臭そうな視線を向けた。

具志堅が警察手帳を見せると、大嶺の表情が変わった。

「一年ほど前、あんたが世話をした東京の不動産屋を覚えているか。高田という男だ」

具志堅が単刀直入に話し始めた。

大嶺は思い出そうとしているふりをしているが、実際はどこまで話していいものか考えているのだ。事件には絶対に巻き込まれたくない、という態度があからさまだ。

「派手な殺され方をした男だよ。全裸で首を吊られた。女も一緒に殺されてる」

反町が言うと大きく頷いた。

「覚えています。ちょっと話題になりました。私も驚きました」

「彼は土地を探していた。それも覚えてるか」

「前にも話した通り、東京から電話がありましてね。沖縄に行くから話を聞きたいと。同業者の紹介と言ってました。誰だか聞きましたが、ただ同業者としか言わない」

大嶺が大きく息を吐いた。「ホテル建設の話でした。でも彼は軍用地にも興味を持っていました。しかし売りに出ている土地は少ない。軍用地は人気があります。金融資産なんです。毎年値上がりする上に、賃料の滞納も踏み倒されることもありません。整備も必要ないし、借地人からの苦情もない。相手は国ですからね」

「大利根という男を知ってるか」

突然、具志堅が聞いた。

反町は大嶺にスマホの写真を見せた。

「いい男ですね。女は一度見たら忘れんでしょう」

「あんたに聞いてる。あんたも忘れない口か」

具志堅が黙ってろという風に、反町を睨む。

「高田を紹介した男、東京の不動産屋じゃなくて、大利根じゃないのか。大利根は沖縄の事情は知らないと言ってるが」

具志堅の言葉に、観念したように大嶺がしゃべり始めた。具志堅は小柄だがどっしりとした骨太の身体で、対峙(たいじ)すると相手に有無を言わせない迫力がある。

「高田さんが亡くなったので、大利根さんが直接、やってきました」

「どういう話をした。彼は一人だったのか」

「一人でした。統合型リゾート施設建設の用地を探している人が本土にいるらしい。それで、うちに相談に来ました」

「もっと具体的に話してくれないか。単なる相談ということはないだろう」

「それで全部です。他に何があるんです」

「候補地とか購入の予算とか、大金が動くんだろ。わざわざ沖縄まで来たんだ。具体的な話があったはずだ。子供の使いじゃない」

「沖縄にもレストラン〈睡蓮〉のチェーン店を作ると言ってました。まずはその統合型リゾート施設の中に」

「詳しく話してくれ」

　具志堅がすかさず言った。大嶺は一瞬しまったという顔をしたが、頷いて話し始めた。

「海に面した十万平米程度の土地を探していました。東京ドーム二個程度の広さです。予算は二百億というところでした。もっと多かったかな。高田さんの話の数十倍の規模なんで驚きました」

「景気のいい話だ。いや、良すぎるか」

「ここ数年、そんなに珍しい話じゃありません。年に数件はあるようです。実現するしないは別にして。私のところじゃないですがね。もっと大きな不動産屋です。本土の景気はよくなってるらしい。沖縄にも広がるといいんですがね」

「本土というより、中国の景気がいいんじゃないのか」

反町が口を挟むと、具志堅が睨み付ける。おまえは口を開くな、と目が言っている。

「あんたのところとの取引はどのくらいだ」

「軍用地で多少まとまった土地を世話しました。これは内緒にしておいてほしいんですがね。おかしな取引じゃありません。軍用地は表に出すのを嫌がる人が多くてね」

「大利根が買ったのか。かなりな金額になるだろう」

「一人じゃありません。買い手は複数です。大利根さんの〈睡蓮〉がいちばん大口でしたが。富裕層の中国人観光客を狙ったレストランを中心に据えた、統合型リゾート施設建設と聞いています。プライベートビーチのある、高級ホテルも建つそうです」

大嶺は地図を持ってきた。沖縄北部にある返還軍用地の所有者の名前が載っている地図だ。高田にも那覇市周辺の同様な地図を与えたと言っていた記憶がある。

二人は一時間ほど話を聞いて、大嶺不動産を出た。

外に出たとたん、強い陽光が二人に降りそそいでくる。それに挑むように具志堅が歩み始める。反町は歩みを速め横に並んだ。

「具志堅さん、大利根が大嶺不動産に行ってること、知ってたんですか」

「知る訳ないだろう。大嶺不動産のことも昨日、ホテルで東京の奴らと話してて思い出した」

「全部、はったりだったんですか」

「そうじゃない。刑事の経験からだ」

それを勘と言うんじゃないんですか、反町は思ったが声には出さなかった。

国際通りに近づくと急に観光客が増え始めた。二人は通りを横切り、県警本部に急いだ。

3

反町が二課に入ると、またかという視線が集中する。

一課と二課の部屋の雰囲気はまったく違っている。二課の仕事は足で稼ぐ一課より、デスクワークが多くなる。所属する刑事たちの顔つきまで違って見えてくるから不思議だ。色黒で目つきの悪いのは一課、二課の刑事のほうが知的に感じるのだ。

反町が会いに来る相手が赤堀でなければ、間違いなく文句が出ているだろう。警察庁出向の準キャリアには、全員が一目置いている。その赤堀とため口で話す反町には関わるな、というところだ。

反町に気付くと赤堀が慌てて、隣りの会議室に連れて行った。

「僕のところに来る前には電話をくれ。部屋以外で会いたい」

「俺はコソコソするのが嫌いなんだ。仕事の話で来てる」

「大利根が買い占めた土地の場所だ」

赤堀がタブレットを立ち上げて、反町に示した。数時間前に大嶺不動産で見た場所だ。

「大した広さじゃない」

赤堀がボタンを押した。

「黄色が鈴木正義名義の土地だ。緑が東恩納年男名義。他にもある。我々は全員が大利根の息のかかった者だと踏んでいる。全部合わせると――」

「東京ドーム三個分といったところか。海岸にも面してるし、いいリゾート地になる」

「しかし、いくつか色のない場所がある。これらがまだ手に入れていない土地だ」

「儀部の土地もあるのか」

「彰が大利根に売った分以外はな」

赤堀は中央の部分を指した。かなりの面積が白いままだ。

「彰が持ち出した権利証は、儀部の持つ軍用地のごく一部だ。それに売っていない他の所有者もいる」

「おまえと東京の二人は、中国人の土地買い占めを追っていたのか」

「違法性を探している。政府の上層部は、外国人、特に中国人が日本の土地を買い漁るのを阻止したいんだ。この状況が続けば、必ず問題が起こると思っている」

「俺は誰が買おうとどうでもいいね。合法的であれば」

反町は言い切った。だが赤堀たちの目的は、単に日本人の愛国心のためや、外国人の日本の国土の買い占めに対する危惧だけではないはずだ。もっと他のものも追っている。

「彰と大利根はどうなってる」

「手を組んでいると思う。東京で食い詰めた彰を大利根が救った」

反町が聞くと、赤堀が答える。

「優子は新都心のショッピングセンターに来る前、なぜ大利根に会ったんだ。しかも三百万円を受け取っている。儀部の指示ではなさそうだ。だったら彰か」

「それはない。彰なら東京で直接、大利根と会う」

「おまえら、この統合型リゾート施設構想をどうしたいんだ。潰したいのか。俺は沖縄にとっては悪い話じゃないと思う。誰が金を出そうと」

反町の問いに赤堀は答えない。いや、答えられないのだ。彼自身、知らないのかもしれない。上から指示が出て、彼らはそれに従っているだけなのか。その上には、さらに上からの指示が――。

「上の立てた筋書きでは、どこかで犯罪が行われている。それを摘発して、計画が潰れればそれはそれでいい。我々は警察だ。沖縄のために動いているのではない。法を守るために動いている」

「その筋書きというのを話してくれ」

赤堀が反町を睨んだ。自分で考えろ。目はそう言っている。

「一年前の高田、麻耶殺害事件の決着を付けるつもりか。トオルの事件もマサの事件も被疑者死亡で幕引きされている。それをひっくり返すとなれば、よほどの有力な証拠が必要だ。なにしろ、沖縄県警の威信がひっくりかえるんだからな。一課の課長なんて、目ん玉ひん剝いてわめき始める」

「そんなこと知るか」

反町は吐き捨てるように言うと、一人会議室を出た。

反町は一課に戻ると、赤堀の話を具志堅に伝えた。

具志堅は無言で聞いている。

「分からないのは、高田がなぜ殺されたかということです。俺は単に金のためにトオルに殺されたとは思えません。ということは新宿で男たちが言っていたリストとレポート――」

「新宿高層ビルでの密会の動画によると、動いた金は七千万だったな。人ひとりの命が消えてもおかしくない額だ。しかも、その背後には数百億の金が蠢いてる」

「俺には関係ありません。トオルとマサを殺した真犯人を見つけて逮捕したい。それだけです」

反町の脳裏にはチャンの姿がある。それは具志堅も同じはずだ。反町は全身が震えるのを感じた。

「全体では数百億円規模の合法的な事業だが、末端では数百万、数千万で命が消えていく。トオルもマサも捨て石だ。沖縄と同じだ」

具志堅がぽつりと呟いた。

4

「今日、大利根がまた沖縄に来るぞ」

具志堅が反町のほうに身体を倒して囁く。

「なぜ分かるんです」

具志堅が身体を傾けて、反町にパソコンのディスプレイを見せた。

「大利根の秘書の女性のＳＮＳだ。今日から社長は出張と出てる」

「でも、東京に帰ったばかりです」

「秘書のブログでは、社長はここ数年、かなり頻繁に沖縄に来ている」

「自分のブログに会社名や社長の名を勝手に出していいんですか」

「よくないだろう。だが会社名も社長名も具体名は出ていないが、〈睡蓮〉と〈大利根〉のことだ。那覇オリエンタルホテルに大利根富雄がいるはずなので呼び出してほしいと、大嶺不動産を装って電話した。まだお着きになっておりません、だ。到着予定は午前十一時ごろ。羽田(はねだ)からの便だ。調べれば分かるだろう。あとはおまえがやれ」

具志堅が一気に言うと、パソコンに向き直っている。

反町は赤堀を呼び出した。

「今日、大利根が沖縄に来る。具志堅さんが調べた」

赤堀が意外そうな顔をしている。

「あと一時間で那覇空港に着く。空港で話を聞くか」

「そうしよう。ホテルじゃ、大利根のペースに乗せられる。彼の準備ができる前に会ったほうがいい」

赤堀が珍しく素直に反町に同意した。

反町は県警の車を運転して、赤堀と那覇空港に向かった。

到着ロビーは出迎えの人で溢れていた。東京と大阪からの到着便が続き、大型トランクを押した家族連れや若者のグループが大挙して出てくる。

反町は赤堀の腕をつかんで隅に連れて行った。

「どうした。大利根はこの便だろ」

反町は目で前方を示した。

多数の出迎えの人たちに交じって、数人のどこか浮いた者たちがいる。

「あいつら、見覚えがある。おまえは知らないか」

かりゆしウェアを着た年配の男が、辺りを威嚇するように視線を飛ばしている。明らかにまわりの人とは違っている。

一課には黒琉会構成員の写真とデータが載ったファイルがある。反町は刑事として一課に来て以来、一日十分眺めるようにしている。最初に具志堅に言われた日課で、三年間でほとんどの男は頭に叩きこんでいた。だが最近は書類作りに忙しく、その時間すらなくなってきている。もちろん昇進試験の勉強などする暇はない。反町はノエルの警部補昇進を知った後、自分にそう言い聞かせている。

「三人のうち、二人は黒琉会の組員だ。年配の男は間違いない」

年配がリーダーらしく、他の二人に指示を出している。

頭一つ飛び出た男が出てきた。グッチの大型キャリーバッグを引いて、クリーム色のスーツをきっちりと着込んでいる。

大利根だ。

三人は大利根に近づくと、取り囲むように立った。遠目にも大利根の緊張と狼狽ぶりが伝わってくる。年配の男が何事か話すと大利根が頷いた。

一人の男が大利根のキャリーバッグを引いて、空港出口に歩いていく。

「どうする。声をかけるか」

「人が多すぎるし子供もいる。抵抗でもされれば大騒ぎになる」

「後をつけるぞ」

赤堀が歩き出している。

「車を取ってくる。見失うなよ」

反町は車を駐車した場所に走った。途中で振り向くと、男たちに囲まれて黒のバンに乗り込む大利根の姿が見えた。

反町は車に乗ると、大利根がバンに連れ込まれた場所に行った。飛び出してきた赤堀を乗せるとスピードを上げた。

「トンネルを通るか、それとも三三一号か」

空港から那覇の市街地に行くには二つのルートがある。ひとつは国道三三一号、もう一つは五八号からうみそらトンネルを通る。

「トンネルだ」

赤堀が助手席から身を乗り出して言う。視線の先には黒いバンが走っている。

バンはうみそらトンネルを通って那覇市の中心に向かっていく。

「ホテルに行くんじゃないか。市街地に向かっている」

「単なる出迎えじゃない。大利根は彼らとは初対面のようだった。どこかに連れて行く気だ」

那覇市街地に入ると、車数台分の車間を保ってバンについて走った。

バンは松山(まつやま)の近くにある〈那覇不動産〉の駐車場に入っていく。

松山は那覇一番の歓楽街だが、昼間通るとまるでシャッター街だ。人影はほとんどなく、時折り車が行きすぎていく。

不動産屋を通りすぎてから、車を止めた。

「喜屋武がやってる不動産屋だ。何度か来たことがある」

反町は具志堅と共に、喜屋武に会うために張り込みをやったこともある。

喜屋武は具志堅の幼馴染みで親友だった。小学校、中学校、高校と一緒で、二人で沖縄古武道を習った仲だったが、あるとき、決別したと聞いている。具志堅は沖縄県警、喜屋武は黒琉会に入った。賢く度胸もあった喜屋武はすぐに頭角を現し、現在は黒琉会のナンバー3だ。しかし他の幹部とは違って、トップになる気はないらしい。

大利根がバンから降り、男たちに囲まれるようにしてビルに入っていく。その後を、キャリーバッグを手にした男がついて行った。

「思い出した。大利根は喜屋武と面識がある。一年ほど前、グランドハーバー・ホテルで会っていた。その時――」

反町は埋もれていた記憶を引き出そうとした。あのとき、ホテルの防犯カメラに映っていた顔は――。当時、反町の頭の中はチャンと喜屋武でいっぱいで、大利根に注意を向けることはなかった。

「チャンも一緒だった」

赤堀が一瞬動きを止めて反町を見たが、何も言わない。赤堀も何かを思い出したのか。

反町は赤堀と那覇不動産の斜め向かいにある喫茶店に入った。客はほとんどいない。二人は那覇不動産のビルが見える窓際の席に座った。

「大利根の荷物も運び込んだ。長くなるかもしれない。覚悟しとけ」

反町の言葉に赤堀が頷く。

一時間がすぎたが大利根はまだ出てこない。赤堀が落ち着きなく腕時計を見始めた。

「小便でもしたいのか」

「遅すぎるとは思わないか。何をしてるんだ」

「張り込みじゃ、これからが本番だぜ。まだウォーミングアップも終わっちゃいない」

赤堀は張り込みなどしたことはないのだ。半日、一日は常識で、長い時は数日から数週間になることもある。

赤堀がますます落ち着きをなくしていく。

「東京の野郎たちと約束があるんだろ。さっさと電話して来い」

赤堀は無言で店を出て裏の駐車場に向かった。

十分ほどで戻ってきた。

「すっきりしたか」

赤堀は反町の言葉に答えず、那覇不動産に目をやった。

「大利根の野郎、何してるんだ。あいつの仕事は、やはり黒琉会と関係があるのか」

「金の動くところには、必ず暴力団の影が現れる」

反町は具志堅の言葉を繰り返した。

「大利根が黒琉会に狙われてるってことはないだろうな」

赤堀の呟きが聞こえる。

二時間がすぎた。那覇不動産には何台かの車が入り、出ていった。そのどれにも大利根の姿は見られない。

「やはり遅すぎる」

赤堀が苛立ちと不安をにじませた顔で言う。

「行ってみよう。不動産物件を見るふりをすればいい」

「バカ野郎。おまえは暴力団の本当の怖さを知らない。俺たち、県警本部の刑事だぜ。俺の顔を知ってる奴がいるかもしれない。おまえだって同じだ」

「だったら、なおさら大利根が心配だ」

立ち上がろうとする赤堀を反町が腕をつかんで座らせる。

「静かにしろ」

突然の声に振り返ると、具志堅が立っている。

「おまえが電話しに行ってる間に、俺が呼んだ。事情も話してある」

反町が言うと、赤堀はほっとした表情になった。

「大利根が入ってどのくらいだ」

「三時間です。空港から直接来ました。状況から考えると、ちょっと長いです。脅されて無理やり車に乗せられたって感じでした」

「その車は」

「動いていません」

「ついてこい」

具志堅は喫茶店の出口に向かった。

反町は赤堀を立たせて、具志堅の後を追った。


那覇不動産の事務所には五人の男がいた。大利根の姿は見えない。キャリーバッグもない。空港で大利根を迎えた男たちもいなかった。

「空港で見た奴らは誰もいません」

反町は具志堅にささやいた。

「喜屋武はいるか」

具志堅がカウンターの前に行き、大声で言った。

部屋中の空気が張りつめ、視線が具志堅に集中する。座っていた男たちが全員立ち上がっている。

「会長は留守だ」

「大利根という男が来ているはずだ。おまえらの仲間が空港から連れ込んだ」

具志堅はしゃべりながら事務所の中を見ている。

反町も家具の位置のずれや血痕の跡を探したが、どちらも見当たらない。

「いないものはいない。用がなけりゃ、帰ってくれ」

　事務所の者はみな具志堅を知っているのだ。言葉遣いがやや遠慮がちだ。

　具志堅は身長は百六十センチほどだが、がっちりした体格で、沖縄古武道の達人だ。警棒一本で日本刀を持った三人のヤクザを半殺しにした、という噂がある。

「ここは不動産屋だろ。物件を探しに来たんだ。客は断れないだろ」

「最近は店のほうも客を選べるんだ。叩き出されたくなきゃ――」

「おめえは、黙ってろ」

　年配の男が若いのを黙らせて、具志堅の前に出てくる。

「いないと言えばいないんです。いくら、県警の刑事さんでもね。あんたら、最近は私らよりもたちが悪い。こうして、因縁をつけてくるんだから」

　この男は喜屋武の下にいる黒琉会の組員で、名前は島袋元（しまぶくろはじめ）だ。読み方は〈はじめ〉だが、通称シマゲンで通っている。

「おまえがシマゲンか。東京から来た大利根が、この事務所に入るのを二人の刑事が見てる。だが、出て来るのは見ていない。と、すると、その男はまだ事務所内にいるんじゃないのか」

「確かに、東京からの客が一人いた。しかし、その男は用を済ませてとっくに帰っています。今ごろはホテルで寝てるんじゃないですか」

「出て行くところは見てないと言うんだが。車もそのままらしい」

「二人の刑事さんが見てたのは正面ドアでしょう。このビルには三ヶ所の出入口があるんです。裏口ともう一ヶ所は地下で隣のビルに続いています。タクシーは通りに出ればいくらでも走ってます」

男が笑いを含んだ眼差しを三人に向けている。

「おまえら、暴対法を知らんのか。ここは黒琉会が関係してるのか。笑っていられるのも、今のうちだけだぞ」

赤堀が捨て台詞を残して一人で出て行く。その後ろ姿に笑い声が響いた。

以前、暴対課と一課が調べたが、那覇不動産に表面上は違法な点はない。喜屋武は法律にも詳しい。

5

反町は具志堅に続いて暖簾をくぐった。

国際通りの外れの割烹〈沖縄〉だ。

店には珍しく、数人の客がいた。

二人は赤堀を県警本部に送って、昼飯を食い損ねたという反町の言葉で出てきたのだ。

店は天井が高く、煤けたような濃い飴色の太い柱が剝き出しになっている。店の造りと壁に立てかけた二竿の三線が、店の年代を感じさせた。

カウンターの奥の中年女性が二人を見てカウンター席の隅を目で指した。具志堅の幼馴染みで、経営者の根間和子だ。具志堅の小学校からの同級生だと聞いている。同い年のはずだが、どう見ても具志堅より十歳は若く見える。髪は黒く、肌にも張りがある。

二人はカウンターの隅の席に座った。

俺たちの同級生は、なぜかこの店に集まる。本土から親戚や友達が来ると、決まってここでソーキソバを食べさせるんだ。けっして美味くはないんだがな——と、具志堅が言うのも分かる気がする。この店に来ると沖縄を感じて、落ち着くのだ。喜屋武も和子の同級生だ。

和子は手際よくソーキソバを作ると、反町と具志堅の前に出した。この店では注文をしたことがない。

具志堅がソバを食べながら聞いてきた。

「沖縄ソバとソーキソバの違いを知ってるか」

「トッピングの肉の違いでしょ。三枚肉が沖縄ソバ、骨付き肉がソーキソバ」

「偉いな。ハンバーガーが好物のヤマトンチューにしては」

「下宿の婆さんから聞きました。時々、沖縄料理を作ってくれます。ゴーヤチャンプルやタコライスは好きです」

「婆さん、いくつだ」

「たしか、八十八です」

「大事にしろよ。話はよく聞いておけ。特に戦中の話だ」

「時間がなくて――」

「時間なんて作るんだ。あと十年だな」

具志堅が呟いた。なにが十年なんだと考えたが、思いつかない。

「戦中派が百歳を超える。そろそろいなくなるということだ。体験者から話を聞けるのは今だけだ」

反町の疑問を見越したように具志堅が言う。

「ヤッちゃん、最近、何かありましちゃんか」

和子が珍しく問いかけてきた。

「俺は知らん。なぜやっさ」

「もう、ひと月も来ないからさー」

「前に来たとき、俺のこと言ってましちゃんか」

「ショウちゃんの話はここ一年、出たくとぅない」

ショウちゃんとは具志堅正治のことだ。反町は沖縄言葉がなんとか分かるようにはなったが、まだ和子のしゃべる言葉には戸惑うことがある。和子と話す具志堅の言葉も、途端に聞き取り辛くなる。

二人は他愛ない世間話をしていた。


店を出ると反町は具志堅に並んだ。

「ヤッちゃんって、誰です」

「喜屋武だ。喜屋武泰。俺たちはそう呼んでいた」

「具志堅さんと喜屋武、ショウちゃんとヤッちゃんか。ひょっとして、二人は和子さんを好きだったんじゃないんですか。彼女、すごく個性的な人です」

反町はあえて過去形で聞いた。具志堅は考え込んでいる。

「何かが動いている」

具志堅が呟くように言う。

「どうしてです。和子さん、何も言ってませんでしたよ」

「ひと月来てないってことは、足を運べない事情が何かあるってことだ。あの店には、喜屋武は月に一度は行くが、誰も連れて行かない。いや、チャン以外はということだ」

喜屋武とチャンが一緒に来ていたという話を和子から聞いたことがある。二人はかなり深い付き合いということだ。

「チャンは香港から出た気配はありません。他国でパスポートが使われていないということですが。米軍情報です。宮古島のことがあるので、用心しているのでしょう」

久し振りに喜屋武とチャンの名前が同時に出た。さらに大利根が加わっている。

反町と具志堅は具志堅の元同僚、呉屋利弘の助けを得て、宮古島でチャンを追い詰め、格闘の末、身柄を確保した。しかし本部長直々の電話で、チャンを解放せざるを得なかった。それ以来、約一年の間、チャンの動向に注意していたが、名前が挙がることはなかった。

「県警の捜査結果が覆るためには、何が必要なんですか」

「真犯人だ」

「そういう単純な話でなく、どんな証拠が――」

「トオル殺しについてなら、あれはチャンがやった。自白は絶対に無理だ。犯人しか知らない事実、というのも難しい。殺しの凶器か、殺人の現場からチャンの指紋かＤＮＡを見つけ出すことだ。何十回も報告書を読んだが、それらにつながるモノはない」

具志堅が一気に言う。彼も、ずっと心の奥に秘めていたのだ。

県警本部に戻る前に、具志堅とともに松山の繁華街に行った。通りにはまだ人の姿はまばらだ。店も半分はシャッターが閉まったままだ。光の消えたネオンが骸骨のような外観を晒している。通りのあちこちで、数人の店員が集まってタバコを吸いながら談笑していた。

　松山には喜屋武のラウンジがある。地下の駐車場に入ると喜屋武の車が止めてあった。

「喜屋武は昼間、自分の店を回っている。この時間はここだ。一人だから話しやすい」

「いつ出てくるか分かりませんよ」

「昼間は同じ店に一時間いることはない」

　具志堅の言葉通り、十分も待たない間に喜屋武が出てきた。黒琉会関係の仕事のときには数人の用心棒と一緒だが、今日は一人だ。具志堅は喜屋武の生活パターンまで知り尽くしているのか。

　具志堅は車を降りて喜屋武の前に立った。喜屋武は驚いたようには見えない。

「久し振りだな。チャンは元気にしてるか」

「おまえに割られた額は五針縫ったそうだ。鼻を折ったのは若いほうだったな。一年近くすぎたが、まだ痛むそうだ」

「だが歩いて逃げていった。今度は足腰立たなくして、手錠をかけてやる」

　反町が具志堅に並んだ。

「相変わらず威勢がいいな、若いの。普通なら、トオルの遺体を見たらそんな言葉は吹っ飛ぶはずなんだが。おまえら、頭がおかしいぜ」

　喜屋武が反町と具志堅を交互に見る。

具志堅が一歩、喜屋武に近づいた。

「なにを考えてる。ヒントだけでもくれないか」

具志堅が喜屋武に言う。

「それはこっちの台詞だ。なんで大利根を追ってる」

反町たちが大利根を捜して那覇不動産まで行ったことは、すでに喜屋武の耳に入っているのだ。

「一年前、おまえは大利根富雄とグランドハーバー・ホテルで会っている。その時、一緒だった男はチャンだ。覚えているか」

「大利根は東京で中華レストランをやっている。沖縄でもレストランをやるつもりで、場所を探してる。うちは不動産もやってる。客として土地を買いに来たんだろ」

「ところが、空港に迎えに来た黒琉会の奴らと、おまえの店で消えてしまった。と、うちの若いのが言ってる」

「ホテルは確かめたか。もう、帰っているかもしれない」

「そうしよう。しかし、これで大利根と黒琉会が関係していることが明らかになった。せいぜい、用心するんだな。何かあれば徹底的にしめ上げる」

具志堅が車のほうに戻っていく。反町は慌てて後を追った。

反町がバックミラーを覗くと、二人の乗った車が駐車場を出るまで視線を向けている喜屋武の姿が見えた。

反町に電話があったのは、車を県警本部の駐車場に戻してエレベーターを待っていたときだった。

〈もう一つのファイルが開けました。約束は今日中だったでしょ。まだ時間をたっぷり残しての解決です。でもこれは――〉

「すぐに行く」

反町はスマホを切ると、階段に向かって走った。

いつもはのんびりしている平良が、パソコンに顔を付けるようにして見入っている。

「苦労しましたよ。これは僕じゃないと、暗号化の解除は難しいですね。軍隊並みのプロテクトがかかっていました。というより、実際に国家が関わってるかもしれない」

反町は平良を押し退けて画面を見た。今度は日本語の文章だ。

「SDカードにコピーしてくれ。このことは誰にも言うんじゃないぞ。知ってるのは、俺とおまえ、そしてもう一人だけだ」

「もう一人って、誰です」

「知らなくていい」

「捜査上の秘密でしょ。僕だって県警の一員です。そのくらいは了解しています」

平良は真面目腐った顔で言う。

反町は一課に戻ると、具志堅の所に直行した。

「高田のパソコンにあったものです。大利根から送られてきたモノだと思います」

声を潜めて言うと、ＳＤカードを具志堅のパソコンに差し込んだ。

十二ページに渡る計画書と途中経過が書いてある。出てくる名前は国会議員、財界人が多い。大学教授の肩書がある者もいる。その他に反町も知っている著名人の名前がいくつかあった。〈沖縄〉の後が空白になっている。沖縄の有力者に協力者がいるのか。余白の部分にキーパーソンと手書きの文字が入っている。建設場所は――書かれていない。まだ決まっていないのか、それとも公にしていないだけなのか。場所が公になれば一波乱起きそうな計画だ。

「前のファイルにあった統合型リゾート施設、ただのリゾート施設じゃありませんでした。目玉はカジノです」

「沖縄にカジノか――」

「あいつら、一年前からこの計画を進めているんです。日本初のカジノ付きの統合型リゾート施設です」

「一年前というとまだＩＲ推進法成立前か」

「成立には金が動いてるでしょうね。一部の人や企業にとっては悲願だ」

「カジノ付きのリゾート施設なんて計画は全国にあるが、国はおろか県の許可も簡単に下りないだろう」

「カジノ法」は、正式には、特定複合観光施設区域の整備の推進に関する法律、略してIR推進法、「カジノ法」とも呼ばれる。

海外では合法であるカジノが、日本では刑法で禁止されている。しかし経済効果が大きく、地方活性化の効果があると言われているカジノは、日本でも合法化すべきだという意見も多い。IR推進法は、特定の複合観光施設で民間業者がカジノを経営できるようにするというものだ。だが、ギャンブル依存症の増加、治安悪化の懸念、マネーロンダリングなどの犯罪に利用されるなどの問題もあげられている。

一種のカジノであるパチンコは三兆円産業に発展しているが、依存症で家庭崩壊を招いたり、自殺者まで出している。カジノ立地地区では大規模な住民反対運動は避けられないだろう。

「だから政治家が動くことになります。有識者、大学教授が正当性を述べ、政治家が政府を動かす。つまり、金が動くってことじゃないですか。それも、とんでもない額の金ですよ」

「返還基地跡地を利用して、カジノを兼ねた統合型リゾート施設が沖縄にできる。沖縄をラスベガスやマカオにしようというんだ。やはり問題が多すぎる。なんとかして、阻止したいと考える者もいる。沖縄のイメージが崩れる」

　ディスプレイを見つめていた、具志堅が低い声を出した。

「でもこのレポートだと、プロジェクトは既に始まり、かなり進んでいます」

　カジノを含めた統合型リゾート施設の建設は、本土でも大きく取り上げられている。だがIR推進法が成立した今も、賛否両論の意見が繰り広げられているだけで、具体的な計画は進んでいない。

「それでも、簡単には行かないだろう。下手をすればマスコミが大騒ぎをして、収拾がつかなくなるご時世だ。沖縄には、カジノは似合わない」

　具志堅がカジノについては消極的なのは意外だった。カジノ開設の可能性は薄いと判断している。しかし、その判断にはかなりの個人的願望が含まれているようだ。

「沖縄に特区を作って、試験的にやってみろと言う政治家もいます。ここにも名前が出ています」

「なにごとも、沖縄はテストケースか。一度許されると、すべては雪崩を打って一方向に突き進む。戦時中と同じだ」

「その方向で動いている政治家も複数います。おそらく、沖縄から陳情があった。それ以上のモノかもしれません。金が動いていれば、一大疑獄です」

「キーパーソンとは誰だ。本土の政治家か経済人か」

「それとも、沖縄の人間か」

反町はパソコン画面上の名前を指でなぞった。

脳裏には何かスッキリしないものがある。具体的には説明できないが、一年前からの一連の事件に共通したものだ。刑事のカンと言えば、具志堅からは一蹴されそうだ。

「動いているんでしょうね。半端じゃない額の金が。でも、違法性がなければ阻止しようがありません」

「だから、警察庁と検察が沖縄までわざわざやって来て捜査しているのか」

具志堅が呟くと立ち上がった。「東京の奴ら、まだホテルにいるのか」

「そのはずです」

「あの準キャリはどこだ」

「二課の部屋で見ました」

「あいつも連れて、東京の奴らと会う」

反町はスマホを耳に当て、赤堀に話しながら歩いた。

「大利根たちの目的が分かった。重大情報だ。駐車場に来てくれ」

スマホを閉じて、具志堅に聞いた。

「ギブ・アンド・テイクじゃないんですか。俺たちへの見返りは――」

「こういう問題じゃ、縄張り意識は捨てるんだ。情報は早いほうがいい」

「個人的には沖縄にカジノは似合わないと思います。なんとかして、阻止したいです」

「たまにはまともなことを言うんだな」

「具志堅さんだって。沖縄に住んでても、沖縄愛や自然保護など頭の隅にさえない人だと思ってました」

「当たってる。しかし、俺だってな――」

何か言いたそうに立ち止まったが、すぐにまた歩き始めた。今度は前より速い歩みだ。

ふっと具志堅がパソコンで見ていた写真を思い出した。陽の中の海と町、まぎれもなく沖縄の風景だった。

地下駐車場の車の前で、赤堀が二人のほうを見ている。

第四章　亡霊たちの再会

1

「どこに行くんだ」

助手席に乗り込んだ赤堀が反町のほうに身体を倒し、小声で聞いてくる。

反町は答えず、重そうなデイパックを持った具志堅が後部座席に座ったのを確認して、表通りに出た。

バックミラーで具志堅を見ると、顔を背けるようにして外を見ている。

「新情報だ。ホテルに着いたら話してやる。東京の二人をラウンジに呼び出しておけ」

反町は前方に目を向けたまま赤堀に言った。

「ホテルにいないかもしれない」

「だったら、すぐにホテルに帰って待つように伝えろ」

赤堀がスマホを出してタップしている。反町と具志堅のただならない様子を感じ取ったのだ。

窓際に寄り、スマホを手で囲い込んで声を潜めて話している。漏れ聞こえてくるのは敬語だ。

「ラウンジで待っているそうだ。これで下らない話なら、交番勤務に回すよう手を尽くしてやる」

反町は沖縄セントラルホテルに向かってアクセルを踏み込んだ。

三人がホテルに入ると、ラウンジで尾上と木島が反町たちの方を見ている。

「重要な話があると言うので連れてきました。もしつまらない――」

赤堀を押しのけた具志堅が、デイパックからノートパソコンを出して二人の前に置いた。反町はSDカードを差し込む。

「大利根たちが計画しているのは、ただのリゾート施設じゃない。カジノ付きの統合型リゾート施設だ」

赤堀と東京の二人はノートパソコンの画面に見入っている。尾上が同意を求めるように木島を見て、キーを押して画面を進めていく。

木島が最初に顔を上げた。

「これが、二番目のファイルか」

「一年前のものだ。計画はさらに進んでいるんだろうな」

「その間、情報が漏れなかった。かなり慎重に取り扱っているということか」

「このファイルも高レベルの暗号化がされていた。うちのサイバー対策室が一年がかりで解除した。軍事レベルの暗号化だそうだ」

「やはり、中国が絡んでいるということか。ＩＲ特区に選定されるためには相当の活動が必要だ。金も半端じゃないはずだ」

尾上と木島が顔を見合わせた。二人にとっても意外なのだろう。

反町はファイルの文章を指さした。

〈最大限の努力をもって、早急に本計画を推進しています。関係各位の協力を望みます〉

「おそらく政治家にかなりの金が流れている」

「私たちはそれを調べている」

「これが重要な物なんですか。場所も、日付も入っていない。単なる想像上の企画書とイラストじゃないんですか。大した価値はない」

ノートパソコンを覗き込んできた赤堀が言う。

「そう思うのはおまえだけだ」

「このファイルはもらえるんだろうな」

赤堀が反町に向き直った。

「見返りは？　ギブ・アンド・テイクだっただろ」

反町の言葉に具志堅が無言で木島と尾上を見ている。

「これに値するような新しい情報がないのなら――」

反町がノートパソコンからＳＤカードを抜こうとした。その手を木島が押さえ、具志堅を見上げる。

「今後、すべての情報を共有するというのはどうですか。ただし、これは我々とあなた方二人との取引だ」

「俺たちは沖縄県警の刑事だ。俺たちの情報は県警全体の情報だ」

反町の強い口調に木島が尾上に視線を向けた。具志堅は無言のままだ。赤堀は尾上と木島の背後で唖然とした顔で反町を見ているだけだ。

「いずれ、東京地検特捜部が動くような事件になるかもしれません。お二人とも、捜査の手順は心得ている方と信じます」

木島に続き尾上が立ち上がって、反町と具志堅に向かって頭を下げた。赤堀が呆れたように見ている。

反町は具志堅と二人でホテルを出た。

赤堀が東京の二人と残ると言ったのだ。

「大利根と会いましょう。ホテルに帰っていればの話ですが」

車に乗ると反町は具志堅に言った。

具志堅が黙っているということは、そうしようということだ。

反町は那覇オリエンタルホテルに車を走らせた。

「新宿の高層ビルの四人の男たち、カジノ付き統合型リゾート施設に関係してるのかもしれませんね」

「だから東京の奴ら、あのファイルに興味を持った」

「一人は大利根。他の奴らの身元も早急に調べなきゃなりませんね」

「一年前の話だ。東京の奴らはすでに調べている」

「名前もですか。だったら、なぜ我々に――」

「聞かなかったからだろう。名前、住所、所属する組織、調べるのはそんなに難しくはない。そのくらいの経験と組織力は持っている。そのうちに聞き出す」

具志堅が落ち着いた口調で言う。

ホテルに着くと具志堅は正面玄関で降り、反町が車を停めている間に一人でフロントに行った。

「ホテルのラウンジで会うそうだ」

反町が地下駐車場から上がってくると、フロント前にいた具志堅が言う。大利根の部屋に電話を入れたのだ。

「よく了解しましたね。なんて言ったんです。参考のために聞かせてください」

「ホテルで会うか、県警本部まで来るのとどちらがいいか聞いただけだ。喜屋武が言った通り、彼は寝ていた」

二人はラウンジに入り、エレベーターを見ていた。

十分もたたない間にエレベーターから大利根が出てきた。

「よく眠れたか。よほど疲れてたんだ。黒琉会の連中と何を話していた」

反町が切り出すと、大利根は黙って二人を見ている。警察がどこまで摑んでいるか考えているのだろう。

「今回の沖縄での仕事は何なんだ。黒琉会の連中と会うことじゃないだろ。喜屋武とは会ってないのか。チャンとも知り合いだったな」

反町の続けざまの言葉に、大利根の顔に明らかに動揺が見られた。喜屋武とチャンの名が出るとは思ってもいなかったのだろう。反町は間をおかず畳みかける。

「あんたと喜屋武とチャンとはどういう関係だ。喜屋武は黒琉会の幹部、チャンは中国マフィア。あんたは東京のレストラン経営者だ。一年前、あんたら三人はグランドハーバー・ホテルで会っていたな」

大利根が反町から視線を外した。思ってもみなかった名前が続けて出てきたので、内心慌てているのだろう。

「喜屋武さんには前から土地探しを頼んでいた。彼は那覇不動産という不動産屋をやっている。中国人の友人に紹介された。私は沖縄にもチェーン店を作りたいと思っていましてね。地元の不動産屋とはお付き合いしたい」

「チャンが探しているモノは見つかったか。リストとレポートだったな。あんたが言っていた言葉だ」

大利根の顔色が変わった。

「中国人の友人から頼まれているんだろ。高田は持っていなかったのか」

「私はそんなモノは知らない」

「あんたは知らなくても、他の者たちは知っている。中国人二人と、あんたを入れて日本人が二人だ」

具志堅が突然、口をはさんだ。さらに続ける。

「チャン以外にも中国人の友達がいるだろ。彼らとは東京で会うのか。例えば新宿の高層ビルの展望ラウンジとか。一年前の話だ。高田が殺されてからだ。あんたらは何を探している。政府がひっくり返るモノなんだろ」

「そんな話、誰から聞いた」

「聞いただけじゃない。話しているところを見てるんだ。映像だけどな。あんたもしっかり映ってる」

　大利根の顔色が変わっている。

「私の仕事相手は中国人も多い。レストランの食材は中国から直接輸入している物も多くある。友人は日本人と同じくらいいる」

「一年前の新宿だけでいい。思い出したか。その時の会話に、チャンの名前とリストとレポートの話が出た。それが何なのか聞いてる」

「そんなこと覚えてない。これ以上は弁護士を通してくれ。私は忙しい」

　大利根が立ち上がった。

「俺たちを舐めるな。そのときの――」

　具志堅が反町の足を蹴飛ばした。それもかなり強く。

　大利根は二人に挨拶もしないで、ラウンジを出てエレベーターの方に歩いていく。

「あの映像を見せれば言い訳できないのに」

「十分あわてさせた。最後の手段は取っておくものだ」

　具志堅はエレベーターを待つ大利根の姿を見ながら言う。

2

翌朝、反町は具志堅に電話を入れて、県警本部に出る前に那覇署に寄ることを告げた。親泊に会うためだ。

優子の引ったくり事件を調べていて、大利根の姿が見えてきた。優子の事件も、単なる引ったくりではない。これらは繋がっている、という思いが生まれている。赤堀の優子への執念が引き寄せたという気さえする。

反町の突然の訪問と、その真剣な表情に親泊は驚いている。

「反町さんまでどうしたんです。赤堀さんの影響ですか」

「なぜ優子の引ったくり犯として、安部が浮かんだ」

「タレコミがありました。匿名の電話です」

親泊は一瞬躊躇する顔をしたが話した。

「名指しでか」

「二日前の新都心の引ったくりに関する情報だって。若い男の声でした」

「発信元は特定したか」

「泊港からです。電話は公衆電話から。身元は割れません」

「公衆電話がまだ残っているところを知ってる奴か。誰かが捜査を混乱させようとしているとは思えないか」

親泊の表情がじょじょに変わってくる。やはり、どこかおかしいと思い始めたのか。

「なぜ、わざわざそんなことを。タレコミと公衆電話です」

「フラーが。刑事だろ。それを突き止めろ」

「黒琉会ですか」

「心当たりがあるのか」

「そんな手の込んだことをするのは、ここらじゃ、他に考えられません」

「だったら、物証を見つけるんだ。何か分かったら、まず俺に報せるんだぞ。赤堀は放っておけ」

反町は言い含めて那覇署を出た。

反町が県警本部のエレベーターを降りたとき、赤堀が近づいてきた。話があると言って、空いている会議室に反町を連れ込んだ。

「昨夜は、東京の連中と有意義な話ができたか」

「あのファイルを手に入れた経緯を詳しく教えてほしい。一年前だと言っていたな」

「去年の今ごろ、リゾートホテルで男女が殺されただろ。高田健二と杉山麻耶だ。そのときの捜査で、俺と具志堅さんとで東京に行った」

「池袋の不動産屋だったな。ヘンな爺さんがやってる」

反町は昨年の夏の終わり、赤堀と東京に行っている。〈ドラゴンソード〉と呼ばれていた危険ドラッグの捜査だ。那覇で出回り始めた危険ドラッグが、東京でも広がっていた。脱法ハーブをベースにした新種の危険ドラッグで、爆発的な広がりを見せていた。その裏には、〈ブルードラゴン〉という、香港マフィアの組織が関与していた。

警視庁から二人の捜査員が沖縄に派遣され、警視庁と沖縄県警の異例の合同捜査が行われた。その捜査過程で、反町、赤堀、ノエルは東京に行った。

池袋で違法滞在の中国人を調べた。そのとき、高田不動産の片山に会って、違法滞在の中国人について話を聞いている。

「殺された高田の会社、あの高田不動産を調べるためだ。そこに高田が使っていたパソコンがあった。高田の死後、会社を仕切っていた片山からそのパソコンを買った。俺が金を出したんだ。中古のパソコンとしてはぼったくられたが、合法的な商取引だ」

「偶然買った中古パソコンに残されていたデータだというのか」

「暗号化されていて、解読するのに一年間かかった」

「だから一年前の情報というわけか」

赤堀が呟いて考え込んでいる。

「おまえら、それを承知で受け取ったんだろ。俺たちは、大利根に関する情報が知りたい。新宿高層ビルの他の奴らについてもな。おまえら、かなりつかんでるんだろ。ギブ・アンド・テイクのはずだ」

反町は昨日の具志堅の言葉を思い出していた。あの日本人と中国人の名前、住所、所属する組織、東京の奴らはすでに調べている。そのくらいの経験と組織力は持っている——。

赤堀が椅子を引き寄せて座った。反町にも座るように目で合図した。話すことに覚悟を決めたのか。

「当時、僕たちは沖縄の土地売買について調べていた。僕は軍用地の動きに興味があった。だから儀部の事件は格好だった。東京の連中は、主に中国資本の土地売買についてだ。北海道から沖縄まで、外国人が土地を含めて不動産を買い漁っている。その大部分が中国資本だ」

「それがどう問題なんだ。正当な取引なら問題ない」

「正当な取引じゃないから問題なんだ」

「どう正当じゃないんだ。俺の頭で理解できるように話してくれ」

赤堀のかすかなため息が聞こえる。

「基地返還後の広大な土地利用に、本土と沖縄の政財界の連中が、様々な方法で首を突っ込みたがっている。その一つに、返還された土地を中心に、東洋有数の統合型リゾート施設建設計画が浮かび上がっている。プライベートビーチ、高級ホテル、レストラン、ショッピングモールが入った施設だ。もちろん豪華プールもある。東洋の楽園だ。中心になるのは中国資本だ」

「そして目玉は日本初のカジノだったわけか」

赤堀がわずかに眉をひそめた。この男もカジノ反対派か。

「最高の目玉だ。計画が明るみに出れば、土地の値段は一気に跳ね上がる。この一年間、大利根たちは極秘裏に計画を進めていたのだろう。おそらく、すでに膨大な額の金が動いてる。政治家、役人、企業を巻き込んだ贈収賄疑惑の噂もある」

「しかし、あれだけ大規模な計画で、かなり細部まで練られている。一年も計画が明るみに出ていないということは、何か問題があったのか。やはり、カジノが引っ掛かるのか」

反町は考えながら話した。

「そんなの問題じゃない。カジノ部分だけを隠しておけばいい。事実そうしてた。どうせすぐには許可されない。長期間の根回しが必要だ」

「じゃ、計画が進んでいない理由は?」

「計画地の一部の土地所有者が売ろうとしない。彼らは地元の力と資金で、新しい沖縄開発を目指している。規模を縮小しても。近々、彼らから周辺の土地所有者に関して、何らかの働きかけがあるらしい」

赤堀は反町の反応を見ながら話した。「地主組合ができて、独自の総合開発をしようという話がある。だがそれも、地価を引き上げるためだという噂もある。いずれにしても、最終的にはかなりの高値で取引される」

さらに、と言って赤堀が反町を見据える。「この土地の取りまとめには黒琉会が絡んでいる」

「儀部の土地問題もこの計画に関係しているのか」

反町の問いに、赤堀は無言のままだ。

胸ポケットのスマホが鳴り始めた。反町は待ち受け画面を見て、そのままポケットにしまった。

「おまえの相棒からか。さっさと行ってやれ。年寄りを待たすのはよくない」

赤堀がぼそりと言った。

3

赤堀が二課に戻るのを見送ってから、反町はスマホを出した。

反町に電話してきたのは、具志堅ではなくケネスだった。

二人は〈B&W〉で待ち合わせた。ケネスからの電話だと、話はチャンのことか。

国際通りの店に入ると、奥の席でケネスが反町を見ている。

反町はケネスの隣に座った。ケネスが身体を寄せてくる。

「チャンを捜してたよね。どこにいるかも聞いてたし」

「さっさと言え。もったいぶらずに」

「一週間前、成田に入国してる」

「一週間前だと。なんで、すぐに連絡してこない」

「僕だって今朝、初めて知った。日本に入国する外国人が一日に何人いるか知ってる？　約六万五千人。そのうち成田へは三万人以上。おまけに、今回は偽名だった。こんなのは初めて。おかしいと思うでしょ」

「その男、本当にジミー・チャンなのか」

「間違いない。ファックスの写真が不鮮明だったので、メールで再送してもらって確かめた。アメリカ司法省が中心になって、成田の入国管理に試験的に写真認識システムを取り入れてもらった。その成果がさっそく出たってわけ」

「そんな報告、全くなかったぞ」

「データはアメリカ司法省が分析してる。とにかく、チャンは日本にいる」

ケネスはスマホを出して反町に見せた。

服装、全体の印象はチャンとは程遠いが顔にはチャンの面影がある。反町は目の部分を拡大した。瞳の色が青みを帯びている。コンタクトレンズか。しかし、その奥に潜む異様な情念は隠せない。たしかにチャンの目だ。

「チャンが東京観光って訳ないな。沖縄に直接入るのはヤバいので、成田経由か。だとすると、今ごろはここか」

反町は辺りを見回した。国際通りに面した店先ではハンバーガーとルートビアを買い求める若い観光客であふれている。東京で入国をすませて、沖縄に飛ぶ。さらに用心するには、大阪に出てから沖縄にくればいい。

「たぶんね。一度、日本に入国すれば、いくら外国人でも、あとを追うのは難しい。国内線の航空券なんて偽名で簡単に手に入る」

ミスをしない限りパスポートの提示なんて求められない。チャンは見かけは日本人と変わりない。

「チャンはどこから成田にきた」

「香港からの直行便。よほどばれないって自信があったのか、どこかを経由する時間がなかったのか」

ケネスも考えながら言う。そして、反町を促すように見ている。

「名前は。偽名を使ってるんだろ」

「それよ、問題は。張鳳陽。チャン・フェンヤンって読めばいいの。中国じゃ、どこにでもある名前」

「さすがアメリカ海兵隊MPだ。よくやったよ」

反町はケネスのスマホから写真を自分のスマホに転送した。ケネスはそれを何か言いたそうな顔で見ていたが、何も言わなかった。

「入国の情報だけでも、かなり苦労して突き止めた。日本の入管は写真を撮らないでしょ。絶対に撮るべき。フィルム時代は大変だっただろうけど、今は撮ってハードディスクに保存してるだけでいい。必要なモノだけをあとで利用する」

「俺たち日本サイドじゃ、まるっきり分からなかった。おまえら大したもんだ」

「少しは感謝してる？」

「少しどころか、大いに感謝してるよ」

反町はケネスの肩を軽く叩くと店を出た。


反町は県警本部に戻って、具志堅の所に行った。

具志堅がパソコン画面に顔を付けるようにして見ている。反町が覗き込むと、画面は捜査報告書に変わっている。

「また見てるんですか、その写真」

「何でもない」

街並みと海、空が写っている画像がチラリと見えた。以前にも見た山から撮った沖縄の風景写真だ。具志堅が風景写真を見ている、というので軽い驚きの記憶がある。北海道の孫娘に送って、沖縄の美しさを教えたいのか。感想を言った覚えがある。思いついたままを言ったのだが、具志堅は無言で聞いていた。

「何の用だ」

具志堅に今朝からのことを話した。具志堅はパソコンに目を向けたまま聞いている。チャンが日本に来ていることを告げたとき、パソコンから顔を上げた。

「大して驚いた風には見えませんね」

「もっと早く来るか、すでにここに来ていると思っていた」

「チャンを見つけましょう。今度こそ、逮捕できます」

「何の容疑で逮捕するんだ。被疑者死亡につき不起訴、であったとしてもトオル殺しの事件は終わっている。少なくとも県警内部ではな」

トオル殺しの容疑者マサは死亡した。県警は被疑者死亡で検察に書類送検している。それを受け、検察は死亡を理由に不起訴処分とした。事件事務規程第七五条二項一号だ。

事件はここで区切りとなるが、解決はしていない。そのため、新たな証拠、容疑者が出た場合、警察の捜査再開に手続きは必要ない。しかし、建前と現実は違う。マサを容疑者とした時点で、明らかに県警の捜査ミスとなる。そのミスを簡単に認めるとは思えない。

「再捜査は可能だが、県警の威信にかかわる問題だ。上層部が簡単に許可するはずがない。チャンを宮古島で拘束したが、すでにマサを被疑者死亡で検察に書類送検したあとだった。だから、俺たちに脅しに近い言葉を言って、チャンを解放させた。上は幕引きを決めたんだ」

具志堅が低い声で言う。平静を装ってはいるが、悔しさが滲(にじ)んでいる。

「これをひっくり返すには、有力な新証拠が必要だ。誰もが納得して、否定できないものだ」

「現状でも、少なくとも偽造旅券で引っ張れます。偽名で入国している。叩けば何か出ます」

別件逮捕だ。具志堅は考え込んでいる。

「別件逮捕はあざとすぎる。ヘタすると、マスコミに叩かれ次がなくなる。そういうやつに妙に味方したがる弁護士もいるんだ。関わると取り返しがつかなくなる」

「具志堅さん、チャンを逮捕したくないんですか。トオルを惨殺したのはチャンです。マサじゃない」

反町は切り刻まれたトオルの遺体を思い出した。宮古島でチャンを拘束した後、解放した時のチャンの顔が脳裏をかすめた。車のヘッドライトの光に浮かんだ顔には不敵な笑いが浮かび、目には狂気が宿っていた。そのとき、確信したのだ。これは刑事のカンではない。確信だ。トオルを殺したのはこの男だ。

「ジミー・チャンではなく、張鳳陽が本名かもしれない。だったら、そのパスポートが本物だ。偽造旅券所持じゃ引っ張れない」

「拘留して事情聴取すれば――」

「チャンが吐くと思うか。弁護士が飛んできて、国外退去で終わりだ。二度とチャンスはない。それより、チャンは何の目的で日本に入った。名前まで変えて」

反町も考えたことはあるが、具体的なことは思いつかなかった。

「よほど重要な仕事ができたんでしょうね。それで、誰かに呼ばれた」

「香港で一年間息を潜めていたんだ。ただ、寝ていたわけじゃないだろ。何かの準備をしていたのかもしれない」

具志堅が考えながら言う。

「まず、チャンの潜伏先を調べろ。同時に黒琉会の動きもだ。大利根と黒琉会の喜屋武、チャンの関係を調べろ。絶対に何かある」

具志堅は一気に言うと、パソコンを閉じて立ち上がった。

「俺は出かけてくる。夕方には戻るから、おまえは今言ったことを調べろ」

反町が応える前にドアに向かって歩き出している。いつもとは違う、具志堅の迫力を感じる。

4

具志堅にチャンの潜伏先を調べろと言われても、どうしていいか分からない。

反町は席に戻ってパソコンを立ち上げた。

赤堀から添付ファイル付きのメールが入っている。

大利根と中国資本に関する捜査資料だ。ギブ・アンド・テイク、カジノ情報の見返りか。

大利根は高田に沖縄の土地、特に軍用地の買い占めを指示していた。高田はそのための拠点づくりに那覇に来ている。高田が殺されたので、大利根が直接出てきたという。

資料に目を通して、反町は二課に行って赤堀を呼び出した。

赤堀は面倒臭そうな顔をしたが、何も言わずに付いてきた。

再び二人で空いている会議室に入った。

「大利根、高田、彰の関係を詳しく話してくれ。捜査報告書だけではよく分からない」

「親父の軍用地の権利証と実印を持って東京に出た彰は池袋で高田不動産を見つけ、土地の購入を持ち掛けた。もちろん、高田は飛びついた。大利根に頼まれて、沖縄進出を準備していた時だった。彰から沖縄の土地事情を聞いて、高田が沖縄に乗り込んだ」

赤堀が仕方なさそうに、ボソボソと話し始めた。

赤堀の話には何かが抜けているような気がする。彰が儀部のところから持ち出したのは、土地の権利証と実印だけなのか。それだけのモノのために、実の息子を訴えるだろうか。儀部の持ってる軍用地は彰が持ち出したものの数十倍あるし、実印は被害届を出せばいい。

「おまえらが大利根をマークするようになったきっかけは何だ」

「僕たちは中国の投資グループが日本の土地を買い占めるのに歯止めが掛けられないか、調べていた。これは上からの指示だ。政治家が絡んで、疑獄事件に発展する恐れがあった。そのときに、大利根が浮かんだ。彼のレストランに、土地買い占め中国人グループのリーダー格の大物が頻繁に出入りしていた」

赤堀が息を吐いた。僕たちというのは自分と東京の二人だろう。中国富裕層の間で沖縄の土地の買い占めが明らかになったので、沖縄に出向している赤堀に目が付けられた。

「新宿の高層ビルの動画にあった男たちだな」

「実際に沖縄の軍用地の売買に関して、何人かの政治家の名前も挙がっていた。だから、警察庁は検察庁と組んで特別チームを作って動いた。秘密厳守が要求される事案だ」

「で、収穫はあったのか」

「ここでこうして話してるだろ。カジノ付きの統合型リゾート施設の建設だ。薄々は分かっていたが、確証がなかった」

「IR法案は通っている。カジノ誘致には横浜や大阪が手を挙げてる。沖縄が手を挙げてもおかしくはない」

「手を挙げたからと言って、すんなり許可が下りる問題でもない。日本初のカジノ付き統合型リゾート施設だ。大きな売りになる。国内ばかりじゃなくて、世界的に話題になる。世界の金持ちたちが押し寄せる。さらに、沖縄は中国、韓国にも近い。中国の富裕層を呼び込めることは魅力的だ。それも、タダの富裕層じゃない。超富裕層だ」

赤堀が反町に視線を向けた。「しかし、いくらIR法案が通ったと言っても、国民のカジノに対する反感は根強い。何と言い繕っても、賭博場だからな。日本人の平均的モラルとしては受け入れがたい。現実にするためには、政治の力が必要だ。何百億の金が動く事業だ。企業も政治家も群がってくる。暴力団もね」

赤堀が平然と言い放った。

「中国人投資グループはどこを拠点にしている」

「東京と香港を行ったり来たり。沖縄にもたびたび来ている」

「彼らを逮捕できるのか。何の容疑で」

「そう直球で聞かれても答えようがない。微妙なところだ。彼らは金を出し、求めるのは結果だけだ。手段と実行の部分はブラックボックスだ。具体的に関わるのは末端だ」

「政治家と秘書の関係か。すべてを秘書のせいにして自分は逃げる」

「情報は共有する。尾上さんの指示で、おまえに捜査資料を送った。僕は反対したんだけどね」

　そう言い残して、赤堀は部屋に戻っていった。


　反町が一課のデスクに戻ると、年配の刑事がやってきた。

「具志堅の姿が見えないぞ」

「夕方には帰ってきます。最近は出かけることが多くて」

「またまた単独行動ってか。組織のことなんて考えたことないんじゃないのか」

「あの野郎、最近かなりおかしいぞ。何かあったのか」

　通りかかった別の刑事が立ち止まって言う。「風景写真を眺めて考え込んでる。土地でも買うのか」

「俺がトロトロしてるんです。その尻ぬぐいです」

「おまえがかばう必要はないんだよ」

「おまえら、何か追ってるのか。二課の課長補佐とつるんでるって噂だ」

いつの間にか数人の刑事が集まってきている。

「赤堀とは同期なんで、色々相談に乗ってるんです」

「俺たちは一課だからな。忘れるなよ」

反町の肩を叩くと、それぞれ席に戻っていった。


具志堅が県警本部に戻ってきたのは、夕方になってからだった。

何時間も歩き回っていたらしく、疲れた様子だった。椅子に座ってパソコンを立ち上げようともしないで目を閉じている。こういう具志堅は反町が知る限り初めてだった。よほど何かに入れ込み、疲れているのか。

反町が具志堅の背後に立つと目を開けた。

「どうかしたんですか。かなり疲れてるみたいです」

「人間、歳とるとみんなこうなる」

気合を入れるように両手で頬を叩いた。

「具志堅さんは俺に対しては、常々、単独行動は慎むように言ってきました。でも、最近の具志堅さんは俺を避けてるようだ」

「ここの奴らに、何か言われたか」

具志堅は部屋中に聞こえるような声で言う。

「いえ、俺の感想です。大声を出さないでくださいよ」

反町はあわてて具志堅をなだめた。反町の想像以上に具志堅は疲れているのか。

具志堅はジロリと反町を睨んだだけで何も言わない。

その日、他の刑事が帰ってから反町は具志堅に、赤堀から先程聞いた話をした。具志堅は何も言わず無表情で聞いているが、反町が黙ると、顔を上げて反町を促すように見る。興味を持っていることは確かだ。

「もう一度確認します。トオル殺害容疑でチャンを逮捕するには、何が必要ですか」

話し終わってから、反町は具志堅に聞いた。具志堅は考え込んでいる。

「決定的な物的証拠の発見か、本人の口から出た犯人しか知り得ない新証拠の提出ってところだ。後者はあり得ないな」

「もっと具体的に言ってください」

「犯行現場を特定して、チャンにつながる何かの発見、凶器にチャンだと特定できる証拠があるとか。色々あるだろ。それを見つけるのが――」

「刑事の仕事でしたね」

トオルの殺害に関してはマサがトオルのスマホ、金のネックレス、財布、二百万円、さらに凶器のナイフを持っていた。おまけに、マサにはトオルを惨殺する動機まであった。結果、マサに逮捕状が出されたが、マサの事故による死亡で捜査は打ち切りになっている。

ここ数日間に、反町の脳裏にはチャンの姿が膨れ上がっていた。一年前、宮古島でチャンを解放した直後は事件が頭を離れず、新しい証拠を捜し歩いた。しかし、次々に起こる事件で忙殺され、頭の片隅に追いやられていた。特に半年前、ノエルの父親に関わる事件が起きてからは、頭はその事件でいっぱいだった。だがここに来て、チャンの姿が過去の亡霊のように反町の脳裏に現れた。

「おまえ、本気でチャンを――だったら」

具志堅が反町を見据えたが、突然、目を逸らせた。

「いいんだ、忘れろ」

「なんですか。気になります」

「時が来たら話す」

具志堅がパソコンを立ち上げた。それっきり、反町の方を振り向きもしない。

その日を境に、具志堅はパソコンの前に座っている時間よりも、外出の時間のほうが多くなった。それも、一人で出かけている。

どこに行っていたのか聞いたこともあるが、ブスッとした顔で長めの散歩だと答えた。

こんなことは、反町が一課に来て初めてだった。何かある、そう思ったが、時折りパソコンに目を向けたまま考え込んでいる具志堅を見ると、何も言い出せないでいた。

5

反町は赤堀に呼び出されて会議室にいた。

赤堀も捜査に行き詰っているようだった。大利根、儀部、彰、喜屋武、チャンと、点の情報は上がっているが、それらをつなぐ線が見つからない。

反町は部屋の中を歩き回っていた。

デスクに腰かけた赤堀が、目を閉じて考え込んでいる。反町を呼び出したのはいいが、何を話せばいいか分からないのだろう。

赤堀が目を開けた。

「カギを握っているのは大利根だ。彼はチャン、喜屋武、彰、高田、中国資本、黒琉会、すべてに関係している。彼を叩いて歌わせるほかない」

赤堀らしからぬ言葉が出る。歌わせるとは、しゃべらせることだ。しかも強引に。

「おまえ、どうかしたのか。熱でも、あるんじゃないか」

「他に手はあるか」

「問題はどうやって歌わせるかだ。言葉で脅すか暴力か、それとも両方か。おまえにそれが――」

反町の言葉の途中に赤堀が立ち上がると、ドアに向かって歩き出した。

反町は慌てて後を追った。

反町の運転で、二人は那覇オリエンタルホテルに向かった。大利根に会うためだ。


「どうする。直接部屋に行くか」

「居留守をつかわれる可能性が高い」

反町は時計を見た。昼にはまだ時間がある。出かけては来たが、この時間、部屋にいる可能性は低い。

反町は赤堀を待たせてフロントに行き、大利根の部屋に電話をつなぐように頼んだ。

「会ってくれるそうだ」

赤堀に言うと、驚いた顔をしている。大利根が部屋にいることに驚き、すんなりと会うことに驚いている。

「どんな手を使った」

「一課の秘密だ」

大利根は白のかりゆしウェアに白の半ズボン。ラフな格好だが、ダンディないで立ちで現れた。反町と赤堀を見て、露骨にイヤそうな顔をした。

三人はラウンジに入って奥の席に座った。

「いい加減にしてくださいよ。私は沖縄に仕事で来てるんです。これ以上付け回すと、警察に通報——」

大利根が言葉を止めた。反町たちが警察官だということに改めて気付いたのだろう。

「どうぞ、お好きに。我々が警察だ。警察は仲間意識が強い。そんなことをするとあなたには、今後色々不都合だと思う」

「私を脅しているのですか」

「そうじゃない。真実を言っているだけです」

大利根の顔に不安そうな表情がよぎった。赤堀の言葉には真実味を感じたのだろう。彼は赤堀が警察庁から出向している準キャリアなのを知っているし、警察の組織も理解しているのだ。彼のルーツが中国人であることでも、嫌な経験をしているのだろう。

「あんたは一昨日、黒琉会の奴らに那覇不動産に連れて行かれた。不本意だったんでしょ。彼らに何を言われたんです」

「仕事、土地売買についての話ですよ。私は沖縄の土地を買いに来ている。彼らは色んな物件を紹介してくれた」

赤堀がカバンからタブレットを出した。

立ち上げた画面を大利根に向けた。新宿の高層ビルで撮った動画を静止画にしたものだ。大利根を含めた二人の日本人と、二人の中国人がテーブルを囲んでいる。

大利根の顔色が変わった。一昨日具志堅と来たときに話した内容だが、実際に画像を見せられるとは思っていなかったのだろう。

「こいつらは誰なんだ。高田と関係がありそうだな。金の話ばかりじゃなさそうだし。中国人が言ってるリストとレポートとは何なんだ。あれが表沙汰になると、政界がひっくり返るだと。どういうことだ。それをチャンに探させてるんだろ。チャンは今、どこにいる」

反町が赤堀に続いて、叩き付けるように聞く。

大利根の顔が次第に青ざめてきた。本来は気の弱い男なのかもしれない。

「中国人が言ってる、高田に渡した七千万とは何の金だ。政治家と業者に渡ってないのかって、何のことだ。高田を殺すように指示したのは、あんたじゃないのか。違ってたとしても、高田殺しの真相を知ってるんだろ。トオルは犯人じゃないよな。チャンとは何者なんだ。あんたは、どう関わってる。いずれにしても、この元の映像を表沙汰にすれば、あんたの逮捕は間違いない」

反町は一気に言った。赤堀が呆れた顔で反町を見ている。

「トオルとマサの死にも、あんたは関係してるのか。まだ一年しかたってないが、殺人の時効が廃止されてるのは知ってるな。俺たちは必ず真相を突き止める」

反町は大利根に身体を近づけ、低い声で言った。大利根の顔色がさらに変わり、震えが伝わってくる。

「私は高田に沖縄の土地を買い占めるよう頼んだだけだ。彼が殺されたのには関わりない。私たちは驚いているんだ」

大利根が怯(おび)えた声を出した。

「だったら、この三人について話してくれないか。悪いようにはしない」

赤堀が頼むように言う。

「本当に知らないんだ。私はただ指示されて動いただけだ」

「その指示した相手を聞いてるんだ。この三人のうちの一人か。誰に指示された」

大利根は黙っている。

「中国人は関明宇(かんめいう)に于文秋(うぶんしゅう)」

赤堀が言った。今度は反町が赤堀を見た。そんな話は聞いていない。

大利根は驚きを隠せない顔で赤堀に視線を向けている。具志堅の言うとおりだ。東京の奴らはすでに男たちの身元は調べている。

「どの男が中国側を仕切ってる。調べは付いてるが、あんたの口から聞きたいんだ」

大利根は観念したように背の低い方の中国人を指した。その指は震えている。

「名前は」

「関明宇」

きれいな中国語の発音だった。

「どういう奴なんだ。知らないとは言うなよ」

「中国実業界の重鎮、とだけ聞いている」

「大柄な方は。名前と役職だ。どうせ、同じだと思うが」

「于文秋だ。中国政府の幹部だ」

「そんな大物がなぜ日本で集まってる」

大利根が反町と赤堀を交互に見た。迷っている。

「言えば、私は命を狙われる」

「もう一年も前の話だ。俺たちが独自に調べ上げたことにすればいい」

反町がテーブルに身体を乗り出し、低い声で言う。

「右端の日本人は何者だ。ほとんど、喋っていない奴だ」

「政治家だと聞いている。それだけしか知らない」

「一緒に酒を飲んで、知らないはないだろう。児玉信司(こだましんじ)、六十二歳。与党の政治家だ。

あまり表面には出ないが、実力者だ」

　大利根が赤堀の方を見る。赤堀がそうだろうという風に大利根を見返す。

「中国政財界の重鎮と日本の政治家が何を話してる。高田に七千万を渡したんだって。おまけに、リストとレポートまで出てきた。政界をひっくり返す、大そうなモノなんだってな」

　赤堀が続けた。

「チャンに探させているんだろ」

　反町が言う。大利根が言っていた台詞だ。

「おまえはグランドハーバー・ホテルで喜屋武とチャンと会ってる。喜屋武は黒琉会の幹部だぞ。どんな話をしてたんだ」

「私は会っていない」

「バカ野郎。俺たちはホテルの防犯カメラでしっかり見てるんだ。これ以上しらばくれると、署まで来てもらって事情聴取ってことになるぞ」

「そんな権利はないはずだ。私は仕事で沖縄に来てるだけだ」

「その仕事が問題なんだよ。土地を買い占めてるらしいが、その資金はどこから出てる。チャイナ・マネーか」

「私の会社の金だ」

「桁が違うんだ。総額三百億円。ちょっとした金額だ。あんたのレストランじゃ無理だ」

反町の言葉に押されるように、大利根の表情がさらに変わってくる。

「そんな話は知らない。誰から聞いた」

「高田のパソコンにファイルが入ってた。厳重なセキュリティ付きのファイルだ。沖縄県警科捜研のホープが開いた。軍レベルのセキュリティも突破する秀才だ。統合型リゾート施設の建設計画だ。おまえが噛んでるんだろ」

「私の仕事はリゾート施設にレストランを出すことだ。秘密でも何でもない。単なるビジネスだ」

「そのリゾート施設はカジノ付きなんだってな。日本初のカジノ付き統合型リゾート施設。おまけに中国、韓国にも近い。大盛況間違いなしだ。世界中の金持ちたちがこぞって押しかける、世界的なリゾート施設になる。日中の政財界人が必死になるわけだ」

「私は詳しくは知らない」

駄目出しのような赤堀の言葉に大利根の声は震えている。

「簡単にできる話じゃない。国と県の許可が必要だ。周辺住民の同意も必要だろうし。IR法案が通ったとはいえ、なんせ日本初のカジノだからな。それには政治的な動きが欠かせない。多くの政治家の協力が必要だ」

「そのビジネスで、リストとレポートが必要だったんだろ。それを手に入れるために――」

赤堀に続いて反町が言いかけたが、なぜか言葉が出てこない。トオルを使って高田と麻耶を殺させた。そのトオルをチャンを使って惨殺させた、と言いたかったのだ。しかし、すんなり言葉に出せない何かがある。

「何なんだ、そのリストとレポートというのは。カジノ付きリゾート施設の詳細なレポートか」

反町の問いかけに、大利根は無言のまま答えようとはしない。

「児玉信司、当選四回、与党政治家で、経産省ＯＢだ。ＩＲ法案立ち上げのときから関わっている。カジノ認可に強い影響力を持っている。そうなんだろ」

赤堀が大利根に問いかける。

大利根のポケットでスマホが鳴り始めた。

大利根が赤堀を見る。赤堀が頷くと大利根は立ち上がってスマホを出した。

二人に背を向け、スマホを手で囲うようにして小声で話している。

赤堀が反町に目で合図をした。今日はここまでにしておこう。

レシートを取ると、二人はレジに向かった。

「なんでやめる。もう一息だったぞ」

「トカゲのしっぽきりは困る。我々はもっと上を狙っている」

上とはなんだ、反町は出かかった言葉を呑み込んだ。赤堀が素直に話すとは思えない。

6

反町が一課に戻ると、飛び出してきた年配の刑事とぶつかりそうになった。

「何かあったんですか」

「緑ヶ丘公園で乱闘だ」

刑事が言い残してエレベーターの方に走って行く。続けて二人の刑事が後を追った。

緑ヶ丘公園は国際通り中央部の北側にある公園だ。

反町は出て行こうとする若手刑事の腕を摑んだ。

「何があった？」

「恩納村(おんなそん)ショッピングモール建設反対集会に、何者かがなだれ込みました。乱闘が起きて負傷者が出ています。俺もこれから行きます。現場で会いましょう」

反町を振り切るように走って行く。

具志堅を探したが見つからない。また長めの散歩だろう。

スマホを出して具志堅を呼び出した。

「緑ヶ丘公園の集会で殴り合いです。連絡は、いってますか」

〈すぐに現場に行く。先に行っててくれ〉

電話は切れた。先に行けということは時間がかかるということだ。

反町も県警本部を出た。緑ヶ丘公園までは自転車で十分もかからない。

国際通りは観光客であふれている。反町は北側の道路に出て走った。

公園の前には道路をふさぐように、数台のパトカーと救急車が止まっている。辺りはやじ馬で騒然としていた。国際通りのすぐそばのせいか、観光客風の人が多い。

公園の手前の道路に黄色のバリケードテープが張られて、制服警官が立っている。

反町は警察手帳を見せて公園内に入った。

「ひどいな。暴力団の乱闘だぞ」

反町は思わず呟いた。

公園内にはまだ十人以上の怪我人がベンチに横たわっており、地面に直接座り込んでいる怪我人もいる。そのまわりでは、仲間と思われる人たちが憔悴しきった様子で立ったり座ったりしていた。残っている者はほとんどが軽傷で、刑事と警官に事情聴取を受けている者もいた。

地面には靴跡が乱れ、血のあとが残っているところもある。

反町は那覇署の比嘉を見つけて側に行った。

「暴力団の抗争ですよね、これは。とても、一般市民の殴り合いとは思えません」

比嘉はハンカチを出して額の汗を拭きながら言う。手の甲には血がついていた。被害者に触れたときについたのか。

「通報は？」

「市民からです。緑ヶ丘公園で乱闘が起きてると、通報がありました。重軽傷者、双方合わせて十八人です。重傷者五名は病院に搬送しています。中には腕の複雑骨折という者もいます。乱闘に加わったのは二十名あまり。双方半数ずつというところです」

比嘉が説明した。

「双方半数ずつ？」

「乱闘に関わった者はという意味です。四十名あまりの集会に、十名あまりの者がなだれ込んできて、まわりの者たちを殴り始めた。それに応戦したのがやはり十名あまり。その他の者は逃げ回ってた。被害者からの聞き取りです」

「防犯カメラの映像はあるのか」

「近所の防犯カメラの映像は回収しています。後で署で見てください。中に数人、バットやチェーンを振り回している者がいたという話です。手にナックルをはめてた者も。負傷者の傷に該当する凶器がいくつかありました。明らかに凶器を準備していたと思われます」

「ケンカの原因はなんだ」

背後から声がした。振り向くと具志堅が立っている。息が乱れているが、意識して隠そうとしている。近くでタクシーを降り、走ってきたのだ。

「集会の途中で、なだれ込んできた連中が見境なく殴り始め、殴り合いが始まったらしいです」

「集会というのは何なんだ」

「恩納村西部地区の再開発に関する反対集会です。基地の返還土地と周辺の土地を合併して、地権者が中心になって有効利用しようという話し合いです。集会の後、県庁に向けてデモが行われる予定でした。そこに暴漢がなだれ込んで、乱闘が始まったと聞いています。賛成派が集会を襲ったのでしょう。この開発には色々と問題や各々の思惑がありましてね。ついに、乱闘騒ぎです」

比嘉はうんざりした口調で言う。最近は、この手の事件が頻発している。

キャンプハンセンの西部の一角が返還されるという話がある。それに呼応して、いくつかの開発話が浮上していた。主なものは本土の企業が乗り出してくる話と、地元の有志が協力してショッピングモールを建設するという話だ。

今回の集会の主催は後者だ。彼らは本土の大企業の進出を阻止しようとしている。沖縄のことはウチナーンチュの手でということだ。

「恩納村の話が、何で那覇での集会なんですか」

「これが沖縄だ。すべてが政治絡みで決められる。那覇には役所が集まってる。国の役所もだ。沖縄のヘソだ」

具志堅が周囲を見回しながら言う。

「素人の殴り合いじゃないな、これは。傷がひどすぎる」

具志堅が呟くような声を出した。


反町は具志堅とともに、那覇署に移動して防犯カメラの映像を見た。

比嘉が親泊と一緒にモニター操作をした。

始まりは、公園で行われている参加者四十人ほどの平穏な住民集会だった。参加者は若者から年配者まで幅が広く、男の方がわずかに多い。代表と呼ばれている年配の男が、集会の趣旨を述べている。

突然一人の男が立ち上がり、マイクを持っていた男に殴りかかった。同時に公園の外からも柵を飛び越え、十人あまりの男が走り寄ってくる。彼らは集会参加者を相手構わず殴り始めた。

それからは大混乱が始まっている。

「外から入ってくる者が十人あまりと多い。彼らが集会参加者を殴り、もう一方はそれを防戦している。止めようとする者も殴られている」

「ストップだ。右端の男を拡大できないか。バットを振り上げている男だ」

「黒琉会の東間（とうま）か。似ているが決め手はない。粒子が粗すぎる」

「バットで思い切り殴ってる。相手が怪我しようが死のうが、関係ない殴り方だ。躊躇わず力任せだ。素人の殴り方じゃないな」

具志堅が低い声で言う。

素人ならば、バットなどの凶器を持っている場合、殴る瞬間、思わず加減するというのが具志堅の考えだ。無意識のうちに相手のダメージを考え、力を抜いてしまうというのだ。大怪我をして相手が死んだらどうする、後遺症が残ったらどうしよう、と考えてしまう。しかし、プロの場合、ダメージを与える殴り方をする。腕なら腕の急所に、ダメージを与える。それが目的だからだ。

「チェーンの男を頼む」

反町の言葉で映像が戻され、止まった。

画面中央の男が尻ポケットからチェーンを出して、男の顔を殴りつける。鼻が砕かれ黒っぽいものが飛び散った。顔が血まみれになり、仰向（あおむ）けに倒れた。

「ひどいな。相手は素人だぜ。こいつを見てくれ」

反町は立ち上がってモニターの前に行き、別の男の拳を指で押さえた。

「ナックルをしてる。こんなので本気で殴られたら顎の骨が砕ける」

「顎を骨折した者が三名います」

「黒琉会が噛んでるな」

具志堅が呟いた。「防犯カメラのＤＶＤを持って、県警本部の暴対に行け。見てもらって、こいつらを特定するんだ」

「黒琉会なら俺たちだって特定できます」

「餅は餅屋だ。組織の末端の出入りは激しい。一課のリストに載ってない者も多い。これだけの目立つ大立ち回りだ。表に出てるのはチンピラだ」

反町は比嘉を連れ、ＤＶＤを持って県警本部に帰ると暴対に行った。

部屋にいた刑事が寄ってきて、バットの男はすぐに特定できた。やはり黒琉会の末端の東間というチンピラだった。

「逮捕状の請求だ」

「後の奴らを特定してからの方がいい。暴対が動いていることがばれると、あとの奴らはトンズラする」

「チェーンとナックルですか。あいつらも黒琉会に間違いない」

「その他にもいるかもしれない」

「相手はどこだ。殴り合ってる奴も何人かいる」

「本土からの基地反対派の応援部隊じゃないのか」

「特定した奴らを先に逮捕して、吐かせた方が早い」

暴対内でも様々な声があったが、結局バットとナックル使用の男が黒琉会の組員と特定できたところで二人の逮捕を決めた。その日の内に逮捕状を取って、暴対が自宅にいるところを逮捕した。

一時間後、渡嘉敷沖縄県知事による緊急の記者会見が開かれた。

〈非常に残念な事件が発生しました。いかなる暴力をも否定し、いかなる権力に対しても私たちは決然と立ち向かいます。沖縄県民一体となって、沖縄の自立を目指します。沖縄はいかなる権力、暴力にも負けません。沖縄県民による沖縄を作るために〉

知事は陽に灼けた顔に苦渋の色を匂わせ、沖縄訛りのある言葉で静かに訴えた。


夕方、反町は赤堀を屋上に呼び出した。

那覇の空気はいくぶん熱が引いたとはいえ、まだ三十度近い。

沈みかけた陽が赤い輝きで大気を染め上げている。

「緑ヶ丘公園での乱闘を知ってるな。住民集会に暴漢がなだれ込んだ」

「住民とぶつかって大乱闘になったんだってな。住民たちは集会後、県庁方面にデモに行く予定だったと聞いてる」

「集会は軍用地の早期返還と返還後の周辺土地の利用の話だ。住民中心派の集まりだ」

赤堀が持っていたタブレットを立ち上げた。琉球大嶺不動産の大嶺が見せたのと同じ地図を出した。

「沖縄大手の建設会社、〈琉球リゾート〉が中国資本と組んで、あの辺りを再開発しようとしている。大型ショッピングモールの建設だ。アメリカンビレッジをモデルケースにしている」

「うまく行きそうなのか」

「反対派もいる。大手企業が入るのではなく、自主開発しようという動きだ。数は少ないが頑固に抵抗している。買収価格を吊り上げようとしてるだけだという噂もあるが。もっとも、噂を流しているのは黒琉会だという話もある。様々な、いい加減な噂が飛び交っているという状態だ」

赤堀がうんざりした口調で言う。

「裏には喜屋武がいるということか」

「おそらく。こういう仕事はあいつの分野だ」

反町が聞くと赤堀が答えた。

「集会を壊そうと誰かが仕組んだ。ついでに集会に集まった住民を怯えさせる。その効果は十分にあった。それを黒琉会の仕業にしようとしたとは考えられないか」

「誰がそんな手の込んだことをやるんだ」

「俺が知るか。だから聞いてる。しかし、集会はぶっ壊されて、集まった者たちは怯えている。まずは、目的を達成した」

反町が言う。

反町が赤堀と別れて部屋に戻っているとき、ノエルから電話があった。

〈優子さんの意識が戻った。すぐに来るなら、十分時間をあげる。それ以上はダメ。所轄の親泊さんに報告しなきゃならない。病院からも家族に連絡がいくはず〉

「すぐに行く。恩にきるよ」

反町は一瞬赤堀の所に戻りかけたが、階段を駆け降りて駐車場に向かった。

第五章　廃墟ホテル

1

反町は自転車に飛び乗ると全力でペダルを漕いだ。

熱を含んだ風が額の汗を飛ばす。信号待ちをしている短パンにTシャツの二人の白人の女の子が、笑いながら伸び上がるようにして手を振る。

懸命に息を整えながら病室に入ると、ベッドの前にノエルが立っていた。

優子は薄目を開けてぼんやり天井を見ている。意識レベルは低そうだ。

「脳には問題ないそうよ。意識は徐々に戻るだろうって。あとは体力の回復だけ」

「なにか聞き出したか」

反町が小声でノエルに聞く。

「およそ十日ぶりなんだから、まだ意識が混濁してるところがある。医者と看護師が出て行ったところ。私は警護のために残ると言ってある」

「恩にきるよ」

当たり前でしょという顔でノエルが頷く。

ドアが開き、赤堀が飛び込んできた。額に汗の粒が光り、カッターシャツが身体に張り付いている。

反町がノエルを見ると、当然でしょ、という顔で見返してくる。

「犯人を見てるのか」

赤堀がノエルと反町のそばに来てささやく。

「中肉中背の小太りの男。とっさのことで顔を見る余裕はなかったって」

「ひたすらカバンを守ったってことか。三百万円入りの。本当に相手の顔を見なかったのか。声はどうだ。何か言ってなかったか」

ノエルが反町に顔をしかめ、スマホを出した。

「十分経過。これから親泊さんに、優子さんが意識を取り戻したことを報告する。どうせ、同じようなことしか聞かないでしょ。せっかく時間をあげたのに」

赤堀が反町を押しのけ、ベッドの前に出ると優子に顔を近づけた。

「赤堀です。あなたを襲った犯人について調べています。何でもいいですから、覚えていることを話してください」

「興奮させないで。優子さん、ほんの少し前に意識が戻ったところよ」

「優子さん、あなたはなぜ、あのショッピングセンターに行ったんです。三百万の金を持って。あの金は大利根から受け取ったんでしょ」

反町はベッドの手すりを握って、執拗に問いかける赤堀の足を蹴った。

優子が赤堀から、ゆっくりと視線を外した。目がうるんでいるようにも見える。

「どけ。おまえは尋問のやり方を知らない。話す意思がある者も話さなくなる」

「あんただって同じでしょ。デリカシーなんてゼロ。彼女、驚いてる」

ノエルが反町の襟首をつかんで下がらせた。

「優子さん、あの時のこと覚えてる。嫌なこと思い出させるけど」

優子の顔を覗き込むようにして話しかけた。

優子は何かを考えるようにしばらく視線を外していたが、首を横に振った。

「私には覚えてるって、言ってたでしょ。あなたは車から降りたとき、暴漢に襲われた。ハンドバッグを取ろうとしたの。あなたは取られないように抵抗したけど、殴られて転んで頭を打った。ここまでは覚えてる」

優子がかすかに頷いた。

「犯人の後ろ姿は見たのよね。そのとき、相手の顔は見なかったの。もう一度、ゆっくり考えてみて」

優子は長い時間、無言だった。身体を乗り出した反町をノエルは肘で押し返した。

やがて優子が首を横に振った。

「やはり顔は見てないのね。分かった。見たけれど、忘れてるのかもしれない。あなたは十日も意識を失ってたの。思い出したら、言うのよ。犯人逮捕に重要なことだから」

ドアが開き、医師と看護師が入ってきた。二人とは何度か話したことがある。

反町と赤堀を見て驚いた顔をしている。

「困ります。勝手に入って来ては。目覚めたばかりです。まだ、事件の話は無理です」

医師が強い口調で出ていくよう言った。

親泊に優子の意識が戻ったことを伝えると、三人は連れ立って病室を出た。

「優子さんは嘘を言ってる」

赤堀がひとり言のように呟く。

「そうだな。犯人は中肉中背の小太りの男じゃなくて、目撃情報によると痩せて背の高い男だ。正反対だ。これじゃ、捜査妨害だ」

「そんなにきつい言い方をしないでよ。優子さん、何か隠してるのは確かだけど。思い出すのが苦しそう」

先を歩いていたノエルが立ち止まって言う。

「おまえもそう思うか。隠しているのは何だと思う」

「犯人に決まってるでしょ。優子さんが知ってる人ね」

「そして、俺たちも知ってる奴だ。だから、見ていないふりをしている。あれだけ殴られながら、カバンを守って揉み合ったんだ。見てない方がおかしい。犯人につながる何かもあるはずだ」

「だったら、なぜ言わない」

「恐れてるんじゃないか。言うともっとひどい目にあう」

「誰を恐れているんだ。黒琉会か。だったら、警察が護ってやる」

「恐れているばかりじゃない。かばっている場合だってある」

反町の問いに、ノエルが答える。

ノエルが歩き始めた。反町と赤堀が横に並ぶ。

「ハンドバッグを奪おうとした者だぞ。優子がかばうとすれば、彰か」

儀部の長男だ。父親から土地の権利証と実印を盗み出した。優子は血は繋がっていないが、父親の妻でもある。にもかかわらず、優子は東京に彰を訪ね、恋人のように振舞い、マンションにも泊まっている。赤堀にとっては複雑な思いだろう。

しかし、彰であれば、なぜ優子を襲ってハンドバッグを奪おうとする。

「なんで彰が優子を襲うんだ。二人は――」

反町は出かかった言葉を呑み込んだ。デキてると言いたかったのだ。

「優子には誰かが付いてるのか。あのままだとヤバいだろ」

「今までは病院に頼んでただけ。看護師の見回りの回数を増やすようにって。でも、意識が戻ると危険よね。親泊さんにも気を付けるように言っておく」

「優子の意識が戻ったことは――」

　反町は赤堀を見た。

「儀部さんには僕から知らせた。病院からも知らせが行くだろ」

「儀部は会いに来るのか」

　反町は優子が襲われた翌日、儀部が見舞ったときの様子を思い出していた。異常な落胆のようで、反町たちに、必ず犯人を見つけてくれと頭を下げた。

「スマホにかけたが敏之が出た。儀部は寝込んでいるらしい。時を見て報せると言っていた。いま、儀部家は敏之が仕切ってる」

「彰の出番はなくなったというわけか。あの野郎、どこに消えた。東京の連中、分からないのか」

　反町は再び赤堀に視線を移して聞いた。

「見失ってる。マンションから突然姿を消した。みんなあわててる」

「おまえ、もっと知ってるんだろ。俺たちに協力してほしければ、全部話せ」

　赤堀が考え込んでいたが、覚悟を決めたように口を開いた。

「儀部の家は普通じゃないと思うだろ。彰と敏之は腹違いの兄弟だ。儀部は彰の母親を追い出して、新しい妻を迎え敏之が生まれた。その女とも別れて、三人目の妻として親子ほど年の違う優子さんと再婚している。優子さんは儀部の妻だが彰と同年代だ。こんな家族が一つ屋根の下で一緒に暮らしているんだ。おかしくなるのは当たり前だ」

赤堀が吐き捨てるように言う。一瞬ためらう様子を見せたが、続けた。

「病室で見ただろ。儀部は優子さんに対して異常な愛情を抱いている。執着、所有欲とも言うべきものだ。おまけに、嫉妬心が異様に強いと聞いてる。若くて綺麗な妻をもらった宿命かな。優子さんは家でも日常的に暴力を受けていた。可愛さ余って——というやつだ。優子さんが離婚を持ち出したこともあったらしいが、よけい暴力を受けるだけだった。火傷の痕や殴られた痕も、そのときのモノだろう。そんな優子さんに彰が同情し、それが愛情に変わってったわけだ」

赤堀が一気に言うと息を吐いた。さらに続けた。

「異常なんだよ、あの家は。優子さんは彰のもとに逃げ出そうとしていたが、儀部は黒琉会に頼んで見張らせていた。それでも優子さんは東京に行ったが、連れ戻されている」

だから儀部の家には黒琉会の組員が出入りしていたのか。トオルが犯行後、儀部の家に逃げ込んだのも納得できた。

ノエルが呆れたという風に首を振っている。

「彰は儀部の家から土地の権利証と実印と、一緒に他のモノも持ち出している。儀部がしつこく言っていた。彰が盗んだもの、すべてを取り返してくれって。おそらくはフラッシュメモリーだ」

「何が入ってる。知ってるんだろ。だから今でも捜している」

「僕たちにも分からない。儀部に聞いてもはっきりとは言わない」

「そんなモノ、本当はないんじゃないか。儀部が匂わせているだけで」

「東京サイドは彰が土地の権利証と一緒にそれを高田に売り渡したと見ている。それを持って沖縄に来た高田がトオルに殺された」

「トオルが金と一緒に持って逃げたというわけか。それを手に入れるために、チャンがトオルを痛めつけた」

反町の言葉に赤堀が首をかしげた。

「僕はトオルは金しか取らなかったと見ている。普通の若者が、あれだけの拷問に耐えられるとは思えない。何かあればチャンに話してる」

「じゃ、そのフラッシュメモリーはまだ彰が持っているというのか」

「優子さんは彰から預かったフラッシュメモリーを大利根に売ろうとしていたんじゃないか。その金で二人は、外国なり儀部の力が及ばないところに逃げる」

「だったら、誰が優子を襲った」

「僕だって分からない。それを調べるのが刑事なんだろ」

「もう一度、儀部に会って詳しく話を聞く必要があるな」

反町がつぶやくように言う。


儀部が入院したと聞いたのは翌朝だった。反町がデスクに座ったとたん、赤堀から電話があったのだ。

反町は赤堀に車の運転を頼まれて一緒に病院に行った。

儀部が複数の点滴チューブにつながれてベッドに寝ていた。容態はだいぶ落ち着いてきていると、病室の前で会った看護師に聞いている。

ベッドの横に立っているのは次男の敏之だ。

「話せますか」

「興奮させないようにと、医者から言われています」

「奥さんの引ったくり事件について、捜査の状況を報告したい」

反町が赤堀を押しのけて言う。

敏之が儀部の耳元で囁いた。目を閉じたまま、儀部がかすかに頷いた。

今度は赤堀が反町を押しのける。

「儀部さん、赤堀です。分かりますか」

赤堀がベッドに屈み込んで問いかけた。儀部が目を開け、赤堀を見て唇を震わせた。何かを言おうとしているが言葉になっていない。

「儀部さん、喜屋武を知ってますよね。黒琉会の幹部です」

儀部が動きを止めて、赤堀を見つめている。なぜ、そんなことを聞くんだという顔をしている。

「彰さんが持って行った土地の権利証を取り返すために聞きたいのです」

「もう――東京の不動産屋に――売られている」

儀部がしわがれた声を出した。絞り出すような低い声だ。

「大利根という男でしたね。その男が沖縄の土地を買いまくっています」

儀部の目がさらに大きく開かれている。

「彰さんが土地を売ったのは大利根なんでしょ。間に高田不動産の高田が入りましたが」

「大利根が――沖縄にいるのか」

「彰さんは大利根の指示を受けた高田に土地を売り、大利根の指示で土地を買いに沖縄に来た高田は殺されています。どちらにも大利根が関わっている。高田を殺した犯人はトオルという男です。儀部さんも知ってるでしょ。家に出入りしていた黒琉会のチンピラです」

赤堀は儀部の言葉を無視して続けた。儀部の反応はない。

「しかし、トオルは惨殺されました。容疑者として挙がったのは、マサという男です。動機は復讐と金です。トオルがラウンジで働いていた頃の同僚で、トオルはマサに日常的に暴行を加え、金も奪っていました。マサは逃亡中に車で海に突っ込み、死亡しています。彼の体内からは薬物も検出されました」

赤堀が言葉を止めて、儀部の反応を見るように顔を見ている。儀部の息遣いが荒くなっている。

「しかし我々は、トオルはジミー・チャンという中国マフィアが殺害したと確信しています。チャンは知っていますね。喜屋武と一緒にいた男です。分からないのは、その動機です。チャンは何かを手に入れようと、トオルを痛めつけた」

「そんな話は知らん」

「あなたは、土地の権利証と実印以外に何かを取り戻そうとした。表沙汰にはできないものです。それで、黒琉会、いや喜屋武に頼んだのではないですか」

儀部が睨むように赤堀を見ていたが、再び目を閉じた。

「彰さんが持ち出したのは土地の権利証と実印だけではなかった。あなたにとって、さらに価値のあるものも取っていった。フラッシュメモリーです」

目を閉じたままの儀部がかすかに反応した。赤堀がさらに続ける。「あなたは、喜屋武とチャンを使ってそれを取り戻そうとした。今でも、諦めてないんでしょ」

赤堀が畳み掛けるように聞くが、儀部は目を閉じたまま無言だ。

「もういいだろ」

黙って見ていた敏之が言う。

赤堀は敏之を無視してさらに続けた。

「そのフラッシュメモリーに入っているのは本土の政財界にまで影響を及ぼすものです。途中から偶然それを知ったチャンが、自分のものにしようとした。ちょうど彼も、厄介な問題を抱えていた。それを使うと解決すると考えた。しかし、トオルは何も持っていなかった」

「刑事というのは――想像力があるんだな。勉強になった」

儀部が目を開けて声を絞り出した。

「あなたは、彰さんがまだフラッシュメモリーを持っていると考えて、優子さんを見張っていた。必ず彰さんは連絡してくると。そして、その通りになった。彰さんは優子さんを通して、フラッシュメモリーを大利根に売ろうとした」

「優子は――売ったのか」

儀部の目が開き、赤堀を見据えている。息遣いが荒くなった。かなり興奮している。

「それを聞きたいと思って来ました。彰さんが優子さんに渡したと思っていたが、彼女は持っていなかったようです」

「ここまでにしてください。もう、帰ってくれませんか」

敏之が赤堀の肩に手を置いた。赤堀がそれを振り払った。

「いい加減に優子さんを自由にしてあげたらどうです」

赤堀が儀部に顔を近づけ、低い声で言う。

儀部がベッドの枠に手をかけ、起き上がろうともがいた。身体を半分ほど引き上げたが、突然力が抜け仰向けに倒れた。

敏之がナースコールを押した。

2

反町と赤堀は医師と看護師に追い出されるように病室を出た。

「バカ野郎。儀部の奴、死ぬところだった。死んだりしたら俺たちが訴えられる。ただでさえヤバいことをやってるんだ。しかし、おまえも大胆だな。優子のこととなると」

「儀部は真実を言っていると思うか」

赤堀がぼそりと呟いた。儀部を呼び捨てにしている。

「おまえの方がよく分かってるだろ。どう思うんだ」

「真実だと思う。儀部も何が起こっているか分かっていない。優子さんを襲ったのは誰か、探っているんだと思う」

「東京の連中はどう考えているんだ。中国資本が沖縄の土地を買い漁っていると言うが、うまく行っているとは思えない。ＩＲ法案に関しても、国会は通ったが、先行きは見えていない。カジノを作るとすると、かなりの政治力が必要だ。国民の中にも否定的な意見が多い。時間も金もかかる。火中の栗(くり)を誰が拾う。焦っていることは確かだ」

反町の話を聞きながら、赤堀が考えている。

「彰が土地の権利証と一緒に持ち出した、フラッシュメモリーには何が入ってる。おまえは、知ってるんだろ。それを使えば、カジノ付き統合型リゾート施設建設が、スムーズに運ぶものじゃないのか」

反町の脳裏にトオルの切り刻まれた遺体が浮かんだ。そこまでして、手に入れたいものだ。

「知らないんだ。それを知るためにも手に入れたい。チャンがトオルから奪おうとしたが、持っていなかった」

「まだ彰が持っているということか。それを大利根が奪おうとした」

「それに気付いた彰は大利根の前から姿を隠した。そして優子さんを使って売ろうとした」

「それが優子が受け取った三百万か。少なすぎると思わないか。そんなお宝だったら、数十倍の値が付いてもいい」

「手付けだったのかもしれない。双方とも、疑心暗鬼だからな」

「それを手に入れるためにチャンは日本に来たんじゃないか。沖縄に来るためにチャンは成田で入国したと思っていた。そうではなくて、東京の彰を襲うためだったら」

反町は歩みを止めた。自分の言葉を考えるようにしばらく黙っていた。

「彰はどこだ。東京の奴らにもう一度捜すように言え」

「もう言ってる。東京で彰を捜したが、彰はすでに身を隠していた。彰も誰かに追われているのに気付いている」

「だったら、捜し出せ。日本の警察庁と検察庁、最強なんだろ」

反町は再び歩き始めた。


県警本部が見え始めたとき、反町のスマホが鳴り始めた。

車を路肩に止めて電話に出ると、〈殺しだ。県警本部の一階ホール〉と言って切れた。

「僕はここで降りる。相棒が待ってるんだろ」

赤堀が言い残すと車を降りた。具志堅と赤堀はそりが合わない。対極にいるような二人だ。

反町は具志堅を拾うために県警本部のロータリーに入っていった。

具志堅が告げた殺人現場は識原霊園内の公衆トイレ裏だった。

反町と具志堅が車から降りると、那覇署の親泊が走り寄って来た。

「被害者は、磯田伸介、三十二歳。運転免許証が残されていました。琉球物産のサラリーマンです」

「発見者は？」

「新聞配達のおばさんです。配達の途中、トイレに寄って発見したようです。彼女、吐きながら電話したと言ってました」

三人は遺体のところに行った。見た目は普通の遺体だ。親泊が反対側に回り、こっちに来るように目で合図した。

「サラリーマンなんだろ。なんで、こんな殺され方をするんだ」

思わず出た反町の言葉に親泊が頷いている。

身体に隠れて見えなかったが、スーツの左袖が切り取られ、腕が露出している。指はなく、腕が切り刻まれ、白い骨が見えているところもある。遺体の上にはスーツとカッターシャツの袖が置かれていた。

「致命傷は心臓を一突きです。それまで犯人は左腕を切り刻んでいた」

「至急、被害者の詳細を調べろ。薬物検査、指紋、ＤＮＡ鑑定もだ。前があるかもしれん。磯田の周辺もだ」

「前って――」

「普通のサラリーマンはこんなことにはならん。だったら普通じゃないんだ」

反町は具志堅に目で合図されて現場を離れた。

「ここ、覚えてるか」

「トオルの遺体が発見された近くです」

トオルは同じ霊園内の百メートルほど離れた草むらで発見されている。

「チャンだな。間違いない」

遺体の方を見て、具志堅が呟く。

「でも拷問らしいものは、左腕だけです」

「左腕だけで目的を達したか、右腕を切り刻む時間がなかったのか」

「しかし、こうあからさまに自分の犯行だと分かるようにしますかね」

「それが奴だ。自分の性癖を抑えきれないんだ。犯罪者、特に異常犯罪者にはよくあることだ」

「でも、チャンは知的で理性的なんでしょ。だから今まで表面にも出ず、生きている」

「それ以上に、異常者なんだ」

具志堅が強い口調で吐き捨てるように言う。

「奴は俺たちが追っていることに、気付いてるでしょうかね」

「分からん。気付いていると思っていたが、案外、そうでないのかもしれない。こうまであからさまにやられるとな。自分によほど自信があるか。それとも、何かにかなり焦っているか」

具志堅も今回の犯行は、チャンが自分はここにいると宣言しているようだと思っているのだ。

具志堅がスマホを出して背を向けた。沖縄訛りの言葉で話し始めた。呉屋の名前が聞こえた。呉屋は具志堅の昔の相棒で、早期退官後は故郷の宮古島に住んでいる。現在はマンゴーの栽培を手伝いながら、悠々自適の生活をしている。一年前のチャンの拘束では、具志堅を助けている。

「呉屋さんに電話したんですか」

電話を終えた具志堅に聞いた。

「チャンが那覇に戻ってきているらしいことを伝えておいた。あいつも一応、関係者だからな」

「呉屋さんは宮古島ですよ。飛行機じゃないといけない。それに今は刑事でもないし、直接チャンに手を出していない」

「一年前はチャンは宮古島に渡った。磯田だってどういう関係か分からないが惨殺されている。甘く見るな」

思いがけず鋭い口調の声が返ってくる。


昼前、県警本部の反町と具志堅のところに親泊が訪ねてきた。

「急いだほうがいいと思って」と、前置きして話し始めた。

「今日の被害者、磯田伸介。どう調べても普通のサラリーマンなんです。薬物反応なし、前科なしです。会社でも近所でも評判は悪くない。礼儀正しい明るい男で通っています。両親と一緒に暮らしています。財布とスマホは取られていました。単なる物取りとは思えませんがね」

用紙を見ながら親泊が説明する。

「フラーが。物取りがあれだけ残虐な殺し方をするか」

「確かにひどかったですからね。左腕一本といっても」

具志堅が親泊の手から用紙を取った。磯田の経歴が書かれている。なぞっていた具志堅の目が止まった。

「どうかしましたか」

反町は覗き込んだ。

「歳は三十二歳だったな。彰は三十三歳」

「まさか、彰と間違えた——」

「高校が同じなんだよ。那覇中央高校。磯田と儀部彰が同じ学年の可能性がある」

親泊が不思議そうな顔をして二人の話を聞いている。

「行くぞ」

「これからですか」

「急いだほうがいいと、せっかく来てくれたんだ」

具志堅が親泊を見て言う。

反町は具志堅とともに那覇中央高校に行った。

沖縄県警の刑事を名乗り警察手帳を見せると、校長室に通された。すぐに緊張した顔の校長と教頭が現れた。

反町は卒業生の磯田伸介が殺害されたことを話し、磯田の友人の儀部彰について聞きたいことを告げた。

二人は磯田の死にかなりショックを受けたようだった。特に照屋と名乗った校長は、信じられないという感じで、具志堅と反町の名刺を見ながら、本当に殺されたのかと何度か聞き返した。

「儀部君について聞きたいということは、彼が犯人の可能性があるということですか」

「いえ、犯人が儀部彰の情報を求めて、磯田を殺した疑いがあります。だとすれば、儀部彰を保護しなければなりません。彼は現在、行方不明です」

「儀部君とはもう、十年以上会っていません。最後に会ったのは、東京の大学に進学して、初めて沖縄に帰ってきたときかな」

「どんな風でしたか。ぜひ思い出してください」

「悩んでいたようだった。沖縄から本土に行った者は、多かれ少なかれ悩みはあるものです。色々とギャップがありますからね」

校長は一瞬の戸惑いを見せたが、遠い昔を思い出すように続けた。

「当時、私は野球部の顧問でしてね。彼らも野球部でした。二人のことはよく覚えています。彼らは十代、私は四十代前半でした。みんな若かった」

校長はしみじみとした口調で言うと、改まった表情になった。

「儀部君と磯田君とはバッテリーでした。儀部君はキャッチャーです。部活が同じというだけじゃなくて、二人は親友でしたね。野球以外でも一緒の時が多かった。しかし、卒業後は分かりません。磯田君は地元沖縄、儀部君は東京の大学に進学しました」

一瞬、躊躇の様子を見せたが話を続けた。

「先週、儀部君のことを聞きに刑事さんが来ました」

反町は具志堅を見た。具志堅の視線は校長に留まっている。

「本物の刑事でしたか」

「皆さんと同じ、警察手帳を見せました。スーツを着た方です。おそらく三十前後」

「赤堀という小柄な刑事じゃなかったですか。ちょっと、生意気そうな」

「そうです。でも、生意気そうではありませんでした。真剣で、熱意を感じました」

これも意外な言葉だった。

「その時は、どんな話を」

校長は考え込んでいる。

「連絡はないか、どこにいるか分からないか、友人はいるか、どんな性格か。何でも教えてほしいと。一時間以上だったかな。色々話しました。けっこうしつこく聞かれましたから。彼が何か事件を起こしたのか聞きましたが、参考のために聞いてるだけだと言って、教えてはくれませんでした」

「その他に彼に話したことは」

本棚からアルバムを出してきた。

「儀部彰君の卒業アルバムです。これを見せました」

彰は生真面目そうな表情の中に、どこか挑戦的な目を向けている。校長は横の少年を指した。

「磯田君は勤めている会社でも野球部のキャプテンで、ピッチャーをやってました。時々高校にも来て、後輩の指導や会社の野球部の話をしていました」

反町はズタズタに腱を切り裂かれた磯田の左腕を思った。

「儀部彰は高校時代はどんな生徒だったんですか」

黙っていた具志堅が口を開いた。

教師はページを繰った。寄せ書きが並んでいるページを開いて、二人の前に置いた。

「〈僕は沖縄の悲しみの涙を喜びの涙に変える。本土を超える、世界に誇れる県にしたい〉。彰君の卒業の時の言葉です。琉球の歴史と現実を踏まえた上での言葉でしょう。クソが付くくらい真面目で一本気な奴でした。この言葉を胸に本土に渡り、沖縄に戻ってきたと思います」

几帳面（きちょうめん）な性格を表しているような丁寧な文字で書かれた言葉だ。

「成績は良かったですね。島内の大学に行けばよかったんですが、あえて東京の大学に進学しました。父親とは色々、あったみたいです。性格が正反対のようでしたからね。卒業後、東京でしばらく生活していましたが、うまく行かなかったんでしょう。あいつは思い込みが強すぎて、融通の利かないところがありました。結局沖縄に戻って、父親の仕事を手伝っていたようです」

「沖縄の悲しみの涙を喜びの涙に変える。どういう意味なんでしょう」

反町はアルバムの言葉を指した。

「彼なりに沖縄のことを考えていたんでしょう」

　校長はその言葉を指でなぞった。

「現在、沖縄は本土からの観光客も多い。明るい太陽と美しい海、亜熱帯の花や果物を求めてね。南国の楽園です。しかし、本当の沖縄はけっして楽園なんかじゃない。歴史は平坦(へいたん)ではなかったし、地獄を経験した時代もありました。現在も、多くの不条理を抱えた場所なんです」

　校長は淡々とした口調で語った。

　チャイムが鳴り始めた。廊下を明るい笑い声が通りすぎていく。

　校長が時計を見た。

「これから県庁に行かなければなりません。儀部彰君については、もっと詳しく赤堀さんに話をすることになっています」

　校長は手帳を出してくり始めた。

「明日の六時半にうちに来ます。お父さんの儀部誠次さんについて詳しく聞きたいということだったので、私が家に来るように言いました。儀部さんとは私も少々関係がありましてね」

「最後にもう一つ。磯田は左投げですか」

「よく知ってますね」

具志堅の問いに、校長が不思議そうに答えた。

運動場では若い声が響いている。教師の掛け声とともに、学生たちが隊列を組んで走っているのだ。

「チャンが彰の居場所を聞き出そうと磯田を痛めつけた。そう考えていいんでしょ」

「間違いないだろう。果たして目的を達したのか」

「知っていれば話してます。腕はピッチャーの命です。あれだけやられれば――」

「そうだな」

具志堅がぽつりと呟く。

「新宿の高層ビルで男たちが話していた、表沙汰になると政界がひっくり返るリストとレポート。チャンが捜していると大利根が言ってました。それが彰が儀部の家から持ち出したフラッシュメモリー」

「まだ彰が持ってるというわけか。それを緊急に必要になって、チャンが香港から出て来た」

「統合型リゾート施設建設に関しての切り札かもしれません。計画が遅れ、中国資本が焦っていた」

反町に、新宿の高層ビルで大利根と会っている二人の中国人が浮かんだ。関明宇と于文秋。二人は中国政財界の重鎮だと赤堀は言っていた。

「一年たっても、事業に確たる進展がない。ここらで何かやらないと、今までの投資が無駄になるということですかね」

具志堅は答えない。答えないということは、そう思っているのだ。

「それにしても、赤堀の奴、何を調べてるんですかね。磯田が殺される前に、高校に来ています」

「だてに準キャリじゃないということか。校長の家、おまえも一緒に行って聞いてこい」

「そのつもりです。赤堀に嫌とは言わせません。具志堅さんは？」

「俺はやることがある。あとで結果を知らせろ」

車の前で具志堅が反町を見詰めた。「注意しろよ。チャンが那覇にいるとすると、何が起こるか分からない」

「具志堅さんは何かありましたか」

「おまえはどうなんだ。誰かに見張られてる。つけられている。そう感じることがあるのか」

具志堅が真剣な表情で聞いてくる。

「ふと、思っただけです」

「そうだろうな。チャンならおまえに悟られるようなへまはしない。だが、気を付けろ。刑事なんて敵を作る仕事だ。それも、最も質(たち)の悪い敵をな」

具志堅は車に乗り込んだ。

チャンの目的は——。彰からフラッシュメモリーを回収する。その他に具志堅、反町に宮古島での借りを返す。殺害する、ふっと心に浮かんだ思いが全身に広がっていく。

3

県警本部に戻ろうとした反町に、具志堅がドライブをしようと言い出した。

具志堅の指示通り国道三三〇号線を北上し、西原(にしはら)で沖縄自動車道に乗った。北中城(きたなかぐすく)で高速を降りて県道一四六号線に入る。反町は具志堅の指示通りに運転した。

車はオーシャンキャッスルカントリークラブ横を通って走った。那覇を出て一時間ほど経っている。

中城湾が見え始めたところで反町は具志堅に聞いた。

「どこに行くかくらいは教えてくださいよ」

「黙って運転しろ」

具志堅は海の方を見ている。静かな湾が傾きかけた陽に輝き、その向こうは太平洋だ。

北東につづく道路に入ったとき、左前方の山に城壁のようなコンクリートの連なりが見え始めた。中城高原ホテル跡だ。

「あの幽霊ホテルですか。俺、あまり好きじゃないんですよ。陰気すぎて」

反町は前方に目を向けたまま、情けない声を出した。

一九七五年の沖縄海洋博開催と同時の開業を目指して、中城城跡公園内に建設されていたホテルだ。建設途中で企業が倒産して放置されたままになっている。山の中腹から山頂を目指して細長く造られ、客室、土産物店、ホール、レストランなどのコンクリートの枠組みが残っている。四十年以上経った現在は荒れ果て、黒っぽく変色し、ひび割れたコンクリート壁には様々な落書きが加えられ、独特の雰囲気をかもし出していた。それにつれて、幽霊話が生まれている。

「あそこ、老朽化で立ち入り禁止になってるはずです」

「おまえ、入ったことないのか」

「本土からの友達を連れて何度か。ああいうの、好きな奴がいますからね」

「だったら、文句を言わずさっさと行け」

具志堅の指示で反町は県道を外れて山道に車を進めた。

ホテル入口近くで車を止めた。そこから道が細くなって車は入れない。

二人は車を降りて歩いた。道の両側には南国の木々を含め草木が生い茂っている。草木と土の匂いが熱と共に二人を包んだ。

すぐに顔には汗がにじみ、シャツは身体に張り付いた。具志堅はデイパックを背負い、身体を立てたまま周囲に目を配りながら、山道を登っている。反町はそのあとを追うのに精一杯だった。

「気を付けろよ。そろそろハブの季節だ。今年は春先から暑い日が続いてるからな」

反町は思わず道の中央に移動した。ハブは藪（やぶ）の中に隠れていて、近くに来た者を襲う。

「この辺りは特に多いらしい。もう何人か噛まれている。夕方は特に危ない」

「これ以上、脅かさないでください。ここに来ると、身体中がむずむずして、足がすくむんですよ」

反町は半泣きの声を出した。ハブに限らず、爬虫類（はちゅうるい）は根っから苦手なのだ。

「ハブ毒はハブの唾液が変化したものだ。主成分はタンパク質を分解する酵素だ。人の皮膚内に入ると、まず毛細血管を壊して内出血を起こすんだ。次に細胞を破壊する。そのうちに筋肉が壊死（えし）する。かなりの痛みだ。そのままでは、必ず死ぬ」

周囲をうかがいながら具志堅が続けた。辺りには静寂が漂っている。

「具志堅さん、噛まれたことあるんですか」

反町の問いには答えず、具志堅が立ち止まり、デイパックを下ろした。水のペットボトルを出して一本を反町に渡し、もう一本を開けて飲んだ。

しばらくして独り言のようにしゃべり始めた。

「この一年、過去のチャンの動きを追ってた。目撃情報、レンタカー、ホテルの記録。その他諸々(もろもろ)だ。行きついたのが、ここだ。あの野郎、やはり異常だ。掃き溜(だ)めが好きなんだ。異常なんだよ」

具志堅の視線を追うと、木々の間に黒ずんだコンクリートの連なりが見える。

具志堅は早足で歩いていく。反町はついて行くのがやっとだった。

道の左手にはコンクリートの枠組みが続いている。

やがて、具志堅が建物の中に入っていく。反町はいやいや具志堅に続いた。

コンクリートはカビと汚れで黒ずみ、植物が垂れている。壁には落書きがひどい。床には至るところに黒く濁った水が溜まっていて、反町は時折り水を撥(は)ね上げた。具志堅は普通に歩いているようで、うまくよけている。

やがて具志堅が一つの部屋の中に入っていく。

広く取られた窓からは中城湾が見渡せ、その向こうには太平洋が広がっている。

部屋というよりコンクリートの枠組みだ。角の空間を覗くと隅に四角の箱がある。空間はバスルームで隅の箱はバスタブだが、棺(ひつぎ)のようにも見えた。

具志堅がその前にしゃがんだ。懐中電灯で中を照らしている。反町はおそるおそる覗き込んだ。黒い泥が溜まり、小さな虫が這っている。

「ここで採取した土に血液が含まれていた。たっぷりとな」

「トオルのものですか」

思わず出た言葉だが、不自然さはなかった。

「チャンはトオルをここに連れてきて、その椅子に縛り付けて拷問した。ナイフで切り刻んでいったんだ」

具志堅の視線の先にスチール製の椅子がある。この部屋には似つかわしくない、新しく持ち込まれたものだ。パイプ部分は錆び付き、座面のビニールは剝がれて中のスポンジがわずかに残っている。

反町は無意識の内に後退していた。

「一年前、この辺りの土はトオルの血を吸って赤く染まった」

虫の死骸がいくつか転がっている。

「だったら、土壌検査をしなくちゃ」

「結果は半月前に出ている。血液が混じっていた。ＤＮＡもな。トオルのものと一致した。トオルはここで殺された」

「だったら――」

「チャンがやったかどうかは未定だ」

「でも、トオル殺害事件の新しい手掛かりです」

「あの事件は被疑者死亡で決着している。マサがトオルをここで殺した。そうなるだけだ。チャンと結びつくものは何もない」

「チャンと結びつくものを見つければいいんですね」

具志堅は何も言わず、部屋の中を見ている。おそらく、もうかなり前から何度もここに来て、こうしているのだ。

「トオルはここで殺された。だとすると、他の遺留物はなかったんですか。トオル以外の血液とか毛髪とか。三十年前のへその緒や数個の細胞で、ＤＮＡ鑑定が成功した例もあるらしいです。火葬骨以外の細胞さえあれば」

「ない。何本かの毛髪は採取できたが、すべてトオルのものだ。爪も出てきた。トオルの遺体には爪がなかっただろ」

「何かついてましたか」

「土だけだった」

具志堅がしゃがんで木の枝で土をつつきながら言う。

「チャンをひっかくとか、しなかったんですかね」

「前歯も指先の骨も出てきた。トオルのものだった」

「チャンのモノはゼロですか」

「歯は途中から折れてた。抜いたんじゃなくて、折られたり砕かれたものだ。ペンチでも使ったのか」

反町は顔をしかめた。

しかし、と具志堅が言って立ち上がった。

「トオルは最後に根性を出した。その折られた歯で相手に嚙みついた。歯の割れ目に僅かだが肉片が挟まっていた。食いちぎったんだな。ひからびてはいたが、全部じゃなかった」

「DNA鑑定は」

「できたが、比べるDNAがない。マサのものとは違っていた」

「チャンと一致すれば、有力な証拠になりますね」

具志堅は無言だ。確かにチャンのDNAがなければ、何もできない。

「具志堅さんはどうやってここを――」

「トオルが呼んだんだ」

そう言って、反町を見た。

反町は思わず目を逸らせた。一瞬、具志堅とトオルの遺体が重なったのだ。

「冗談だ。案外、臆病なんだな。足がすくんでいるぞ。顔も黒いのが青くなってる」

「ハブが怖いんですよ。でも、オカルト話はもっと嫌いです」

具志堅が部屋を出て、さらに上に歩き始めた。反町は必死に後を追った。

山道に沿ってさらに上に細長いホテルが続いている。

最も高い所にある部屋に着くまでに、十分以上かかった。

ホテルの展望施設に当たるところに入った。眼下には当間の町が続き、山腹にはサトウキビ畑が散在していた。その彼方に中城湾と太平洋が広がる。その先には久高島が見えた。

具志堅が窓の外に視線を移した。

「写真を手に入れた。ここから撮った写真だ」

「ここから撮ったと、よく分かりましたね」

「だから半年かかったんだ。写真を見て、この場所を特定するのに」

具志堅が大きく息を吐いて辺りを見回し、反町に視線を止めた。

「おまえが教えてくれた」

反町は具志堅がパソコンで見ていた写真を思い出した。町と湾と太平洋、そして島が写っていた。確かに、この風景だった。

「俺には分からなかった。何度も見た風景だったんだがな。おまえはすぐに分かった。湾は中城湾、太平洋の島は久高島。あとはそんなに難しくはなかった。行きついたのがここだ。ここの波はサーフィンには穏やかすぎるが」

　確かにそんなことを言った覚えがある。生まれたときから見慣れている者にとっては印象は薄いが、本土の者にとっては沖縄の風景はインパクトが強い。

「写真、どうして手に入れたんですか」

「チャンはトオルをあの部屋で殺した」

　具志堅は反町の問いには答えず、確信を込めて繰り返した。

　反町は思わず具志堅の顔を見た。真剣な表情で辺りに視線を向けている。まるで、チャンの姿を捜すように。

「チャンの逮捕状を取るには絶対的な証拠がいる。すでに県警で被疑者死亡で片付けた事件だ。それを蒸し返そうとするんだからな。下手したら、県警内で村八分だぞ。一課にはいられなくなる」

　さあ、どうするという顔で具志堅が反町を見つめている。具志堅はやるつもりだ。そしてもし失敗したら県警をやめるつもりだ。

「覚悟はしてますよ」

　反町は言った。思わず出た言葉だが、次第に決意に変わっていく。

　陽が沈みかけている。熱がわずかに弱まった風が海から吹いてくる。

「帰ろう。今、ハブにやられちゃ困る」

具志堅が反町から視線を海に向けた。

県警本部に戻って、反町は赤堀のところに行った。

「おまえ、那覇中央高校に行ったんだってな。彰について聞きに」

周りの者が聞き耳を立てているのを感じる。

赤堀が立ち上がり、反町の腕をつかむと部屋を出て隣の会議室に行った。

「何で知ってる」

「照屋校長に聞いた。そのとき磯田についても聞いただろ。彰と磯田は野球部で、バッテリーを組んでた。親友だとも言っていた」

「磯田がピッチャーで、彰がキャッチャーだ。磯田は事件とは関係ない」

「磯田に会ったのか」

赤堀が頷く。

「先週、琉球物産に行った。磯田の勤務先で、会社の野球部のキャプテンだ。そこでもピッチャーをやってる」

「識原霊園で磯田の遺体が見つかった。左腕がズタズタに切り裂かれてた」

赤堀の顔色が変わった。

「トオルの遺体と酷似している。おそらく、チャンが彰の居所を聞き出すために利き腕の左腕を痛め付けた」

「チャンが戻っているのか。情報は共有する約束だろ」

「おまえも磯田について隠していた。彰の親友だとつかんで、居場所を聞き出すつもりだったんだろ」

「チャンより先に彰を見つけたかった。東京からは何の連絡もない。彰の沖縄での経歴を調べていると磯田の名を見つけた。もしや、と思って磯田に会ったが、彰の居場所についての情報はゼロだった。しかし、彼が殺されるとは」

悲痛な表情で言った。磯田の死に責任を感じているのか。赤堀の言葉に嘘はないだろう。

「磯田が殺されたのはおまえの責任じゃない。チャンがそれだけ本気で、彰を捜しているということだ」

彰の友人というだけで、護衛を付けたり、見張ったりすることはできない。チャンが赤堀の動向を探っていたとも考えにくい。しかし、もっと早く磯田のことを調べていれば、何とかできたかもしれない。

「明日、校長の家に行くのか」

「彰の情報が得られるかもしれないと思って約束した」

「俺も一緒に行くからな」

赤堀は乗り気のしない顔をしたが頷いた。

「その代わり、車を出してくれ」

今度は反町が頷いた。

4

翌日、反町は赤堀を乗せて、沖縄大学近くの照屋校長の家に行った。

両側の門柱の上にはシーサーが置いてある。大きくはないがよく手入れされた古い家だ。

二人は座敷に通された。校長がテーブルに資料を置いて正座している。

「儀部彰君について知りたいんでしたね」

改まった口調で念を押すように言うと、話し始めた。

「私の兄が儀部誠次さん、彰君の父上と中学、高校と同じ学校でした。高校は那覇中央高校。私も同じ高校に進学しました」

「じゃあ、母校の校長をしているわけですか」

「そうです。歴史のある学校です。兄と誠次さんは親友で、誠次さんは学生時代は、うちにもよく遊びに来ていました。一人っ子だった誠次さんは、私を弟のようにかわいがってくれましてね。優しくて威勢のいい、兄さんみたいな存在でした。当時私は小学生でした。兄とは十歳違いです」

反町は優子の病室に来た儀部を思い浮かべた。どこか病的な狂気のようなものを感じた。高校生の儀部――、現在の儀部からは考えにくい姿だ。

「儀部家は那覇でも長く続いている名家です。当時の当主は正雄さんでした。私が知っているのは、正雄さん、誠次さん、彰君の三代です。それぞれ、個性のある方たちでした。戦争前まではかなりの資産家でしたが、戦争ですべてを失くしています。家族、親族も亡くなった者は多い。私の家も祖父母が亡くなりました。正雄さんも家族を亡くしているはずです。沖縄県民の四人に一人が戦争で死んでいる。誰もが家族、親族を亡くしています」

さらに、と言って校長はかすかに息を吐いた。「正雄さんは戦争で右腕を失くしています。顔も右半分が火炎放射器でやられて、右目は見えなかったんじゃないかな。戦後すぐに結婚して、誠次さんが生まれました。あの姿で結婚できたのは、金の力か、戦後すぐで男が少なかったからか、色々と噂はあったようです」

初めて聞く話だった。「家も畑も焼け、残ったのは砲弾で穴が開き、黒い灰に覆われた荒れ地だけです。しかしそれが、のちに莫大な金を生み出すことになります」

「儀部家の土地にアメリカ軍の基地ができたんですね」

校長が頷いた。

「先の戦争は多くの命を奪い、多くの人たちの運命を狂わせました。私の両親もそうです。しかし、多くは語らず死んでいきました。私は教師という職業柄、一般の人たちよりは知っています。悲惨な戦争でした。しかし、すでに七十年以上すぎようとしています。戦中、戦後を体験した人も少なくなっています。時と共に忘れ去られようとしています。彰君を知ろうとすることは、儀部家の歴史を知ることであり、それは沖縄の歴史でもあるのです」

校長は反町と赤堀を見た。赤堀が軽く頷いている。

校長はテーブル上の資料を開いて、反町と赤堀に話し始めた。穏やかな声は反町の胸にも響いていった。

一九四五年三月、大本営は沖縄本島を本土防衛の最後の砦とし、アメリカ軍の本土進攻の時間稼ぎに持久戦を命じた。しかしその半年前、沖縄守備の陸軍第三二軍の多くを台湾へ移していた。そのため十四歳以上の男子中学生を含む二万二千人以上の住民を本土防衛に動員した。全県民が兵士となり、敵を撃砕せよと鼓舞した。武器は竹やりと手榴弾のみで、戦車の下にもぐって自ら爆破するなど、無謀な戦略がとられた。

四月、アメリカ軍が千三百隻の艦船に五十四万人の兵力を抱えて、沖縄本島沖に集結した。沖縄県民の疎開計画は遅れ、五十万人の住民が逃げ場を失って残留していた。

日本軍は首里城を中心に、地下壕(ちかごう)やガマと呼ばれる天然の洞窟に潜んで戦った。ガマには日本軍兵士ばかりではなく、住民も多く避難していた。子連れの住民も多く、敵に発見されるのを防ぐために追い出されたり、子供を殺した例もあった。

「住民の死体の山が放置されている。殺害した四千七百人のうち、二千人が住民だった」とのアメリカ軍従軍記者の記録もある。

アメリカ軍はガマを見つけては逃げ道を断ち、火炎放射器で中を焼き尽くす作戦をとった。住民の死者は二万人以上にのぼっている。

五月三十一日に首里が陥落、徹底抗戦の命令のもとに、その後判明しただけで四万六千人が死亡している。既に決着がついているにもかかわらず、死者の六割以上は首里陥落後に命を落とすことになった。

六月二十日、沖縄本島南端の喜屋武(きやん)半島に追い詰められた住民は逃げ場を失い、次々に断崖から身を投げた。

六月二十三日、司令官の牛島(うしじま)中将が自決し、日本軍の組織的な抵抗は終結した。「戦場のすべてを見た。もう十分だ」これも従軍記者の言葉だ。

沖縄戦では、今も遺骨が見つからない人が三千人以上おり、二〇一五年には新たに百体近い遺骨が見つかっている。

部分的には何度か聞いた話だが、まとめて聞くのは初めてだった。反町の身体に何度か冷たいものが流れた。儀部誠次とその父親の正雄の姿がダブった。

「この島ほど民間人が犠牲になった場所はない。本土から来た軍人の上の方はさっさと逃げ帰った。死んだのは沖縄の民間人と、軍の兵卒です」

赤堀が頷きながら聞いている。

「戦争当時、正雄さんは二十代後半でした。戦時中は軍属として、物資の輸送に携わっていたと聞いています。家族や親戚は死んだが、自分は生き残った。色んな思いはあったに違いありません。しかし、戦後は親や親族を殺したアメリカ軍の占領を糧に生き残り、のし上がった人です。様々なことを言う人はいますが、沖縄人の宿命、一つの生き方ではあるのでしょう」

校長が是非を問うように反町と赤堀を見つめた。「息子の誠次さんは戦後すぐに生まれました。正雄さんは、アメリカ軍に接収された多くの軍用地をほとんどただ同様の金で手に入れています。将来、軍用地を国が借り上げるなどということを誰が予想したでしょう。米軍と関係の深かった正雄さんはいずれ、こうなることを知っていて、大量に買い占めたのでしょう。賢い人であることは間違いなかった」

「どのくらい持ってるんですか」

「那覇市だけでも二千五百坪と聞いてはいるが、実際はもっと広大でしょう。北部地区の弾薬基地にも広大な軍用地を持っているはずです。そんな土地がいくつもある。一度、登録しておけば表面に出ることはありません。毎年、金を生み続ける」

軍用地は人気があります。金融資産なんです。毎年値上がりする上に、賃料の滞納も踏み倒されることもありません。整備も必要ないし、借地人からの苦情もない。相手は国ですからね――反町は大嶺不動産の大嶺に聞いた言葉を思い出していた。さらに、国は騒がれたくない。だから、相手の少々無理な言い分も聞きます、という意味のことも言っていた。

「周囲からは色々言われたはずだが、持っている者の勝ちです。儀部家は戦争で没落したが、その後の占領でさらに大きく復活して、財を成した」

校長がかすかな息を吐いた。「一九七二年、沖縄が返還されてからしばらくして、正雄さんは亡くなりました。その後を誠次さんが継ぎましたが、サトウキビ事業にも手を出して、事業を広げていきました。地味で儲からない仕事のようだが、補助金が付くいい事業なんです。建設関係にも資金を出しているはずです」

「彰はなぜ、家を出たんです。そんなに成功している家を」

「世代の違いでしょう。誠次さんの父上は戦後、軍用地で大儲けをして、事業にも成功している。しかし、忸怩たる思いはあったはずです。アメリカ軍には親族を殺され、自分の身体も傷つけられた。憎んでいるアメリカ軍と日本政府から金と仕事をもらい続けている。沖縄は矛盾の塊なんです。彰はそれが我慢できなかった」

「彰はそれに反発したということですか」

「私にも分かりません。ただ一本気な奴でした。戦後生まれの者も多くなりました。さらに、沖縄が日本に返還された後に生まれた者に至っては、戦前、戦中、戦後の沖縄なんて全く知らない。基地返還なんて言われても、本当の理不尽な基地の状況も知りません。沖縄に遊びに来る若い旅行者には、沖縄は亜熱帯、南国のエキゾチックな楽園なんです。しかし、涙を流し続けてきた楽園です。その涙の部分なんて考えたこともないでしょう」

校長は淡々と話した。

反町と赤堀は無言で聞いている。

沖縄の涙、反町の脳裏に彰の卒業アルバムの言葉が浮かんだ。

5

赤堀をマンションに送った後、反町はケネスを〈B&W〉に呼び出した。

ケネスは乗り気でない顔で現れた。反町一人に呼び出されるときは、いつも無理を言われるのが分かってきたのだ。

「チャンについての情報を教えろ。経歴、性癖、なんでもいい。すべてだ。指紋かDN

Aはないのか。個人を特定するものだ。日本の警察には、チャンの情報はまったくない」

その日も、ケネスが反町の前に座るなり言った。

「まず、軍にはないね。もう何度も調べた。アメリカの移民局、警察にもインターポールにもないはず。去年、チャンが入国した時に問い合わせた。とにかく、頭がよくて用心深い」

「悪知恵が働いて、臆病なだけだろ」

反町は話しながらも、昨日具志堅と行った中城高原ホテル跡の部屋を思い出していた。

「だから、どの犯罪も足跡を残さない。情報なしの犯罪者で、大手をふって生き延びている」

「俺たちはある場所でDNAを手に入れた。それがチャンのDNAであることが証明できれば、殺人罪で逮捕状が取れる。なんとか協力してくれ」

反町はケネスの前に回り、手を合わせた。まわりの客たちが何事かと二人を見ている。

「やめてよ。僕は仏さまじゃない。まだ、死ぬ予定はない」

そう言いながらも、ケネスは考えている。

「時間がほしい」

「分かった、二、三時間でいいか。俺はここで待っててもいい」

「バカ言わないでよ。地球の裏側と話をしてみるんだから」

ケネスは時計を見た。午後九時だ。

「アメリカ西海岸は今、午前五時。こんな時間に電話したら、二度と口をきいてもらえない」

「じゃ、六時間でどうだ。向こうは朝になってるだろ」

「明日のこの時間にここでどう。どんなに早くても、一日はかかる」

「我慢するよ。ケネスのためだ。俺はまだ仕事がある。じゃ、明日のこの時間だな」

反町はテーブルのラージサイズのルートビアをケネスの前に置くと、店の外に出た。振り向くとケネスがスマホを出して耳に当てている。

「あいつの後ろには、ＦＢＩとＣＩＡが付いてるものな。米軍も付いてるし。俺の後ろには――」

反町は店の外に鎖でつないでいたロードレーサーに乗ると、県警本部に向けてペダルを踏み込んだ。

県警本部の一階ホールに入ったところで、ノエルがやってきた。

「あんた、またケネスをイジメてるんでしょ」

ノエルが憤慨した口調で言う。「電話したら、元気がなかった。彼にしては珍しい」

「冗談だろ。俺がケネスのことを大好きだってこと、知ってるだろ。あいつは、何でも知ってる弟みたいなもんだ」

「顎で使える便利屋の弟でしょ。あんた、最近おかしいよ。ますます人相が悪くなって、目が血走ってる」

ノエルが反町の顔を覗き込む。

「あと一歩なんだ。チャンを逮捕できる。チャンのＤＮＡさえ手に入れば」

「赤堀も同じようなことを言ってた」

ノエルが一歩さがって、気味悪そうに反町を見ている。

「もっと詳しく言ってみろ」

「教えてくださいでしょ」

「頼む。あいつも同じことを言うだろ。あいつは優子を護りたいんだ」

それに、東京での自分の立場も護りたいんだ。こっちは声に出さずに言った。

「すでに一人殺されてるってことは知ってるよな。彰の高校時代の親友だ」

反町はチャンが彰を捜して、那覇に来ている可能性があることを話した。

「ケネスがチャンの指紋かＤＮＡを探している。急ぐように言ってくれないか」

「あんた、ケネスを頼りすぎだよ」

「それだけ頼りになる奴なんだ。チャンを逮捕できれば、彰を救うことができる。つまり優子もだ」

反町はノエルに手を合わせた。

ケネスから電話があったのは、日付が変わって一時間もたっていなかった。

反町は下宿に帰って寝たところだった。

「何時だと思ってる」

〈午前八時五十二分。ただし、アメリカ西海岸時間。すぐに出て来てよ〉

「どこにいる」

〈B＆W。十分でノエルが来る。赤堀さんは一時間かかるって〉

ノエルと赤堀も集まる。重要な話に違いなかった。

反町はスマホをスピーカーにして着替え始めた。

「十五分だ」

〈気を付けてよ。僕のせいで大怪我でもしたら、後味が悪いから〉

ヘルメットを手に持つと部屋を飛び出した。

下宿の母屋を見るとまだ明かりがついている。お婆さんはまだ起きているのだ。

反町が店に着くと奥のいつもの席には、ノエルとケネスがいる。赤堀はまだらしい。

「遅かったね。三分遅れの十八分だ」

「バカヤロー。新記録だ」

店の前にタクシーが止まった。赤堀が駆け込んでくる。

「約束の時間より三十分以上早い」

「チャンと特定できるモノが見つかったのか」

「ナッシング。ジミー・チャンはまったくの謎の人物。香港と日本を行き来してる謎の中国人」

ケネスが大げさに両腕を広げて肩をすくめた。

「謎じゃない。ハッキリしてるだろ。中国マフィア、変態の殺し屋、殺人鬼だ」

ノエルが反町を睨んだ。あんたは黙ってろ、と目が言っている。

「アメリカは入国時に、すべての外国人渡航者から写真と指紋の生体情報の読み取りをやるでしょ。チャンのデータはないの」

「それは二〇〇四年から。以後の出入りがなければデータはない」

「ないということは、チャンは十五年近くアメリカには入国していない」

「でも、その前には来たかもしれない。僕は閃(ひらめ)いた。で、アメリカのミリタリー・ポリスの本部に問い合わせた」

ケネスはルートビアを一口飲んだ。

「さっさと話せ」

反町がケネスの頭を小突いた。ノエルが反町の足を蹴りつける。

「張鳳陽で問い合わせたんだろ。もったいぶるな」

赤堀が言う。

「さすがだね、赤堀さん。反町さんとは違う。ひらめいたのは僕だけかと思ってたのに。軍関係の施設に問い合わせた。その中に海軍病院もある。二〇〇二年、彼、サンディエゴで交通事故に遭ってる。メキシカンの車に撥ねられて、病院行き。軽い脳震盪(のうしんとう)と擦(かす)り傷。二、三時間で退院してるけど血液検査も受けてる」

「なんで、ＭＰが海軍病院で治療を受けた張鳳陽のＤＮＡ検査のデータを持ってる」

「外国人だったからじゃないの。メキシコ国境のあの辺りは犯罪も多いから、集められるものはなんでも集めて、データベース化してた。それに9・11の翌年。アメリカはピリピリしてた」

「データを取り寄せろ。張鳳陽、つまりチャンのものだ」

ケネスがスマホを出して操作した。反町に向けたスマホの画面には遺伝子配列が映っている。

「全データあるのか」

ケネスが頷く。

「俺のスマホに転送しろ」

「それはできない。分かるでしょ。国際問題になる。僕が持ち出してることでも、大問題なのに」

「分かってる。しかし、おまえもタダで帰れないことは分かってるんだろ」

反町が脅すように言うと、ケネスが真剣な表情で頷いている。

「ジェームス・ベイル少尉の逮捕には私たちも協力した。日本のマスコミの扱いは極端に小さかった。結局はアメリカに連れて帰ったんでしょ。今頃は軍なの、それともCIA？　得られる情報はかなりなものでしょ」

ノエルの言葉には重みがある。なにせ、ベイル少尉はノエルの実の父親なのだ。彼を逮捕したのは反町だ。そのとき反町もノエルも大怪我を負っている。

ケネスが無言でスマホを操作し始めた。

反町のスマホに着信音が響いた。スマホを見て反町は立ち上がった。

6

反町は県警本部に入るとすぐに、科捜研に向かった。

県警本部に行くか、下宿に戻るか考えたが、警察以外ではスマホのデータが消えてしまいそうな気がしたのだ。

午前三時。深夜の県警本部は不気味なほど静かだった。非常灯の赤っぽい光が廊下を照らしている。エアコンは切られ、空気はよどんで蒸し暑かった。じっとしていても汗がにじんでくる。

反町はスマホを出したが、登録している科捜研の者は一人しかいない。寺川技官は五十すぎで、車を持っていない。誰かを呼び出して若手の番号を聞こうかと思ったが、この時間に電話すると嫌がられるだけだ。

腹を決めてドアの前に座り込んだ。

廃墟ホテルの部屋の光景が脳裏に浮かんだ。あの場所でチャンはトオルを執拗に痛めつけた。彰の高校時代の友人、磯田はどうだ。彼も廃墟ホテルに連れ込んだのか。それとも現場近くでの犯行か。様々な思いが交錯したが、いつの間にか眠っていた。

行き交う足音で目を開けた。県警本部科捜研の前で座っていることを思い出すのに、数秒かかった。

「何している。こんなところで」

寺川技官が反町の顔を覗き込んでいる。時計を見ると、午前七時になっている。

反町はあわてて立ち上がった。

張鳳陽のＤＮＡと、廃墟ホテルで具志堅が採取した肉片とのＤＮＡ鑑定を依頼した。

「最優先で頼みます」

寺川が小声で聞いてくる。

「どうやって手に入れた。アメリカ海軍病院のものだ」

ケネスが送ったデータのどこかに書いてあるのか。

「世界は狭いんです。これからは犯罪も国際的になります。友人は大事にしなきゃなりません。特に顔の広い友人は」

反町は頭を下げると捜査一課に行って、具志堅のところに直行した。

「張鳳陽、別名ジミー・チャンのＤＮＡを手に入れました。現在、科捜研で廃墟ホテルのＤＮＡと照合中です」

「二人は本当に同一人物なのか」

具志堅が反町に向き直り、声を潜める。

「すぐに分かります」

「どうやって手に入れた。海兵隊の若いＭＰか」

「ケネスです。彼、いい奴です。頭も切れるし、顔も広いし」

具志堅は素直に頷かない。

彼自身は戦後に生まれたが、両親は完全に戦中派だ。当時の沖縄では、沖縄人の四人に一人が戦争で死んでいる。具志堅からは聞いたことがないが、親族には沖縄戦の犠牲者も多いのだ。具志堅が軍という言葉、特にアメリカ軍には特別な思いを持っているのを反町は知っている。

出勤してきた一課の刑事の間では、一昨日の識原霊園殺人事件の捜査が話題になった。午後にでも那覇署に捜査本部が立ち上がると話し合っている。

具志堅が立ち上がり、反町に目で合図した。反町は後を追った。

二人は県警を出て、近くのコーヒーショップに入った。

「チャンがトオル殺しに関係していると分かった場合、どうするんですか」

先に反町が聞いた。

「普通は、任意同行させて事情を聞く。そのときの判断で逮捕状の請求だ。しかし今回の場合、事件は被疑者死亡で決着している。少しのことじゃ、逮捕状は出ないだろう。まず偽造旅券で逮捕して、その間に証拠を固めて、途中で殺人容疑に切り替える」

「上が納得しますかね。宮古島じゃ、本部長直々に捜査中止の指示が出たんでしょ」

これ以上続けるなら、警察を辞めてからやれ。反町ともどもに。本部長が具志堅にそう言ったのだ。

具志堅は答えず、考え込んでいる。

「チャンは日本の事情なんて知らないでしょ。俺たちが逮捕に行けば逃げる。追っていけば、何か仕出かすんじゃないですか」

「同じことを考えていたが、正攻法じゃない。危険すぎる。追い詰められたチャンは何をするか分からない」

具志堅が一度大きく息を吐いた。自分の考えを確かめるように話し始めた。

「一年前、喜屋武が儀部に、彰が高田に売ったと思われるフラッシュメモリーを取り返すよう頼まれた。おそらく重要な情報の入ったモノだ。ついでに殺すことも頼んだのかもしれん。簡単な仕事だった。だから、喜屋武はトオルを送った」

具志堅が自分の考えを確認するように呟く。

「ところが二人を殺し、金を奪ってきたトオルは、金以外については知らないと言い張った。金も予想より少ない。喜屋武はチャンにトオルから真実を聞き出すように頼んだ。チャンは、トオルを痛めつけた」

「あれだけやられて何も言わなかったということは、トオルは何も知らなかった。すべて正直に話した」

「俺もそう思う。彰は土地だけを売って、フラッシュメモリーは高田に渡していない。そして一年後、それを優子が大利根に売ろうとした」

「でも、引ったくりに遭った優子のバッグには金以外のモノは入っていませんでした」

「ということは、フラッシュメモリーはまだ彰が持っている。三百万は手付けで、優子は金を彰に渡すために新都心のショッピングセンターに行った。しかし引ったくりに襲われて、彰に会うことができなかった」

具志堅の言葉と共に、バラバラだったパズルが徐々に組み合わされ、埋まっていく。過去の闇と現在とがつながっていくのだ。

昼近くになって、科捜研の寺川から反町に電話があった。

〈九九・九パーセントの確率で同一人物だ〉

「間違いないんですね。いつも無理を言って、感謝してます」

通話を切ると、すぐに具志堅のところに行った。

「当たりですよ。廃墟ホテルで採取したＤＮＡは、張鳳陽のＤＮＡと、九九・九パーセントの確率で一致です。張鳳陽はチャンです」

具志堅は眉根を寄せて考え込んでいる。

「これからどうするんです。すでに解決済みの事件です。上は再捜査を許可してくれるでしょうかね。だったら――」

反町の言葉が終わらないうちに具志堅は立ち上がり、歩き始めている。

「新垣(あらがき)部長ですよね。でも、チャンの逮捕を止めたのは県警本部長です。新垣刑事部長が県警トップに逆らえますか」

「許可しなきゃ、別の方法を取るだけだ」

「別の方法って――」

「これはすべて俺の指示だ。おまえは何も分からず、俺の指示通りに動いた。いいな」

具志堅が反町を睨むように見て迫力のある声で言う。

「俺も行きます」

反町は具志堅の前に出た。

「フラーが。事の重大性を分かってるのか。下手すると首がとぶぞ。おまえはまだ若い。その覚悟はあるのか。県警の誤認捜査を蒸し返し、引きずり出すんだ」

「そのくらい俺にだって分かってます。でも、廃墟ホテルのＤＮＡ発見は具志堅さんですが、張鳳陽のＤＮＡを見つけてきたのは俺です。二つが一致して、二人は同一人物であることが分かったんです。張鳳陽はトオル殺しに関係している。俺にだって、直訴の権利はある」

反町は言い切った。

具志堅は無言のままだ。反町はさらに続けた。

「磯田殺しもチャンの可能性が高い。具志堅さんだって言ってたでしょ。チャンはここにいます。張鳳陽のパスポートで。偽造パスポート容疑で引っ張りましょう。その間に上を説得して、トオル殺害の逮捕状を取る」

反町の言葉に具志堅が考え込んでいたが、頷いた。

新垣は慎重だった。沖縄県警の刑事部長としては当然のことだ。しかも、自らの責任でトオル殺害の犯人をマサと確定して、被疑者死亡で書類送検した。沖縄県警では、すでに幕引きされた事件だ。

「トオル殺害事件の犯人として張鳳陽を追うべきです。磯田殺しにも関係している可能性があります」

「まず旅券法違反で身柄を拘束して、指紋とDNAを採取する。それまでに、磯田殺害事件の遺留品を徹底的に調べるんだ」

反町と具志堅が新垣に言う。

「やはりまだ難しい。二度と間違いは犯せない」

考え込んでいた新垣が二人に向かって言う。

「警察の仕事は事件の真相を暴き、犯人を逮捕することだ。事件を終わらせることじゃない。おまえが刑事部長に就任したとき、俺たち刑事に言った言葉だ。忘れるな」

具志堅が新垣に言うと、部屋を出て行く。反町は新垣に頭を下げると、具志堅を追った。

張鳳陽の逮捕状が出たのは、それから三時間後だった。罪状は旅券法違反の容疑だ。

「あいつもやっと腹をくくったな。おそらく、パスポートは本物だ。拘留している間に、容疑をトオル殺害に切り替える。とにかく身柄を拘束するのが第一だ。チャンは必死だ。次の被害者が出ない内に」

具志堅が小声で反町に言った。

新垣刑事部長から具志堅の話を聞いた古謝一課長が、顔色を変えて戻ってきた。

「具志堅に要点を話してもらう」

部屋中の視線が具志堅に集中した。

「中城のホテル跡で発見された国谷トオルの歯の欠片から発見された肉片のDNAと張鳳陽のDNAが一致しました。張鳳陽はトオル殺害と何らかの関係があると思われます。なお、張鳳陽は当時、トオル殺害の有力容疑者として県警が追っていたジミー・チャンと同一人物と思われます」

具志堅が告げると、捜査一課は騒然となった。表面上は旅券法違反だが、既に被疑者死亡として決着のついた事件が、殺人事件として復活する可能性がある。異例の事態だ。どう転んでも県警に対する非難は免れない。

「県警始まって以来の失態だぞ。マスコミが騒ぎ出す」

反町の隣にいた年配の刑事が呟いた。

「早急に、張鳳陽こと、チャンの潜伏先を調べるんだ。なお、この捜査に関しては、絶対にマスコミに感づかれないように。チャンを逮捕して国谷トオル殺害容疑で立件できる状態で、本部長が記者会見を行う。今度は失敗は許されんぞ」

古謝課長が大声で指示した。


具志堅が立ち上がって歩き出した。

「喜屋武のところですね。車を出します」

「二十分後、駐車場で待ち合わせだ。俺はもう一度、部長に会ってから行く」

具志堅が時計を見ながら言う。

反町は駐車場の覆面パトカーに乗って待っていた。二十分きっかりに具志堅が現れた。

「ウチナータイム」というものがある。約束の時間にいつも遅れるという皮肉だ。しかし、具志堅には通用しない。

反町は具志堅に言われ、松山に向かって車を走らせた。五月の陽光が照りつけている。昼をすぎているが、松山近くの通りは閑散としていた。

反町と具志堅は琉球第一ビルの駐車場に停めた車の中にいた。このビルには、〈スナック琉球〉という名の喜屋武のラウンジがある。

喜屋武の車が止まっていた。喜屋武は毎日、自分の関係する店を回る。午後は松山界隈(かいわい)だ。

具志堅はイヤホンをしてスマホを見ている。北海道に嫁いだ娘から送られて来る孫娘の動画を見ているのだ。

陽がかげりはじめたころ、エレベーターが開き、両側を二人の用心棒に囲まれた喜屋武が出て来た。百キロ以上ある巨体の男と、彼の肩ほどの痩せた男だ。

具志堅が車を出た。反町は後に続いた。

二人に気付いた用心棒が喜屋武の前に出た。喜屋武がそれを押しのける。

「また、おまえらか。うんざりするぜ。今度は何の用だ。チャンなら知らないぜ」

「チャンが沖縄に入っている。そのくらいは知ってるんだろ」

「聞く相手を間違ってるんじゃないか。知っていたとしても、俺がしゃべると思ってるのか。しかし、今回は本当に知らない」

喜屋武が吐き捨てるように言って、歩き出そうとした。具志堅がその前に回った。

「張鳳陽という名を知っているか」

喜屋武の顔色がわずかに変わった。

「張鳳陽の逮捕状が出た。まずは旅券法違反。次にトオル殺しの容疑だ。居場所を知らないか。ヘタに隠し立てすると面倒なことになる。チャンをかばっておまえにどんな得になる」

「おまえに話して、どんな得になるんだ」

「トオル殺しは、おまえにも関係があるはずだ」

歩き出そうとした喜屋武が足を止めた。

「証拠はあるのか」

「だからチャンに逮捕状が出てる。関係ないのなら居場所を教えろ」

「知らないと言っただろ。それに、関係もない」

「もう一度聞く。チャンはどこにいる。おまえの方がよく知ってるはずだ」

「宮古の女のところじゃないのか」

「もう調べた。〈スナック宮古〉にはいないようだ。あんたの関係してる店はどうだ」

「また、強制捜査でもやるか。今度は黙っちゃいないぞ。おまえらの首なんて、簡単に飛ばしてやる。儲けたがっている弁護士は山ほどいるんだ」

「チャンが何しに戻って来たのか知りたいんだ。それに、トオル殺しはまだ終わっちゃいない」

反町が具志堅の前に出て、喜屋武を睨みつけて言う。二人の用心棒が喜屋武の前に立った。喜屋武が腕を広げてそれを制した。

「あんたはチャンと一緒に、大利根とも会ってる。高田が殺された後だ。儀部の家にも出入りしていた。いったい、どういう関係なんだ」

反町は喜屋武の表情を追いながら続けた。

「トオルが逃げ込んだのも儀部のところだ。あんたはそれを知ってて部下を送って捕らえさせた。チャンに引き渡すためだろ」

喜屋武は薄ら笑いを浮かべたままで答えようとしない。

「トオルを高田のところに送ったのは、あんたの指示か、大利根の指示か。それとも、儀部に頼まれたのか」

具志堅も意外そうな顔で反町の言葉を聞いている。

「俺は関係ない。高田殺しもトオル殺しも、県警で決着が付いてるんじゃないのか。被疑者死亡につきというやつだ。今さら、掘り返そうとすると大火傷を負うぞ」

「よく知ってるな。当事者だからか。あんたら、高田から何を手に入れたかった。金だけじゃないよな」

「俺が知るか。トオルに聞くんだな」

喜屋武はそう言うと、車の方に歩いていく。

反町と具志堅は無言で見送った。

7

夕方、反町は具志堅に連れられて那覇の南部の町に来ていた。小さなマンションや古い民家が密集している下町だ。具志堅は周囲に目を配りながら歩いていく。

「どこに行くんですか」

　反町の問いにも答えない。

　狭い通りを歩いて、古いマンションの前に出た。

　全室合わせても十五戸ほどの部屋数のワンルームマンションだ。

「チャンは隠れ家を持っていた。相当用心深い奴だ」

「喜屋武は知ってるんですか」

「あの様子だと、知らんだろう」

　具志堅は慎重に人気がないのを確かめると、金属の細い棒を出してドアの鍵穴に入れた。カギは簡単に開いた。

　部屋に入るとき具志堅は靴の泥を丁寧に落とした。さらにシューズカバーを付けた。反町も具志堅を真似た。

　一歩部屋に入ると熱が二人を包んだ。昼間の熱が溜まっているのだ。立っているだけで汗がにじんでくる。

　ワンルームで六畳ほどの部屋にキッチンとトイレがついている。バスルームはない。反町は県警本部の留置場を思い出した。

「チャンは本当にここにいたんですか。まったく生活感のない部屋です」

反町は具志堅に聞いた。

「おまえはどう思う」

「一匹狼(いっぴきおおかみ)だとしても中国マフィアの幹部でしょ。ここは――何もない」

「それがチャンだ。真に強い者はどこででも生きていける。それに、生活には関心のない奴かもしれない。ただ、生きてさえいればいい」

具志堅がチャンについてこういう言い方をするのは初めてだった。

板にささくれが目立つ古いフローリングの床、天井に蛍光灯が一つ。窓には遮光カーテンが引かれている。ブレーカーを見ると落としてあった。布団もコップ一つもない。人が住んでいる気配は全くない。

「でも、やはり俺には、ここにチャンがいたという証拠が――」

具志堅がデイパックから出したノートを開いた。真ん中にマンションが描いてある。マンションを中心に赤い円が描いてある。

「マンションを中心にして、半径五百メートルの円だ。このマンションに来るには、まえの道路からわき道に入る」

赤い円の中には一筆書きの青い線が何本も引いてある。

「青の線を通ればこのマンションに行きつく。その途中にある防犯カメラがこの黒い点だ。この辺りは町中じゃないから、数はさほど多くはない。問題は半年前であることと、どこまで範囲を広げなきゃならないかということだ。おまけに、防犯カメラがない道も三分の一はある。その場合は円を広げなきゃならない」

「この防犯カメラを全部調べたんですか」

「大した数じゃない。三十二個だ」

「でも、防犯カメラの記録はせいぜい半年」

「数ヶ月だ。しかし、最近のモノはハードディスクで、一年分記録できるものもある」

反町は次のページを繰った。数ページにわたって、細かい数字が書かれ、赤鉛筆で線が入れられ消されている。数字は日付だ。十月というと沖縄ではまだ夏の暑さが残っている。反町の脳裏に残暑の中を防犯カメラを探して歩く具志堅の姿が浮かんだ。小柄な身体は汗にまみれている。

「このマンションの情報が来たのは半年前だ。ブルードラゴン騒ぎの前だ。三分の二の記録は残っていた。一年前、チャンの行方が分からなかったのは一週間だ。その後半に宮古島に渡っている」

「それで、チャンはいたんですか」

具志堅は二枚の写真を出した。防犯カメラからのものだ。決して写りがいいとは言えないが、男の雰囲気は分かった。

「チャンですね。間違いないと思います」

具志堅は地図上で男の進行方向を指先でたどった。二股に分かれた場所がある。具志堅は一度指を止めて、どっちに行くという風に反町を見た。右に行けばこのマンションにはたどり着けない。しかし、左に行けはこのマンションの前の通りに出る。

「でも、これじゃあ——」

「証拠として使えない。しかし、それがどうした。チャンはこの道を通り、ここに来た。そして、三日後の午前二時にこの道を通って宮古島に渡った。その間、マンションから出ていない」

具志堅は感慨深げに部屋の中を見回している。

「ここを初めて見たとき、俺はゾッとしたよ。チャンの見方が変わった。ここがチャンの隠れ家だとは、喜屋武も知らんかもしれん」

「喜屋武さえも信じていないということですか」

「そうだろうな。何かあればここに隠れて、何日間もじっとしている。己の存在を消すんだ。俺たちには分からん本当の地獄を見て、潜(くぐ)り抜けてきた奴なんだろう」

具志堅は部屋の真ん中に横になった。目を閉じて動かない。

反町も具志堅の脇に横たわって目を閉じてみた。音が消え、光が消える。不思議と汗が引いていく。この空間の中に自分自身が溶け込んでいく錯覚に落ちていった。チャンはこうして、飲まず食わずで身を潜めていたのか。存在を消して。

反町の体内に冷たいものが流れた。

「しかし、布団一つないとは――」

「何一つ痕跡を残したくないんだ。指紋はもちろん、髪の毛一本、衣類の糸くず一本もだ。それには最適の部屋だ」

使ったことがあるのか、ないのか。それすら分からない。

だが、ここはチャンの避難所に違いなかった。一年前、チャンを追い始めたとき那覇から突然消えたことがあった。数日間、全く消息が不明だった。そのとき、しばらくの間はここにいたのだ。この何もない空間にただじっとしていた。そして、機会が来たときに宮古島に渡った。

二人は上半身を起こした。閉め切った部屋には熱がこもっている。しかしなぜか、数分前の暑さは感じない。

「この部屋、具志堅さんはどうやって見つけたんですか」

「半年かかった。地道にチャンの足取りを追った」

「具体的に教えてください。今後のためです」

「黒琉会の喜屋武の周りのチンピラを締め上げたが、分からなかった。奴らは隠してるわけじゃない。本当に知らないんだ。それだけ、チャンが用心深い奴だったということだ。やっと一人、協力してくれた」

具志堅が床の上に座った。瞬時に立てる独特の座り方で、古武道の座り方と聞いたことがある。

「呉屋が見つけてくれた。ただしこれはしゃべるな」

「チャンは呉屋さんも狙いますか」

具志堅が頷く。

磯田の惨殺遺体が見つかった識原霊園で、具志堅が呉屋に電話していたのを思い出した。チャンが戻ってきているらしいことを伝えるためだ。

「あいつが、あの後ひと月ほどして、〈スナック宮古〉に通い始めた。市役所裏の繁華街にあるフィリピン女がいる店だ。経営者のママ、朱美（あけみ）を探るためだ。あの女がここの所有者だ」

反町は三十前後の男好きのする顔の女性を思い浮かべた。チャンの女ということで張り込んでいて、チャンを見つけたのだ。

「呉屋と朱美が二人で飲んでいるとき、酔った朱美が那覇にマンションを持っていると口を滑らせた。電気代も水道代も払ってる。だか、行ったことはないらしい。おかしな話だ。住所を聞き出すのに半年かかったそうだ」

「で、来てみたらこうだったんですね」

具志堅は頷いて、部屋の中を見ている。

「中城高原ホテル跡からの写真も呉屋さんですね」

「人の心は弱いものだ。ちょっとした隙のできることもある。チャンもそうだったのかもしれん。あの風景写真を朱美のスマホに送った。朱美が、いつか行ってみたいと呉屋に見せたそうだ。いい人が送ってくれたと言って。呉屋が朱美のスマホから自分のスマホに転送して、念のためにと言って俺に送ってきた。行き詰っていたときだ。俺は飛びついた」

具志堅がスマホを出して写真を見ている。

反町は覗き込んだ。殺風景な部屋の写真だ。

「一週間前のここの写真だ。こっちはひと月前。ここに初めて来たときのものだ」

「部屋の変化を見るためですか。動いてるものはありませんね。チャンはこの一年間、帰っては来なかった。でもどうして分かるんです。ここには何もないですが」

具志堅はスマホの写真を拡大した。カーテンの部分だ。

「ここに来たら、カーテンを開けて外を見る。開ければ、少しは垂れ方が違ってくる」

部屋の変化を見るにはカーテンくらいしかなかった。

「具志堅さんはチャンがここに来ると思っているんですか」

「おそらく。ホテルは手が回っていることは知っている。他の宿泊施設もだ。それに、ここには別の思い入れがあるような気がする。しかし、分からないのは、なぜ、チャンは日本に戻ってきたかだ」

「彰を追っているのかもしれません」

反町は赤堀が話していたことを言った。具志堅が考え込んでいる。

「それに——俺たちに会うことも目的じゃないですか」

何げなく出た言葉だが、実感を持って反町の心に響いた。具志堅は何も言わず室内に目を走らせている。会うということは、殺すためにということだ。

「彰の保護が必要だな。彰は優子とは連絡を取っているのか」

「一度病院に現れましたが、以後は姿をくらませています。ここに張り込みますか。チャンが現れるかも」

「奴は用心深い。チャンスは一度だ。こっちも、よほど用心しないと逃げられる。下手をすると命を落とすことになる」

具志堅が強い意志を込めて言った。

第六章　最後の戦い

1

「本当に来ると思うか」

「優子に俺の番号を教えたら、彰から連絡があった」

反町は赤堀と共に、優子が襲われた新都心のショッピングセンター内の広場にいた。シネコンの前にテーブルと椅子が置かれたスペースがあり、多くの人が行き交っている。おそらく彰と優子はここで待ち合わせをしていて、優子が駐車場で襲われた。

「彰が沖縄にいるとしても大手を振っては歩けない。親父も捜してるし、黒琉会からも追われている。見つかれば、どうなるか分からない。危険を覚悟で東京からやってきた。よほど、優子に会いたかったんだ」

反町は赤堀を見た。赤堀は平然を装っているがやはり動揺は隠せない。

「それとも、沖縄に戻らなきゃならない理由があったたか」

待ち始めて三十分がすぎている。ここの場所と時間を指定してきたのは、彰だ。人混みの多いところの方が、かえって安全だと考えているのだ。

〈一時間以内に現れなければ帰れ〉最後に言うと、彰の電話は切れた。

昨日の夜、反町は赤堀を連れて優子の病室に行った。

「彰が狙われている。チャンという中国マフィアの一人だ。トオルを覚えてるだろ。彼はチャンに殺された。ズタズタに切り刻まれて」

反町が話すと、赤堀がスマホを優子に向けた。優子の顔色が変わり顔をそむけた。反町はスマホを覗き込もうとしたが、赤堀がスマホを閉じてポケットにしまった。

その日の深夜、彰から反町に電話があったのだ。

「おまえ、優子に何を見せた」

「トオルの遺体の写真だ」

「ヤバいぞ、それは」

殴られて青アザだらけの上に、切り刻まれた遺体だ。右耳はなく、手の指も欠損している。歯は抜かれたり、折れたりしていた。

映画が終わり、人が出てきた。その人たちに紛れて、中肉中背のがっちりした男が近づいてくる。短髪でサングラスをかけている。頬がこけ、青白い顔だ。様変わりしているが、間違いはなかった。

「儀部彰だな」

反町は問いかけた。

「そうだ。おまえは――」

「沖縄県警捜査一課の反町だ。こいつは同僚の赤堀。二課の刑事だ。不動産や詐欺事件を専門に担当している」

「大利根さんから聞いている。親父と一緒に、俺を追っている刑事だろ」

「親父と一緒には言いすぎだ。盗難届が出たんで、刑事として仕事で追っていただけだ。しかし、その必要もなくなってる」

彰が赤堀に視線を向けた。

「儀部さんがおまえへの訴えを取り下げた。感謝しろよ」

「県警が私に何の用だ」

「磯田伸介が殺された。高校の時の親友だったたな」

反町が言うと彰の顔に驚きの色が広がった。

「ウソだろ。なんであいつが」

「おまえの居所を聞き出すためだろう。かなり痛めつけられてる」

赤堀が磯田の腕の写真を見せた。肉が削られ、白い骨が見えているやつだ。彰が顔を背けた。

「伸介はピッチャーだぞ。その利き腕を――」

　絞り出すような声で言った。

「あいつが私の居場所を知るわけないだろ。私は十年以上、あいつとは会っていない」

「チャンに会って言うんだな」

「チャンって、誰だ。私は知らない」

「大利根に聞いてないのか」

「最近は大利根さんには会っていない」

「向こうは会いたいらしいぞ。会えないから優子に会ってるんだろ」

「大利根さん、最近おかしくなった。怖くなって身を隠した。彼の背後には、私には分からないものがうごめいている。暴力的なにおいがする。最近、気が付いた」

「あんたは正解だよ。しかし、その暴力的なにおいがするものの正体は分からないか」

「中国資本、中国マフィア、暴力団、日本の怪しい政財界。いずれにしても私の生活からは程遠いものだ。沖縄の土地を買いあさって、なにかをしようとしている」

「大学は東京でも、あんたは儀部の家で育ったんだ。沖縄に帰ってからもしばらく、親父のところで働いていた。あんただって、沖縄の事情は知っているだろ。綺麗事ばかり言っちゃおられない」

「だから、いやになったんだ。もう、うんざりだ。こんな伝統ばかりに縛られた、閉鎖的なところ」

彰が顔をゆがめて言い放った。彼の本音らしい。

「しかし、自分一人じゃ生活できなくて、親父の土地の権利証や実印を持ち出して売っぱらったんだろ。おまえはどこに行っても、自立できない半人前。負け犬なんだよ」

「退職金代わりだ。さんざんこき使われてたんだから。そんなに大した金額じゃない。実印は返した。持ち出した紙袋の中に入っていたんだ」

「ハンコを押すところにはしっかり押してな。三千万以上にはなるはずだと儀部さんは言ってた」

「ウソだ。一千万にもならなかった。あんな猫の額ほどの土地」

「大利根か高田に騙（だま）されてるんだよ。話の持って行きようで、少なくとも四千万にはなったはずだ」

赤堀が平然と言った。彰は意外そうな顔をしている。

「どういうことだ。私は高田さんに周辺土地の地価を見せられた」

「だから、おまえは世間知らずなんだ。あの辺りは統合型リゾート施設の開発話が立ち上がっている。おまえの親父さんの土地はその真ん中だ。キーになる土地だったんだ。交渉次第で言い値が出る」

彰は赤堀から視線を外した。しばらく何かを考えている。

「もう用はすんだか。用がなければ私は帰る」

「あんたは何を持ってる。権利証と一緒に何を持ち出したんだ。大利根はそれを渡すように強要したんだろ。だからあんたは姿を隠した」

「フラッシュメモリーだ。その中には――」

彰が突然、黙り込んだ。何かを考えながら沈黙を続けた。

反町が赤堀を押し退けて前に出た。

「統合型リゾート施設の開発計画か。カジノを中心としたものだ」

彰が一瞬表情を変えたが、頷いた。

反町の足を赤堀が蹴った。余計なことを言うなという合図だ。

「そんなところだ。知ってたら聞くな」

「大利根にそれを売りつけようとした。三百万はその手付けか。その金をおまえに渡そうと、優子がここに来たところを駐車場で暴漢に襲われた」

彰の表情が歪んだ。

赤堀が反町を睨みつけているが、反町は構わず続けた。

「そのフラッシュメモリーはどこにある」

「今となっては関係ないだろう。統合型リゾート施設計画は明るみに出てしまった」

「カジノ付きということは、まだ公になっていない。だから、大利根が買い取ろうとしているのか」

「私は知らない。本人に聞いてくれ。話はそれだけか」

「チャンという中国マフィアが、おまえを捜している。見つかると拷問されて、殺されるぞ。磯田と同じだ。せいぜい用心するんだな」

彰は反町を睨むと、何も言わず背を向けて歩き始めた。

「このまま行かせていいのか。連絡先を聞き出せ」

「いいんだ。危険だということは伝えた」

反町は赤堀に言う。


「いま、別れました。エスカレーターに向かっています」

反町はスマホを出して言うと切った。

「誰に電話した。おまえの相棒か」

「彰の居場所は知りたいんだろ」

「それが一課のやり方か」

赤堀が納得したように言った。今ごろ、具志堅が彰を尾行している。

帰り道、赤堀が車から外を見ながら考え込んでいる。

「カジノについて聞いたとき、彰の顔色が変わった」

「俺たちが摑んでいたので驚いたのだろう」

「いや、あれはホッとしたんだ。驚いたんじゃない」

　赤堀が考えながら話している。

「どういうことだ」

「僕たちが勘違いしてたってことだ」

「さっさと話せ。もったいぶるな」

「カジノ誘致企画なんて漏れたって、大した秘密でもない。違法でもない。決定ならともかく、あくまで統合型リゾート施設の構想の一部にすぎない。政界がひっくり返るってこともない」

「だったら、なぜチャンもおまえらも必死になって捜している。カジノ計画だって、十分に驚いていただろ」

「たしかに企業にとっては、最高機密の部類だ。あれだけ詳細に検討しているところは他にない。企業間じゃ衝撃的だ。驚きに値する。しかし、一年も前のものだ。情報としては古すぎる。一年もあれば、計画はもっと進展しているし、変更もしてる。しかし、その気配はなかった」

「そのフラッシュメモリーに入っている情報はカジノとは別物ということか」

　赤堀が考え込んでいる。

「フラッシュメモリーはまだ彰が持っている。一年たっても賞味期限の切れない情報だ。それを手に入れるためにチャンは彰を捜している」

県警本部が見え始めたとき、赤堀が自信を持って言い切った。

反町が一課に帰ると具志堅はすでに外出から戻り、パソコンの前にいた。

「分かりましたか」

具志堅が身体を傾けてパソコン画面を見せた。

グーグルマップ上に赤い矢印が付いている。

「彰が滞在しているのは、那覇市外れの長期宿泊施設だ。管理人に確かめたら、二週間以上前からいる。最初の数日は女の出入りがあったが、その後はない。綺麗で上品な女だったそうだ。優子だろう。その後、数日は毎日出かけている」

「突然、優子と連絡が取れなくなって、捜してたんですね」

「そうだろうな。最近は部屋にいる時間が長くなっていると言ってる。優子を見つけたからだ」

「保護した方がいいんじゃないですか。あるいは誰か監視を付けるか。チャンが捜しているんでしょ」

具志堅が考え込んでいる。一課の者に彰のことを話すには早すぎる。多くが推測の域しない方がいいか。

を出ていない。今、二人は手一杯だ。チャンは二人を知っている。ヘタに目立つことは

その日の夜、親泊から電話があった。

〈すぐ病院に来てください。那覇中央病院です。赤堀さんが怪我をしました〉

「何が起こった」

〈直接、本人に聞いてください〉

親泊は言葉を濁して、明瞭に答えない。

病院の診察室に駆け付けると、頭に傷口を保護するネットを被った赤堀が不貞腐れたような顔で座っている。右目の下にも青アザができていた。明らかに殴られたものだ。

「頭の傷はクリップで止めてます。十二針です」

親泊の言葉に赤堀が大げさに顔をしかめた。

「殴られた拍子に転んで、頭をテーブルの角にぶつけた」

「ぶっ飛ばされたってわけか。相手の顔は見たのか」

「とっさのことなんで、見てないそうです」

赤堀の代わりに親泊が答える。

「半分、気を失ってたんです。自分の血を見て、悲鳴を上げて。でも、その騒ぎで男は

逃げたようです」

　親泊が反町の耳元で囁く。

「署に帰って、報告してきます。見張りの警官をよこしますから、それまで、いてください。それにしても、なんで病室なんかに忍び込もうとしたのか。変質者ですかね」

　親泊が部屋を出ると、赤堀の表情が変わった。

「チャンだ。あの野郎が病院に来た」

　赤堀が反町に身体を寄せて低い声で言う。

「なぜチャンと分かる。顔は見てないんだろ」

「僕だって刑事だ。チャンの顔は何百回も見て頭に叩き込んでいる。性格だって書かれているものはすべて読んだ。僕には分かる。異様な雰囲気を感じたんだ」

「刑事のカンというやつか。おまえらしくないな」

「そんなもんじゃない。もっと確かなものだ。エレベーターを降りたとき、優子さんの部屋に男が入るのを見た。僕は急いで部屋に行った。優子さんの部屋に入ったとたん、殴られた。顔を見る時間なんてなかったが、間違いない」

　それをカンというんだ。反町は思ったが口には出さなかった。調べに調べ、考え続けた結果、浮かぶものだ。

「なんで、おまえが病院に来たんだ。それも優子の病室に。優子を見張っていたのか」

「警護するつもりだった。僕の読みは当たった」

「チャンじゃないだろ。彰を見張るつもりだったんだろ」

　赤堀は眉根をしかめて答えない。

「しかし、チャンがなんで優子のところに来た。おまえ、知ってるんだろ」

　赤堀は答えず下を向いた。

「フラッシュメモリーだな。やはり彰と優子がフラッシュメモリーを持っている。チャンは初めからフラッシュメモリーを狙ってた。リストとレポート、新宿の奴らが言ってたものだな」

　反町が問いかけるが、赤堀は無言のままだ。

「チャンは彰を狙っている。だからここに来た」

　しばらくして赤堀が呟くように言って、傷口を覆ったネットに手を添えた。

「僕は行くところがある」

　立ち上がった赤堀が顔をゆがめた。傷口が痛んだのか。

2

　チャンのマンションを見張り始めて、五時間がすぎていた。そろそろ交代を考えていたところだった。

　具志堅の視線が止まった。反町はその視線の先を追った。

　三十前後の男が歩いている。この暑さの中、黒っぽいスーツにネクタイ姿だ。二時間前にも見た男だ。具志堅が車を降りて男の前に立った。

　男が具志堅の顔を見て逃げようと振り返った。背後には反町がいる。具志堅を知っているということは、黒琉会の者か。しかし、見覚えはない。

「こんなところで何をしてる」

「通りかかっただけだ」

「これで三度目か、四度目か。ここを通るのは」

「警察はそんなことまで数えてるのか。よほど暇なんだな」

　言ってから男はしまったという顔をした。具志堅を刑事だと知っている。

「チャンと関係してるものは、耳の穴まで調べるぞ」

　反町は男の耳元で言った。男の顔色が変わる。

「この男、思い出した。黒琉会の見崎優一（みさきゆういち）です」

　反町が具志堅に囁く。日課で見ているファイルにあった黒琉会の末端だ。髪型を変え、茶色っぽく染めているので、すぐには分からなかったのだ。

「そうだよな、見崎」

「よく知ってるな。俺も有名人なんだ」

強がってはいるが声は震えている。

「さあ、チャンについて教えてもらおうか」

「そんな男は知らない」

「そこのマンションに住んでる。昔はよく喜屋武と一緒にいた男だ。喜屋武は知ってるだろう。おまえらの組の幹部だ」

具志堅の言葉に見崎が反応した。

「俺は知らん。だが、こんなに見張られてちゃ、チャンさんも出てこられない」

「喜屋武の指示でチャンが帰ってくるのを待ってるんだな。観念して、知ってることをしゃべった方がいい」

「知らないものは知らない」

「黒琉会に出入りを始めてどのくらいだ」

「おまえらに言う必要はない」

「三年目だ。やっと去年、正式の組員になった。喜屋武のラウンジの一つに出入りしてるキザなチンピラだ。間違いないか」

反町の言葉に見崎は目を見開いている。

「これから、県警本部に行ってゆっくり話すのと、ここで知ってることを言うのと、どっちがいい」

「違法逮捕というヤツか」

「フラーが。逮捕じゃない。任意同行だ。立ち話は迷惑だろう」

三人の横を不審そうな顔で通行人が行き過ぎていく。

「何を知りたいんだ」

迷っていた見崎が、諦めたように言った。

「チャンについてだ。何でもいい。すべてだ」

「謎の人で俺もよくは知らない。ただ、チャンさんは一匹狼のように振る舞ってはいるが、中国マフィアの大物だ。あの人の指先が動けば人なんて簡単に死ぬ」

「その大物がコソコソ逃げ回っているのか。ただのケチな殺し屋じゃないのか」

見崎が反町を見つめた。やがてその顔に薄笑いが浮かんだ。

「おまえ、チャンさんに必ず殺される。しかも泣き喚きながら、早く殺してくれと懇願するんだ」

「それは、おまえの間違いだろう。チャンは必ず逮捕する。チャンの那覇のマンションの存在、おまえが教えてくれた」

反町の言葉に見崎の顔色が変わった。

「察しがいいな。噂なんていくらでも広められる」

「チャンさんはバカじゃない。真偽のほどはすぐに分かる」

「俺たちだって、バカじゃないさ」

反町は見崎の胸のハンカチをつまむと引き抜いた。黒いハンカチで赤いバラの刺繍入りだ。いかにも暴力団のものという感じだが、あまり見ない。

「こんなキザなもの持ってる奴は、黒琉会にはおまえ以外いないだろ。マンションの部屋の中は露骨すぎるか。廊下にでも置いてくるか」

「勝手にしろ。そんなことは信じない」

「あんた、宮古島の〈スナック宮古〉には行ったことがあるか。あそこのママは朱美っていうんだ。電話でもするか。マンションの近くを黒琉会の見崎がうろついてる。こういうの、匿名のタレコミって言うんだ」

見崎の表情がさらに変わった。

「おまえら、県警の刑事だろ。そっちの歳くってるのは、喜屋武さんの幼馴染みだってな。世間は狭いな」

「そう、狭いんだよ。だから俺たちは偶然ここでおまえに会った。ちょっと脅すと、チャンのマンションを見張ってると歌った」

「チャンさんが会ってたのは大利根さんだ。東京で中華レストラン〈睡蓮〉という店をやってる人だ。今度、沖縄にも出店するらしい」

「それくらい俺たちも知ってる。おまえの知らないことまでな。他にないのか。チャンの好み、嫌いなもの、趣味や好きな食い物だ」

「俺よりよく知ってるじゃないか。俺が知ってるのはそれだけだ」

「俺たちはおまえに会っていない。おまえも、俺たちのことは知らない。喜屋武にも報告しない。お互いにその方がいいだろ」

反町の言葉に見崎は頷いた。すっかり素直になっている。自分の置かれた立場にやっと気付いたのだ。

具志堅が見崎に行くように言った。反町はその姿を見送って、具志堅に向き直った。

「黒琉会の組員も質が落ちましたね。ちょっと脅すとべらべらしゃべる」

「チャンの野郎、ここには戻らない。だから、見崎がうろついててベラベラしゃべった。捜査を攪乱（かくらん）するつもりか」

「すべて、チャンの差し金ですか」

「チャンと喜屋武だ。チャンの野郎、喜屋武と同じだ」

具志堅が吐き捨てるように言う。

「大利根と会ってるって言ってましたね。だったら、中国資本絡みですか」

「チャンは今度の土地取引の部外者なんかじゃないかもしれん。チャンが二人の中国人のボスってこともありうる。ただ、表面に出ないだけで、金と口は出している」

「喜屋武と同じじゃないですか。理想の上司ってわけにはいかないな」

「ドジを踏むとどうなるかは県警の比じゃないぞ。殺される。しかも、普通の殺し方じゃない」

トオルの遺体を思い出し、反町の背筋を改めて冷たいものが流れた。

「まずいな。喜屋武がチャンの隠しマンションを知ってたということか」

「悪党同士ですからね。お互い腹は探り合ってた」

「いや、二人の結び付きは俺たちが考えている以上に強いのかもしれん」

具志堅はかすかに息を吐いた。

「ですがチャンはそんなに大物なんですかね。ただの猟奇殺人鬼なのかと思っていました」

「だから恐ろしい。殺しはチャンの趣味のようなものじゃないか。緻密で大がかりな計画を立てる男だが、人をいたぶりながら殺すのも趣味だ。俺たち凡人とは脳の構造が違うんだ。だから、先が読めない。二〇〇パーセントの注意をしないと、命が危ない」

スマホが鳴っている。具志堅がポケットから出したスマホを耳に当てる。しばらくそのままの姿勢でいたが、何も言わず切った。

「間違い電話ですか」

「チャンだ。間違いない。どこかで俺たちの様子をうかがっている」

具志堅が辺りを見回した。表情が変わり、さらに厳しさがあふれている。

「これからはうかつな動きはできんぞ。俺たちの動きはすべてチャンに見張られていると思え」

県警本部に戻って、具志堅は新垣刑事部長に会いに行った。

具志堅が部長に掛け合って、チャン関係の捜査にあたる刑事は全員、防弾ベストを着用し、拳銃を携帯することになった。

「心してかかれ。俺が課長のときに、うちから殉職者は出したくないからな」

古謝一課長は冗談めかして言ったが、目は笑っていない。

反町は赤堀の所に行った。

「赤堀はいないのか」

通りかかった若い刑事に聞いた。

「赤堀課長補佐は朝から出かけてます」

「どこに行った。いつもと同じように、消えたのか」

「反町さんの方がよく知ってるんじゃないですか。いつも二人でつるんで何かやってるんですから」

「頭を怪我したんで心配してやってるんだ」

「けっこう張り切ってますよ。レンタカー借りて走り回ってますから」

「帰ったら、俺が用があると言っておいてくれ」

優子の病室で襲われてから、赤堀の様子がおかしい。部屋にいないことが多く、電話をしても出ないことの方が多い。レンタカーを借りているというのも意外だった。

翌日も、念のためということでマンション前に張り込んでいた。

具志堅はマンションを眺めながら何ごとか考えている。何を考えているか聞いたが、チャンに聞けという言葉が返ってくる。チャンになり切れということか。

昼になって、具志堅と反町は他の刑事と交代して県警本部に帰った。

「チャンの野郎、昨日はどこに泊まったんですかね。せっかくいい隠れ家があるのに。消えてしまったというのは、東京に帰ったんじゃないですか」

「空港には連絡を入れてある。現れればすぐに分かる」

「船はどうですか。那覇から九州。フェリーが出ています。本土にさえ戻れば、東京に帰る手段はいくらでもある」

「フェリーは時間がかかりすぎるし、見つかったとき逃げ場がない。チャンは好まない。それに、万が一に備えて港にも手配ずみだ」

具志堅が苛立ちを隠せない口調で言う。彼がこれほど落ち着きをなくしているのは珍しい。

「逆にチャンをあぶり出すというのはどうです。県警が総力を挙げて追っていることをチャンに報せる。そうすれば行き場がなくなり、どこかでミスをするかもしれません」

　具志堅は考え込んでいる。

「それしかないか。那覇近郊の空港、港、ホテル、宿泊施設に県警から連絡がいってることを広めろ。県警挙げてのローラー作戦が始まっていることもだ。特に黒琉会に流せ。必ず、チャンに伝わる。チャンの行き場をなくす」

　具志堅の言葉で刑事たちは一斉に受話器を取った。暴対にもただちにその旨が伝えられた。

　具志堅のポケットでスマホが鳴り始めた。

　スマホを耳に当てた具志堅の顔色が変わった。

「あいつのことだ。今にひょっこりと帰ってくる。奥さんも心配しないで。何かあれば、必ず報せる。奥さんも気が付いたことがあれば、何でも報せてくれ」

　声を潜めて話してはいるが、隣にいる反町には聞こえた。

　何度か頷いてから、具志堅がスマホを切った。

　具志堅がスマホを出してタップして耳に当てた。しばらくして何も言わず切った。

「出ない。あの野郎、何をしてる」

　具志堅が吐き捨てるように言って椅子に座り直した。抑えようとしているが、かなり動揺している。こんな具志堅を見るのは初めてだった。

「呉屋が行方不明だ」

具志堅が反町に身体を近づけ低い声で言う。

「昨日、本島に行くと言って島を出て、連絡が取れなくなったそうだ。奥さんからの電話だ。あいつのことだから、友達の家ででも飲んだくれてるんだろうが。時期が時期だけに気になってな」

「チャンが呉屋さんを狙ってると思うんですか。前にも電話してたでしょ」

「チャンはあの時、呉屋が俺たちと一緒にいたのを知ってる。沖縄に来たのは俺たち三人を殺すためでもある。チャンは那覇のアジトを県警が突き止めたことを知った。なぜあのアジトが見つかったか考えるだろう。宮古島の朱美しか場所を知らない。必ず呉屋に行きつく」

「チャンは宮古島まで行きますかね」

「前は宮古島で捕まえた。チャンは女のところに隠れていた。飛行機以外の手段を持っているのかもしれん。例えば高速艇。しかし行く必要はなくなった。呉屋の方から本島に来たんだ」

具志堅が大きく息を吐いた。

一日がすぎたが、チャンは見つからなかった。呉屋との連絡もつかない。

暴対に頼んで黒琉会の動向を調べてもらったが、チャンをかくまったり連絡を取ったりした形跡はない。

「チャンの野郎、どこに消えた。人ひとり見つけるのに、こんなに騒いだことないぜ」

「那覇にはいないんじゃないですかね。中部の町か、北部に移ったか」

「チャンは何のために沖縄に来た。ただ逃げるためじゃないだろう。危険を冒して来たからには、目的があるはずだ」

聞き込みから戻ってきた刑事の間からは様々な声が飛んだ。

「俺たちを殺す以外に、彰からフラッシュメモリーを奪うことです。だったらやはり、チャンは那覇近くにいるんじゃないですか。分かってます。それを調べるのが刑事ですね」

反町は具志堅に身体を寄せ、声を潜めた。

喧騒(けんそう)にまみれた一課を出て、反町はノエルに会いに行った。

「頼むよ。これで最後だ」

反町は手を合わせた。ノエルが鼻で笑って見ている。

「この番号、何なの。知る権利くらいはあるでしょ」

「呉屋さんの携帯電話の番号だ。通じなくなってまる二日だ」

呉屋のことは一年前、ノエルに話したことがある。チャンの拘束に協力してくれた具志堅の元相棒だ。

「失踪人なら、捜査願は出てるの」

「本島に来て以来、携帯が通じない。五十七歳の元警察官だ。連絡が取れなくなって二日。具志堅さんを見てると気のどくになってね。チャンのこともあるし」

「呉屋さんのスマホはすでに電源が切れてるのね」

「電源が切れてるか、壊されたか。電話してもつながらない」

「行方不明から二日。たぶん電池が切れてる。だったら、GPSの位置情報はムリ」

「最後の手段があるだろ。おまえから電話会社に問い合わせてくれないか」

スマホには〈最後の位置情報送信〉の機能がある。バッテリーが切れる直前にスマホの現在地を自動的に送信してくれる。ただし、この機能がオンになっていればの話だ。

ノエルが考え込んでいる。ノエルの部署は家出をした子供を探すのに時々利用すると言っていた。

「分かった。あの人にも借りはあるしね。本当に人の命が関わってるのね」

反町は頷いた。ノエルは具志堅が貸した防弾ベストで命を救われたことがある。

3

夕方になっても呉屋との連絡は取れなかった。明らかに具志堅は動揺している。

捜査一課は出入りする刑事と鳴り響く電話、対応する声で騒然としていた。

「チャンが連絡を取っているのは誰だ。それとも、一人でどこかに潜んでいるのか」

具志堅が自問するように呟く。

「やはり喜屋武じゃないですか。本島で連絡を取るとすると」

「チャンは我々が喜屋武を見張っているのは知っている。喜屋武自身もな」

「じゃ、大利根というところですか」

「彼も同じだ。県警の監視下だ。大利根は素人で、この状況をかなり恐れている。東京に帰りたいが、まだ仕事が残ってるんだろう。それにチャンが大利根を信用しているとは思えん」

「だったら、誰を――」

「チャンは何のために日本に来た。それも沖縄に」

具志堅が確認するように続ける。

「俺たちを殺すためと、彰からフラッシュメモリーを奪うためです」

「そうだ、チャンは奴を追って沖縄に来た」

反町は頷いた。具志堅の考えていることは分かっている。しかし、危険すぎる。

「彰の情報を流せ。居場所は分かっている。チャンは彰を追っている」

具志堅がもどかしそうに言う。

「それじゃ、彰が――」

「危険なのは分かってる。それ以外の方法はあるのか」

反町に返す言葉はない。

「彰の情報を黒琉会に流せ。必ずチャンに届く」

「喜屋武は連絡が取れないと言ってます」

「チャンからは連絡が行ってる。方法なんていくらでもある。これは、カンなんかじゃない。確信だ。いまのチャンには情報だけが頼りのはずだ。自分じゃ動けない。彰の宿泊施設に何人か張り付かせろ。連絡があれば、直ちに急行できる態勢をとれ」

具志堅の言葉に数人の刑事が出て行った。

「チャンも不死身じゃない。心臓を撃てば死ぬだろうし、怪我もする。手錠をかければ拘束もできる。宮古じゃ捕らえた」

具志堅の呟くような声が聞こえる。具志堅はかなり疲れている。おまけに焦っている。呉屋の安否が分からないのだ。

なんで呉屋さんを――反町は言葉を吞み込んだ。分かりきっている。具志堅と反町を脅し、最後には呉屋を殺すつもりだ。泣き喚きながら、早く殺してくれと懇願する――見崎の言葉が反町の脳裏に浮かんだ。

チャンが那覇に帰ってきたもう一つの目的は、彰の持つフラッシュメモリーを手に入れること。

「これだけ捜しても見つからないんだ。やはりチャンは、黒琉会にかくまわれている可能性が高い」

「だったら、さっさとガサをやるべきだ。時間が経てば、深く潜るだけだ。国外逃亡も考えられる」

「失敗は許されんぞ。今度はミスするとマスコミが大騒ぎだ。県警は赤っ恥だ」

「マスコミには絶対に悟られるな。県警の大失態なんだ。次のマスコミ発表はチャンの逮捕だ。黒琉会のガサは早いほどいい」

　刑事たちの声が飛び交い始めた。

「こんなに騒ぐと呉屋が危ない」

　具志堅が反町に囁く。反町も同意している。

「チャンが黒琉会にいるとは思えません。いまガサなんかやると、黒琉会とチャンの思うつぼです。チャンはどこかに隠れて、チャンスを狙っている」

　反町が大声を上げる。

「どうするというんだ。このまま現れるのを待つか。それこそ逃げられる」

　古謝一課長の声が返ってくる。

　反町は時計を見て立ち上がった。

県警本部を出て、松山に向かった。

黒琉会、沖縄興業の地下駐車場に着いたのは一時間後だった。喜屋武を捜して、立ち寄りそうなところを回っていたのだ。駐車場の一角に喜屋武の車を見つけた。

反町は特殊警棒を確かめると一台の車の陰に隠れた。

しばらくして、エレベーターが開いて喜屋武が降りてくる。今夜は用心棒がいない。

反町は警棒を一振りして伸ばすと喜屋武の前に立った。

喜屋武はちらりと見ただけで顔色一つ変えない。

「また刑事か。今日はおまえ一人か。懲りない奴だな」

一年前、同じ場所で喜屋武に殴りかかって、ぶちのめされている。喜屋武は琉球古武道の具志堅の練習仲間だと聞かされた。

「チャンはどこにいる」

喜屋武はうんざりした様子で、車に向かおうとした。その車の前に反町が移動する。

「呉屋利弘さん、知ってるだろ。具志堅さんの元相棒だ。退職して宮古島に住んでる」

「あの大男か。デブの割に動きの速い奴だったな。頭脳はいまいちだったが」

「呉屋さんが本島に来て行方不明だ。何か知ってたら教えてほしい」

「なんで俺が知ってると思う」

「チャンに聞いただろう。宮古島であいつを拘束したとき、呉屋さんも一緒にいた」

喜屋武が納得という顔で頷いた。

「県警は全力を挙げてチャンを追っている。トオル殺しの容疑だ」

「そんな話、誰が信じる。何度も言わせるな。その事件は解決済みだ」

「トオルの殺人現場からチャンのＤＮＡが採取された。トオルの歯についた肉片からだ」

「俺とは関係ない」

「県警も検察もそうは思わない。チャンが見つからなければ、黒琉会の強制捜査だ。今度は前のようには甘くはないぞ。カジノ付き統合型リゾート施設の建設計画、絶対に潰してやるからな」

「勝手にやれ、俺には関係ない」

反町はわずかだが喜屋武の表情が変わったのを見逃さなかった。

「恩納村ショッピングモール建設反対の集会に、チンピラを送り込んでることも調べがついてる。今度は徹底的にやってやる。覚悟しとけよ」

喜屋武は一度大きな息を吐いた。しばらく何かを考えていたが、やがて口を開いた。

「香港の九龍(カオルン)城を知ってるか」

反町は頷いた。

香港の九龍に作られた巨大なスラム街だ。第二次大戦後、中国共産党による中華人民共和国が成立した。その革命から逃れた流民がなだれ込み、スラム街を作り肥大化していった。規制を無視した増築が繰り返され、売春、薬物売買、賭博、その他違法行為が公然と行われる無法地帯となった。しかし、香港返還が決まると、中国政府により取り壊され、今では再開発により、九龍寨城公園となっている。

「チャンは香港の九龍城で生まれた。九人兄弟の九番目だ。全員、父親が違う。一番上の姉さんは母親が十四の時の子だ。チャンは母親が二十六の時の子。チャンが生まれた翌年に母親は死んだ。当時一緒に住んでた男に腹を刺された。妊娠八ヶ月と言っていた。他の兄弟姉妹は全員死んだそうだ。飢えで死に、ケンカで殺され、薬で死に、臓器売買もあったらしい。チャンは幸運にも売られた口だ。乞食にね。見た目が一番みじめったらしい子だったそうだ。ゴミの中で生まれ、ゴミを食い、ゴミの中で眠り、育った。あいつは、どこででも生きていける」

チャンの目の奥に潜む狂気、取り囲む異様な空気が反町の脳裏によみがえる。あれは死が根底にあるものだ。

「チャンにとって、殺すことは食うことと同じだ。人を切り刻むことも、生きることの一部なんだ。そうして地獄を生き抜いてきた。今の状況もチャンには騒ぐような、特別なことじゃない。ただ日々を生きているだけだ」

喜屋武は淡々と話した。反町の背筋に冷たいものが流れた。目の前のこの男も程度の差こそあれ、チャンに通じるモノを持っている。だから二人は一緒にいるのだ。

喜屋武の視線が反町に止まった。射るように見ている。

「おまえらはチャンには勝てない。俺もだ。チャンにとって死は日常であり、恐れるモノじゃない。痛みは糧、恐怖は友だ。その中で生きてきた。そんな男に誰も勝てない。チャンはおまえらを必ず殺すと言ってたぞ」

「俺はチャンを逮捕する。必ずワッパをかけてやる」

無意識のうちに出た言葉だった。

喜屋武が反町を見ている。軽く頷くと、反町を押しのけ車に乗り込んだ。

反町が県警本部に戻ると、どことなく空気が違っている。殺気だっているのだ。

「明日の朝八時、黒琉会へのガサ入れが決定した。これから準備に入る。今夜は徹夜だ」

具志堅が吐き捨てるように言う。

「黒琉会はチャンをかくまったりしてはいません。呉屋さんを捕らえている気配もない。やはり、チャンは単独で動いています」

喜屋武と会って話したことを告げた。具志堅が無言で聞いている。

「チャンはゴミの中で生まれ育った。どこでも生きていける。喜屋武はそう言ったんだな」

具志堅が念を押すように言う。

「そう聞きました」

「喜屋武はチャンを見限ったか」

「どういうことですか」

「あの野郎、チャンを心底信じているんだ」

「混乱するようなことを言わないでください。矛盾してる」

「チャンは何もしゃべらない。どんな証拠を突きつけられても、何も言わないと確信している」

「チャンの逮捕が、喜屋武や黒琉会には繋がらないと思っているんですか」

「チャンはすべてを背負って黙秘する。捜査はチャンで終結する。そう確信している。だから、喜屋武はチャンについてしゃべった」

「しゃべった――チャンの居場所は――」

「あの何もない不気味な部屋でも、ゴミ溜めの中でも――」

「今回のガサは、全員防弾ベストを着用し、拳銃を携行する。気を抜くなよ」

具志堅の言葉をさえぎって古謝一課長の声が上がった。

「絶対にマスコミには悟られるな。県警の失態だ。必ずチャンを逮捕する」

古謝が自分自身を鼓舞するような声が聞こえる。

一年前、沖縄県警は国谷トオル殺害事件を被疑者死亡で決着している。沖縄県警始まって以来の大失態だ。これ以上騒がれたくなかったが、新しい証拠が出た以上、必ず犯人逮捕の必要がある。県警は焦っている。


反町は立ち上がった。具志堅に許可を求めると、赤堀の所に向かった。

部屋を覗いたが赤堀の姿は見えない。

部屋の半数がまた来たかという顔で反町を見ている。

反町は部屋を出て赤堀に電話した。呼び出し音が聞こえるが、出る様子がない。切ろうとしたとき、音声が切り替わった。

〈チャンは沖縄本島では、那覇市内以外にどの辺りに土地鑑がある〉

赤堀の声が聞こえる。

「なにやってるんだ。今、どこにいる」

〈一課は黒琉会の強制捜査をやるんだってな。チャンを捜してか〉

「何か分かったのか」

〈聞いてるのは僕だ。知らないんだったら切る〉

「那覇じゃ喜屋武と一緒に飲み屋街だ。那覇以外というと、中城辺りか」

反町は具志堅と行った廃墟ホテルを思い浮かべていた。

〈チャンと廃墟ホテルか。ミスマッチでもなさそうだな〉

「廃墟ホテルを知ってるのか」

〈当たり前だ。那覇に来て五年になる〉

「何かつかんだのか。俺たちも廃墟ホテルに当たりを付けたところだ。チャンはどこでも生きていける。喜屋武の言葉だ」

〈ハイドロテックα(アルファ)という塗料を知ってるか。光触媒を利用した新塗料だ。家の壁をコーティングすると汚れが付かなくなる。太陽の光で汚れを分解し、浮かせて落とす。沖縄じゃ、まだ新しい塗料だ。壁に吹き付けるから近くの道路にも飛び散る。僕が襲われた男の靴の土についていた〉

赤堀が病院で採取した土を科捜研で分析したことを話した。その土にハイドロテックαが含まれていた。

〈塗料を取り扱っている建築会社は沖縄中で六件。現在、那覇周辺で使われている建物は十七件だった。十二件までは調べたが、十三件目が中城だ〉

反町のスマホに電話がかかっている。

「電話だ。具志堅さんからだ。何か分かったら、報せてくれ。最後は、一人で動くんじゃないぞ。おまえの細い骨なんて拾いたくないからな」

赤堀からの電話を切って具志堅の電話に出た。すぐに帰ってこいと言うと切れた。

一課に戻ると、ガサ入れの班割が始まっている。

4

反町のスマホが鳴りだした。窓から差し込む陽はまだ薄暗い。陽が昇るにはまだ一時間はかかる。

反町たち一課と暴対の捜査員は、黒琉会ガサ入れの準備で県警本部の会議室に泊まり込んでいた。

「さっさと出ろ。うるさいぞ」

具志堅の声で慌ててスマホをタップした。赤堀からだ。

〈チャンは中城の廃墟ホテルだ〉

「確かか」

〈廃墟ホテルに続く山道に入る近くの新築物件に、ハイドロテックαが使われている。昨日コーティングが終わったそうだ〉

「チャンの目撃者はいるのか」

〈コンビニの定員が数日前、廃墟ホテルからの明かりを見ている。すぐに消えたが、深夜二時だったんで覚えていた。こんなことは初めてだそうだ。ホテルに上っていく車を

見た人も二人見つけた。二日前だ。僕も明かりを見た。五分ほど前だ。一瞬だったが〉

「おまえ、今どこにいる」

〈廃墟ホテルの下の県道だ。レンタカーの中から見張っているが、以後動きはない〉

「チャンがいると断言できるんだな」

〈しつこいぞ。僕を信じないのか〉

「早まった気を起こすなよ」

〈起こすはずないだろ。あんなところに、僕は絶対に行かない〉

赤堀からの電話は切れた。

反町は辺りを見回した。窓からの陽は明るさを増し、捜査員の大半は起き出して最後の準備をしている。

「どうかしたか」

具志堅が寄って来て、反町に聞いた。

「チャンは中城の廃墟ホテルにいる可能性が大です」

「何で分かる」

具志堅が小声で反町に聞いた。

「赤堀からです。赤堀を襲った男の靴についていた土の内容物から中城周辺と推測して、赤堀が捜査していました。聞き込みの結果、夜、明かりが見えたことと、上がっていった車を見た者もいます。赤堀も今日の日の出前に明かりを見ています」

「明かりだけか。チャンを見た奴がいるのか」

「いるわけないでしょ。我々だって見てないんだから。でも、明かりが見えたんです。一瞬だそうですが。深夜、誰があんなところに行くんです。奴しかいません。一緒に仕事をし始めたころ、人間、わずかなミスは必ず犯すって言ったのは具志堅さんです」

「俺も考えた。しかし、あんなところに泊まれるか」

「チャンは九龍城で生まれ、育っています。地獄を生き抜いてきたと喜屋武は言ってました。チャンにとっては家と変わらない」

具志堅が考え込んでいる。

「ダメだ。根拠が薄すぎる。それだけの情報でこの状況をひっくり返せるか」

具志堅が辺りを見回した。

二人が話している間も周りでは刑事たちが、黒琉会ガサ入れの最後の準備に追われている。反町のデスクにも防弾ベストが置かれていた。拳銃は出かける寸前に保管庫から出して携帯する。

そのとき、ポケットでスマホが鳴り始めた。

〈分かったわよ、携帯電話の最後の発信地〉

ノエルの弾んだ声がする。

「中城の辺りじゃないか。廃墟ホテルの近く」

〈分かってたら、わざわざ調べさせないでよ。三百メートルの精度でその辺りよ〉

「アリガトよ。礼はいずれたっぷりする」

反町はスマホを切ると具志堅に向き直った。

「呉屋さんの携帯電話の最後の発信場所が中城の廃墟ホテル周辺でした」

「誰が調べた。まだ捜索願も出してないぞ」

「具志堅さんだっておかしいと言ってたでしょ」

反町はノエルに頼んでいたことを話した。

具志堅は考え込んでいる。

「ついてこい」

やがて決心したように言うと、歩き出している。

部長室には新垣部長と古謝一課長がいた。最後の打ち合わせをしているのだ。

具志堅は古謝をチラリと見たが、新垣の前に行って話し始めた。

「ジミー・チャンは中城の廃墟ホテルに潜んでいる。黒琉会のガサを中止して、中城に捜査員を回してくれ」

「何を言い出す。全員、用意はできている。三十分後には出動する」

古謝が割って入った。

「チャンの逮捕は今しかありません」

「チャンが潜んでいる確証はあるのか」

新垣の言葉に具志堅が反町を見た。

反町は呉屋の携帯電話の最後の発信地が中城高原ホテル周辺であることと、赤堀の捜査について話した。

「そんな未確認情報より、黒琉会を徹底的に調べるべきです。一課と暴対の捜査員は、すでに準備を終えて待機しています」

古謝が新垣に言う。反町は具志堅を押し退けて前に出た。

「俺が責任を取ります。チャンを逮捕できなかったら、県警を辞めます」

三人が反町を見た。

「これ以上やりたければ、県警を辞職してやれ。宮古島でチャンを拘束した時、本部長が具志堅さんに言ったんでしょう。俺は新垣刑事部長に約束します」

反町はそのときの具志堅の顔を思い出していた。沖縄県警本部長はチャンを拘束するなら、反町と一緒に辞めろと言ったのだ。具志堅はチャンを解放した。

「俺もこいつと心中する。これでいいか」

具志堅が新垣と古謝を見据えて言い放った。

「おまえらが辞めて責任を取れる問題じゃない」

古謝が慌てて言ったとき、反町のスマホが鳴り始めた。

新垣が出るよう目で促した。

〈どうなってる。一課は動きそうか〉

「誰からだ。こんな時だ、さっさと切れ」

「おまえから部長に話せ。おまえの言うことなら聞くかもしれん」

反町は古謝を無視してスマホを新垣部長に差し出した。

「二課の赤堀課長補佐からです」

新垣は赤堀より二階級上の警視正だが、いずれ赤堀の方が上に行く。

新垣が頷きながら聞いていた。


反町は具志堅と古謝と共に部屋に戻った。

「黒琉会のガサは中止だ。チャンは中城の廃墟ホテルに潜伏していると思われる。これから確保に向かう。全員、防弾ベストと拳銃をチェックしろ。三十分後に出動だ」

古謝が刑事たちに向かって大声を出した。

一瞬静寂が訪れたが、急に室内が騒がしくなった。文句を言う者、さらなる説明を求める者、様々だ。しかし古謝がいっさい相手にしない。

「失敗は許されん。全員、心してかかれ」

古謝一課長の声が飛んだ。

捜査一課と暴対の捜査員たちは、トオル殺しの容疑者、チャンの逮捕に向かった。


二時間後、反町は具志堅、赤堀たちと廃墟ホテルの見える県道にいた。

捜査一課を中心に、暴対、制服警官の協力を得て、県警二百人態勢で臨むことになっている。廃墟ホテルに通じるすべての道を封鎖して、チャン逮捕にあたる。

「多すぎる。これじゃ、必ず気付かれる。呉屋の命はない。チャンスは一度だ」

具志堅が辺りの物々しさを見回しながら呟く。極秘に動く、とはいってもこれだけの人数が移動すれば必ず勘付かれる。付近の住民たちが何ごとかという顔で見ている。

具志堅が、スマホを出して小声でしばらく話していた。

スマホを持って、現場指揮官古謝一課長のところに行く。

古謝にスマホを差し出した。

「分かりました。具志堅警部補に任せます、新垣部長」

不機嫌な顔でスマホを具志堅に返した。

「一時間だ。おまえにやる。その間に呉屋を救出して、必ずチャンを逮捕しろ。失敗したら、おまえの責任だぞ。分かってるな」

「俺の合図があるまで、絶対に動くな。呉屋の命がかかっている」

具志堅は着けていた防弾ベストを取って反町に渡した。

「拳銃を持ってたら、どうするんです。いや、必ず持ってます。チャンには喜屋武が付いてるんですよ。簡単に手に入る」

「チャンは心得ている。殺すにはどこを撃てばいいか。こんなものを着けていたら、動きが鈍くなるだけだ」

「俺は取りませんからね。着けて行きます」

「おまえは、ここで待ってろ。あいつは何をするか分からん。まず、俺一人で行く。呉屋を救い出したら合図する。おまえの出番はそれからだ」

「一人より、二人で行くべきです。具志堅さんの邪魔はしません。チャンの居場所を見つけたのは俺たちです」

「三人の方がいいだろ。僕だって沖縄県警の刑事だ。せっかく、ここまで追ってきたんだ。最後まで見極めたい」

振り向くと赤堀が立っている。赤堀も防弾ベストを着けて、拳銃を携行していた。

具志堅を先頭に、反町は赤堀と共に山道を登って行った。

本格的な夏を前に、山は草と木々と土の匂いでむせ返るようだ。

反町は首筋の汗をぬぐった。手の甲を叩くと汗に混じって血が広がる。蚊が身体の周りを飛び回る音がする。赤堀も音を立てないように首筋を叩きながら歩いている。

陽の光に強さが混じってきたように感じる。具志堅が立ち止まった。

「これから暑くなる。暑いのはイヤだろ。その前に何とかしたい」

「呉屋さんがいるとすれば、トオルが殺された部屋だと思います」

「俺もそう思っていた」

具志堅が再び歩き始めた。その後に反町と赤堀が続く。

山道は静まり返っていた。道に沿って廃墟ホテルのコンクリート壁が続いている。一週間前に来たときより、さらに不気味さを増しているように思えた。

具志堅は腰の拳銃に手を据えて、道の海側に続く建物の中に視線を走らせながら登っていく。反町と赤堀は拳銃を構えている。

「かたまるな、もっと間隔を保て」

具志堅が反町に低い声で言う。反町は赤堀に伝える。

トオルが殺された部屋が見えるところまで来た。まわりの壁と柱にさえぎられて中は見えない。

建物内に入ろうとする反町の肩を具志堅がつかんだ。

「様子を見てからだ」

回り込むように道の山側に沿って歩いた。

部屋の中が見える位置に来た。真ん中に椅子が置かれている。その横に黒い塊が転がっている。大柄な男で全裸だ。口と目にガムテープを貼られ、全身を黒いガムテープで巻かれていた。おそらく呉屋だ。

部屋に近づこうとする反町の腕を具志堅がつかんだ。

「必ずチャンが見張っている。俺が行って呉屋を救出する。おまえらはここで援護だ」

具志堅が腰の拳銃を抜いて、ホテルに近づいていく。

銃声が響いた。一発、二発。具志堅が弾(はじ)かれるように後ろに倒れた。

「伏せろ。身体を低くするんだ」

具志堅が倒れたまま二人に言う。具志堅の右肩とわき腹が赤く染まっているのが見えた。持っていた拳銃が、頭上一メートルばかりの所に落ちている。

「チャン、弾(たま)は当たったぞ。二発ともだ。出て来ないのか。俺が怖いのか」

具志堅が怒鳴った。チャンを挑発して姿を現すように仕向けている。反町は拳銃を構えた。

銃声が響く。具志堅と反町の間の土を撥ね上げた。

連続して三発、銃声がした。赤堀が銃声のした方に向けて発砲したのだ。前方にかすかな靴音と木々のざわめきを聞いた。そのざわめきに向けて、赤堀がさらに発砲する。

「馬鹿野郎、撃つな。チャンが逃げただろ」

「おまえを助けてやったんだ」

長い静寂の時間が流れていく。しかし、実際には五分もたっていない。

「チャンはどこだ。逃げたのか」

具志堅の低い声がする。かなり苦しそうだ。

「分かりません。応援を呼びましょう。傷の手当てをしなきゃ」

反町は辺りに目を配りながら、具志堅のそばに行った。具志堅を見ると痛みに顔をしかめてはいるが、目は行けと言っている。反町は拳銃を拾い、具志堅に握らせた。

「俺はいい。大した傷じゃない。チャンを追え」

チャンスは一度だ。具志堅の言葉を思い出した。

「具志堅さんはここにいてください。止血をしっかりして」

「行け。気を付けるんだぞ。チャンはわざと急所を外して撃った。俺をいたぶり、苦しめて殺すためだ。今度はどうか分からんぞ」

反町はハンカチを渡すと、伏せたまま身体を移動させた。赤堀の発砲で、チャンはさらに上の部屋に移動している。

ホテルの建物内に入って反町は立ち上がり、壁に身を隠しながら進んだ。

辺りには、熱と土とカビと木々の混ざった臭いが澱んでいる。その空気が乱れた。

反町の拳銃が撥ね上げられた。同時に腹にチャンの拳が叩き込まれる。

腹を押さえたまま無意識のうちに特殊警棒を伸ばすと、横に払った。空を切っただけだが、チャンが背後に飛び下がった。

反町が警棒を構え直す間もなく、チャンの蹴りが反町の頭部目がけて飛んだ。右手を上げて頭をかばうのが精いっぱいだった。ずっしりと重い蹴りを腕に受けて、よろめいて身体を壁にぶつけた。警棒がコンクリートの床に転がる。さらにチャンの拳が反町の顎をとらえた。

一瞬意識が薄れたが、倒れるとき右腕を思い切り突き出した。鈍い肉と骨の感触が伝わる。反町のパンチがチャンの顔面に当たった。

チャンが背後によろめいたとき、反町と目が合った。反町が身構えたとき、チャンが拳銃を出した。

銃声が轟き、反町の身体が弾かれて背後に飛ばされた。続けて、もう一発。

床に倒れている反町の頭にチャンが銃口を向けた。反町は思わず目を閉じる。

銃声が轟いた。反町が目を開けると、チャンの姿が消えている。代わりに、拳銃を構えた赤堀が立っていた。

「チャンはどこだ」

「ホテルの外に逃げた。茂みの中だ。弾は当たったはずだ」

赤堀が拳銃を外の茂みに向けたまま言う。

「おまえら、無事か」

声に振り向くと具志堅がわき腹を押さえて立っている。肩には血が滲んでいた。

反町は胸の痛みをこらえて立ち上がった。

「救急車を呼ばなきゃ」

「呉屋を救出して、チャンを逮捕した後だ」

具志堅は拳銃を構えて山道に出たが、動きを止めた。

視線の先のコンクリート壁の内部から草を踏む音がしたが、すぐに止(や)んだ。その後は静けさが広がっている。

具志堅が山道を歩き始めた。今までよりさらに慎重な歩みだ。

音が聞こえた辺りから、再度ホテルのコンクリート壁の中に入っていく。反町は拳銃と警棒を拾うと、赤堀とその後を追った。

具志堅がしゃがみ込み、土を調べている。

「出てくるんだ、チャン。ここは県警によって包囲されてる」

具志堅が拳銃を構え、廃墟の中を進み始めた。辺りは静まり返ったままだ。

その時、声が聞こえた。

「おまえら一課のバカどもだけだ。喉をかき切ってやる」

「違う。僕は二課だ」

赤堀が怒鳴り返す。

反町は山道を歩いているとき、黄色い軽自動車が県道を上ってくるのを見たのを思い出していた。ノエルも来ている。

「おまえは沖縄県警に囲まれてる。もう逃げ道はない」

反町の声にも返事はない。

「諦めて出てこい」

具志堅が大声で言いながら、前方を指して合図をしている。

「チャンはあの壁の向こう側だ。俺は右から行く。おまえらは左だ。俺が先にチャンの前に出るから、おまえらは反対側から背後に回れ。今度は容赦なく撃って来るぞ。気を付けろ」

反町と赤堀に低い声で言う。


反町は拳銃を構え、周囲を警戒しながら壁を回りこんでいく。

拳銃を持った腕に衝撃を受けた。拳銃が反町の手を離れて、泥の中に転がる。蹴りを受けたのだ。

反町は体勢を立て直して、目の前の男を見た。無精髭(ぶしょうひげ)が伸び、やつれてはいるが、チャンに間違いない。右手にナイフを構え、拳銃は持っていない。

反町はチャンを睨み付けたまま、特殊警棒を出して一振りして伸ばした。チャンが間合いをはかるようにゆっくりと反町の周りを回る。反町はわずかに背を丸めた。被弾した胸が痛み始めたのだ。胸をすぼめると、痛みがわずかながら緩和される。防弾ベストを着けてはいるが、おそらく肋骨(ろっこつ)が折れている。

銃声が響いた。チャンの背後で、赤堀が拳銃を両手で握り締め、チャンに向けている。振り向いたチャンのナイフを反町の警棒が叩き落とした。

チャンの姿が一瞬消えた。反町は警棒を横に払った。何かに当たる手ごたえを感じると同時に、左肩に激痛を覚えた。その痛みが胸に広がっていく。チャンの蹴りを受けたのだ。もう十センチ下なら、痛みに気を失っていただろう。チャンは銃弾の傷を狙って蹴りを入れて来たのか。

反町は警棒を構え直したが、その警棒をチャンの右腕が叩き落とした。

チャンがナイフを拾おうとしている。赤堀が拳銃を向ける。

「撃つな」

反町は叫ぶと同時に、チャンの腹目がけて頭から突っ込んでいた。

チャンの身体を抱え込んだまま壁に激突した。動きの止まったチャンの髪をつかむと、頭を壁に打ち付けた。二回、三回――。

「もういい。野郎、半分死んでる」

背後からの声で、手を止めた。チャンが崩れるように座り込んだ。

「具志堅さん、手錠を――」

「おまえがやれ。おまえが逮捕したんだ」

チャンが壁にもたれ、足を投げ出して首を垂れている。意識がないのか。

「この野郎、くたばったのか」

反町が声に振り向いたとき、赤堀が引きつった顔で拳銃を構えた。

チャンに視線を戻すと、反町の拳銃を拾って銃口を向けようとしている。

一瞬息を呑んだが、チャンの腕が下がり身体が横に倒れた。

反町は拳銃を蹴ってチャンから離すと、チャンの身体を起こして手錠をかけた。

具志堅の視線の先を見ると、草むらに胴体を二つに割かれたハブが転がっていた。鋭利な刃物で切られている。一メートル以上ある大きなハブだ。

「救急車を頼む。刑事が一人撃たれた。容疑者がハブに嚙まれてる。急いでくれ」

反町はスマホに向かって大声を上げた。沖縄の救急車にはこの季節、ハブ毒の血清が積まれているはずだ。

赤堀が手首ほどある切り口を晒したハブを見つめたまま固まっている。

具志堅がハブの横の草むらを指差した。拳銃が転がっている。ハブに嚙まれたとき、チャンが投げ出したのだろう。

右足のふくらはぎを見るとズボンが裂かれ、ハンカチで止血がしてある。反町はハンカチを取った。右足のふくらはぎが腫れ上がり、ハブの牙の痕が付いている。反町はナイフを出すと牙の痕を切り開き、血を吸い出して吐いた。

「フラーが、もう遅い。毒は回っている。おまえら、チャンの逮捕を古謝に報告しろ。呉屋を助けてやれ。ここは俺が見張っている」

具志堅が反町の肩をつかんで立たせた。

右手に拳銃を構えたまま、チャンの前に座り込んだ。左手でわき腹を押さえている。息遣いが荒く、かなり苦しそうだ。

赤堀がスマホを出して話している。反町は拳銃をしまって、呉屋が縛られている部屋に向かった。

下の県道から山道を上がってくるパトカーと救急車のサイレンが聞こえてくる。

5

チャンがストレッチャーに乗せられ、運ばれていく。反町は具志堅に肩を貸し、その後をついて歩いた。

呉屋は切り傷だらけで疲れ切ってはいるが、毛布に包(くる)まって自力で歩いている。具志堅と反町に目で合図を送ると、パトカーに乗り込んだ。

立ち入り禁止の看板の前に救急車が一台止まっている。

チャンに続き、具志堅が救急隊員に支えられながら救急車に乗った。

「俺も同行します。この野郎、絶対に逃がしたくありませんから」

反町は具志堅に言った。具志堅がかすかに頷く。

「定員があります。あとから来てください」

「こいつも怪我をしてる。銃弾を食らって肋骨が折れてる」

救急隊員が驚いた顔で反町を見ている。

チャンのストレッチャーの横に反町と具志堅が座った。

チャンには直ちにハブ毒の血清が打たれた。

腹と肩に赤堀が撃った銃弾が当たっていたが、命には別状なかった。偶然にも具志堅と同じような銃創だ。

チャンの顔色は蒼く、呼吸は荒く浅い。右足のふくらはぎが腫れ上がっている。反町と殴り合ったので毒の回りが早かったのだ。頭から流れる血に気付いた救急隊員が、チャンの顔を横にした。

「この野郎、やはり化け物だ」

具志堅が自分の傷口を押さえてチャンを見ている。

「あのデカいハブに嚙まれた身体で、おまえとやり合ったんだ」

具志堅が呟いた。沖縄育ちの具志堅にはハブ毒の怖さが身に染みているのだろう。

「おまえも医者に診てもらえ。毒の回った血液を吸った」

「具志堅さん、嚙まれたことがあるんですね」

「嚙まれてすぐだと効果はあるが、毒が回ってからじゃ意味がない」

「そういうのは、先に教えてください」

チャンが目を閉じたまま動かない。意識があるのかないのか分からない。

「死ぬなよ。ハブに嚙まれてくたばるなんて、悪党らしくないぜ。トオルと磯田が浮かばれない。俺たちもだ。おまえは裁判を受けて死刑になるんだ」

反町が呟いた。チャンの口元が動いたのは錯覚か。

救急車が揺れるたびに具志堅が顔をしかめている。肩と腹の傷が痛むのだ。反町の胸も車の振動とともに痛んだ。

病院の裏口には医者と数名の看護師が待っていた。

チャンはストレッチャーに乗せられて運ばれていった。

チャンが手術室からＩＣＵに移された。

反町は治療の終わった具志堅と共に、ＩＣＵの前の椅子に座っていた。横には所轄から来た二人の制服警官が立っている。

「血清は打ちましたが、毒が全身に回っています。銃創は二ヶ所。こちらはかすった程度でひどいものではありません。心臓がかなり弱っています。危険な状態です。かなり激しい動きをしたんでしょう。こういうときは静かにしてなくちゃ」

ＩＣＵから出てきた若い医者が反町と具志堅に言う。

「後頭部に裂傷がありました。硬いものに強く打ち付けられた傷です。十二ヶ所ピンで止めておきました。数日後には取れますから、しばらく安静にする必要があります」

反町はＩＣＵの前に行き、ガラス窓から室内を見た。

数本の管につながれたチャンがベッドに横たわっている。

目を離すと次の瞬間には消えてしまいそうな危うい姿に見える。

「俺も見張ってます。今度は、逃がしたくないですからね」

具志堅も見張っていたいに違いなかった。絶対にこの男は逃がさない。

「フラーが。おまえも診てもらえ。二発食らっただろ。前は肋骨にヒビが入ってたんだろ」

反町は思わず顔をしかめた。具志堅の言葉で胸が痛み始めた。

深夜の病院はひっそりとしていた。

警備についている二人の制服警官は、一人は廊下の椅子に座り、もう一人はドアの前に立っている。

反町はＩＣＵの前の椅子に腰かけていた。やはり肋骨にヒビが入っていた。半年前と同じだ。

「どうだ」

顔を上げるとパジャマ姿の具志堅が立っている。

「具志堅さんこそ、寝てなけりゃならないんでしょ。二発撃たれたんでしょ。しばらく入院するって聞いてます」

「大袈裟(おおげさ)なんだよ。かすっただけだ」

言ったとたんに顔をしかめた。

両手に缶コーヒーを持った親泊がやってきた。

「あとは俺たちでやりますよ。休んでください。お二人とも、満身創痍(そうい)だ」

「あいつの見える所にいなきゃ、安心できないんだよ。消えてしまいそうで」

反町の言葉に具志堅が視線を病室の方に向けた。具志堅も同じ気持ちなのだ。

親泊も納得した顔をしている。

具志堅が病室に戻り、親泊が帰ってから、反町はそっとＩＣＵに入った。

二人の警官は何も言わなかった。逮捕の状況を聞いているのだ。

チャンの頭には傷を保護するネットが被せられ、腕には点滴の針が入っている。

反町はチャンの顔を覗き込んだ。目を閉じ、死んだように動かない。モニターに現れる山形の輝線のみが、この男がまだ生きていることを示している。

宮古島で感じた殺意の塊のような残忍さは消えていた。陽に灼けた顔と伸びた無精髭は、精悍(せいかん)さを与えているようにさえ感じる。狂気のような殺意は、不思議と感じられない。この男も無力の状態では、ただの中年男にすぎないのか。

反町は椅子を引き寄せてベッドの横に座った。

「死ぬなよ」

無意識のうちに呟いていた。

いつの間にか眠っていた。カタリ、という音に思わず目を開けた。チャンが自分を見ている錯覚に囚(とら)われたのだ。

反町は立ち上がり、もう一度チャンを見ると病室を出た。

第七章　楽園の涙

1

翌日の新聞には一斉にチャン逮捕の記事が躍った。

〈県警の快挙か。中国マフィアの逮捕〉

〈新たな国際犯罪の誕生か。一年前の惨殺事件、新たな犯人を逮捕〉

〈県警の捜査ミス。真犯人の逮捕〉

テレビも、朝からこのニュースを取り上げていた。

「沖縄県警は国谷トオル二十三歳殺害容疑で、中国国籍男性張鳳陽四十二歳を逮捕しました。この事件は一年前、橋本雅夫二十四歳を被疑者死亡として捜査を終了しましたが、その後、新証拠が発見されるにいたり、新たに捜査本部を立ち上げ、張鳳陽を国谷トオル殺害容疑で逮捕しました。なお、橋本雅夫につきましては、国谷トオルの財布、運転免許証、現金二百万円などを奪って逃亡中に運転操作を誤り、海中に落下し、死亡は間違いないと確定しています。今後、捜査の進展に応じて発表してまいります」

沖縄県警本部長は、記者会見で述べた。

その日の内に東京のキー局と全国紙、週刊誌の記者が那覇に押しかけ、沖縄県警本部とチャンが入院している病院の周辺とロビーはマスコミで溢れた。

チャンの逮捕以来、捜査一課は県警始まって以来の忙しさだった。特に、捜査一課長、刑事部長、本部長は連日、会議と記者会見に追われていた。


チャンの逮捕から三日がすぎた。

一時、生死の境を彷徨(さまよ)ったチャンは命を取り留めた。異常な生命力だと医師は言った。その後の回復は早かった。

しかしチャンは、医師や看護師の問いかけにもひと言もしゃべってはいない。

逮捕から一週間後、チャンは病院から那覇署の拘置所に移され、本格的な取り調べが始まった。だが病院同様、拘置所でも、ひと言も言葉を発していない。

これでは弁護のしようがないと、弁護士も呆れていると聞いた。同時に那覇署と県警捜査一課は、磯田殺害の立件にも動いている。


喜屋武と儀部誠次は県警の事情聴取を受けた。高田と麻耶の殺害に対して、トオルとの関係を調べるためだ。しかし、この事件もトオルの金銭目当ての犯行と結論が出ている。二人とも聴取を受けただけで、その後の進展はなかった。

　喜屋武はいつものポーカーフェイスで、具志堅と反町の前を歩いて那覇署から出ていった。儀部は病院での事情聴取だったが、ほとんどしゃべることはなかったと聞いている。事件は前回同様、トオルの金目当ての単独犯行と結論付けられた。


　チャンは午前三時間と午後五時間の事情聴取を受けたが、沈黙を続けている。

　県警はチャンの自白を求めて焦り始めていた。

　反町は具志堅とともに那覇署にいた。

「あの野郎、日本語が分かっていないのか。通訳がいるんじゃないか」

　取り調べを担当している比嘉が、反町と具志堅に愚痴を漏らした。実際、通訳と打ち合わせたが口を開くことはなかった。

「焦ることはない。拳銃の不法所持から始まって、警察官に発砲し傷つけている。殺人未遂、暴行、現行犯逮捕だ。トオル殺害は証拠もある。このままでも起訴できる。チャンが自白するなんて考えるな」

　具志堅にしては、正論を口にしている。

「廃墟ホテルでトオルを殺害したことは確かです。磯田の殺害現場からも、何か引き出せるはずです。トオルと磯田の殺人に関しても、十分起訴に持ち込めて、有罪を立証できます」

「動機は？」

具志堅の言葉に反町は黙った。トオルが高田から奪った金目的になっているが、フラッシュメモリーを狙ったのは明らかだった。しかし、あくまで推測であり、物証はない。

そのとき、親泊が飛び込んできた。

「チャンが話し始めました」

部屋中の視線が集中した。

親泊が困惑した顔で辺りを見回している。

「さっさと話せ。何と言ってるんだ」

「反町さんを呼べって言ってます。アロハのバカっぽい刑事って、反町さんですよね」

「なんで、反町なんだ」

「知りませんよ。とにかく、呼べって言ってます。話は反町さんとしかしないって」

戸惑った表情で言う。今度は視線が反町に移る。

チャンがうつむいていた顔を上げた。

病院のベッドに寝ていた時の顔が消え、薄ら笑いを浮かべた不気味なものに変わっている。

反町はチャンを正視した。チャンも反町を見つめている。完全な異常者と信じていたが、不気味さはあるものの意外と普通の眼をしている。この眼で、トオルと磯田を惨殺したのか。同時に喜屋武に聞かされたチャンの子供時代の話が頭をかすめた。あいつは、死の中で生きてきたんだ——。

「俺を呼べだって。自白する気になったのか」

チャンが反町の言葉を無視して、さらに反町を見ている。

「おまえが俺の命を助けたのか」

「刑事としてやることをしただけだ」

「なぜ、俺を助けた。毒を吸い出したんだってな。あれは効果ゼロだそうだ。毒の回りが速かったらしい。もう少し血清が遅れれば、危なかったそうだ。あのまま放っておけば俺は死んでいた」

「俺は刑事だ。死にかけてる人間は放ってはおけんだろ。どんな人間であっても」

チャンが反町を見つめる目をわずかにすぼめた。

「なんでだろうな。俺にはただのバカにしか見えない。威勢だけはいいが」

チャンがぽつりと言った。

「警察を辞めたら、自分のところに来いと、喜屋武が言ったそうだな」

「俺が警察を辞めるはずないだろ」

突然、チャンが笑い始めた。しばらく笑った後、突然真顔になって反町を見据えた。

「俺がトオルと磯田を殺した。これでいいか」

二人の話を聞いていた記録係が慌ててボールペンを握り直すと、書き始めた。

「詳しく話せ」

俺がトオルと磯田を——チャンが繰り返した。

「俺は罪を認めてるんだ。日本語で自白って言うんだろ」

反町は混乱していた。隣の部屋で見ている者たちは、さらに混乱しているだろう。

「おまえは、俺や具志堅さんのこと、必ず殺すと言ったらしいな。喜屋武から聞いた」

「今でも、その言葉は忘れていない」

「ちょっと無理だろう。日本の警察は香港とは違う。日本だけでも、二人殺してる。おまえは、ヤバいぜ」

反町は人差し指で自分の首の回りをなぞった。

「香港じゃ、もっとマズい。一人でも死刑だ。運が悪けりゃ何もしてなくても殺される」

チャンが反町を見つめて言う。笑みさえ浮かべた平然とした表情だ。

「ここは日本だ。法は護られる」

「俺は死なない。俺は常に殺す側だ」

チャンが両腕を机につけ、身体を乗り出して反町を睨んでいる。

「さっさと始めようぜ。何でも答えてやる」

「おまえは彰が儀部のところから持ち出したフラッシュメモリーを狙っていた。高田がそれを持っていると聞いてトオルを送ったが、持って帰ったのは金だけだった。拷問したが、無駄だった。間違いないか」

「トオルは呆れた野郎だった。初めは金のことも隠していたんだ。ちょっと痛めつけると泣きながらしゃべり始めたが。フラッシュメモリーなんてものは知らない。磯田はキャッシュカードの番号を聞き出すために痛めつけた。右手用の野球グラブを持っていたので、利き腕を痛めつけた」

薄ら笑いを浮かべて聞いていたチャンの表情が一変し、一気に話した。

そのときから、チャンは反町の取り調べに対してしゃべり始めた。特に殺害方法については必要以上に詳細に答えた。

チャンの取り調べが進んでいった。

反町が那覇署から県警本部に帰ると、周りを古謝と刑事たちが取り囲んだ。

「なんでチャンはおまえに話したんだ」

「知りませんよ。チャンに聞いてください」

反町も考えたが、特別なことは思いつかない。

「命を救われたって言ってました。ハブに噛まれたってことを俺が通報したからじゃないですか」

「おまえに感謝してるってことか。そんなに単純な野郎とは思えんがな」

年配の刑事が聞いてくる。

「それもチャンに聞いてください」

「聞きたいが、おまえ以外の者にはダンマリなんだ。よほど相性が合うんだな」

「やめてくださいよ。チャンはトオルと磯田の殺害を認めました。自白を裏付ける物証もあります。しかし、どちらもあくまで金目当ての犯行だと言っています。恐らく公判でも証言は覆らないでしょう」

反町は確信を込めて言った。

「黒琉会との関係は——」

「関係ないと言ってます。あの二人は自分単独でやったと。喜屋武との関係は勝手に調べろと。あいつの言う通りだと」

「死刑の可能性が大だということを知ってるのか」

古謝一課長が吐き捨てるように言う。

「あの男、チャンは人の命の重さなんて、考えたことないんじゃないですか。自分の命だって同様です。だから、ああいう残虐な殺し方も平気だったんじゃないですか」

反町は話しながらも、喜屋武の話を思い出していた。チャンは地獄で生まれ、地獄で育った。チャンにとってこの世界は現実感のない遊びのようなものだ。

喜屋武自身にチャンと通じるものがあるのだ。だから、お互い信じ合うことができる。具志堅の言葉の意味が納得できた。

大利根は警察の事情聴取を受けた後、東京に帰った。

しかし翌日には姿を消している。フィリピンに隠れているとか、すでに中国マフィアに捕らえられ、殺されたとか噂が流れた。新宿高層ビルのクラブで男たちが話していた、消えた七千万は大利根が持っていたという情報も入ってきたが、確かなことは分からない。中華レストラン〈睡蓮〉は、彼の妻がやっている。

ひと月がすぎたが、チャンは相変わらず反町以外の者には黙秘を続けていた。チャンが喜屋武のことを話すことはないだろう。チャンを心底信じているんだ――具志堅の言葉は当たっていた。

2

反町は赤堀とノエルと連れ立って、優子が入院している病院に行った。

昼前に親泊から、午後に優子が退院すると電話があったのだ。

病室に入ると、比嘉と親泊がいた。優子はすでに着替えも済ませ、窓際の椅子に座っていた。頭には白いニットの帽子をかぶっている。頭の傷を隠すためだ。彰がいると聞いていたが、姿が見えない。優子は医師と話していると言った。

「退院よかったわね。チャンも捕まったし」

ノエルが優子の前に行き挨拶している。優子は看護師や医師から、病院に運び込まれた時からノエルが警察との連絡役として付き添ってきたことを聞いている。意識が戻ってからも、ノエルを頼りにしていた。

反町は赤堀の制止を振り切って、優子に話し始めた。

「あんたを襲って怪我をさせたのは儀部の次男、敏之だろう。だからあんたは隠している」

「分かりません。とっさのことだったので」

優子は突然の言葉に視線をそらし、消え入るような声で言った。

「儀部は土地の権利証よりも、フラッシュメモリーを取り返したかった。売ってもいいし、自分で利用してもいい。とにかく、使い方を考えていた時に彰に盗まれた」

赤堀が無言で反町の言葉を聞いている。自分が言えなかったことを反町が言っていると思っているのか。

「敏之は儀部に一番近い者として、儀部の意向を忖度(そんたく)した。敏之はあんたの後をつけていて、大利根と会っているのを目撃した。それで、あんたがフラッシュメモリーを持っているかもしれないと思ってハンドバッグを奪おうとした」

敏之は優子を自分の母親を儀部の家から追い出した女として恨んでいる。彰に対しても、長男として財産に手を出されることを危惧している。しかし、反町は言葉に出しては言えなかった。

「もういいだろ。本人が分からないと言ってるんだ」

黙って聞いていた赤堀が反町の腕をつかんだ。

そのとき、ドアが開くと彰が入ってきた。

赤堀が反町と一緒に、彰を病院の喫茶室に誘い出した。彰は赤堀の頭を見て、素直に従っている。傷口を止めていたクリップは取ったが、まだ髪の生え方が、かなりおかしい。

「チャンは逮捕した。今後、どうなるか分からないが、シャバに出てくることはない。

あんたの身は安全だ」

「あんたが優子さんを護ってくれたのか。優子さんから聞いた」

「警察官としての義務だ」

「感謝してる」

　彰の顔には素直に感謝の気持ちが表れている。よほど、優子を心配していたのだ。

「しかし、私がそんな危険な男に狙われるなんて、未だによく分からない。警察のカン違いじゃないのか」

「あんたが親父の所から持ち出した、フラッシュメモリーが原因だと知ってるんだろ」

「あれは大利根さんたちのカジノ計画だって言ったはずだ。警察はすでに知っていることじゃないのか」

「とぼけるな。沖縄の過去、日本政府とアメリカとの密約が書かれているレポート。政治家の密談や、政財界、有名人の軍用地に関する不正な金の流れを載せたレポートだって話もある。捜しているのはチャンばかりじゃない」

　赤堀の言葉に彰の動きが止まった。一瞬の間があったが、彰が笑い出した。

「そんなことを信じているのか。よくある陰謀説だ」

「あんたはそれを高田に売ったのか。高田はフラッシュメモリーを狙って殺された疑いがある」

彰の顔色がわずかに変わったのを反町は見逃さなかった。

「いずれにしても、ここは闇の多いところだ」

赤堀の言葉に彰が顔を上げた。初めて見る怒りの表情が浮かび、赤堀を見据えている。その目は反町にも向けられた。

「あんたらに何が分かる。お二人も、そこらの観光客と大して違いはない。いずれは本土に帰るんだろ。沖縄は腰掛けだ。美しい空と海。珍しい食べ物。日本本土とはチョット違った、南国の楽園。その程度にしか考えていないんだろ」

反町に返す言葉はなかった。初めて沖縄に来た時に抱いた感情がそうだったのだ。しかし今は――。

「この土地は琉球人の血と汗と涙がしみ込んでいるんだ。本土の人間なんかに、理解できるはずがない。現在の沖縄は江戸時代からの苦難の積み重ねだ。本土から搾取され、差別され続けてきた。そして、戦中戦後は本土の代わりにアメリカと戦い、アメリカの基地を受け入れている。沖縄の真の歴史を知らないで批判なんて迷惑な話だ」

彰の表情と声には怒りが満ちていた。それは目の前の反町と赤堀とともに、本土の日本人全員に向けられているものに違いない。

反町は照屋校長の話を思い出していた。

「そろそろ時間だ。私たちは明日、東京に発つ。その用意をしなきゃならない」

彰が時計を見て立ち上がった。

反町、赤堀、ノエルの三人は、優子と彰を送って病院のロータリーに出た。走り始めたタクシーが停まり、優子が降りてきた。優子が赤堀に近づき何ごとか話している。赤堀は優子を見つめて突っ立ったままだ。優子が赤堀の手を握った。優子はそのままタクシーに戻ると、タクシーは走り去っていった。

赤堀が複雑な表情でそれを見つめている。

もう少し親泊と話していくというノエルを残して、反町は赤堀を促して病院を出た。県警本部が見え始めたとき、反町はコーヒーショップの駐車場に車を入れた。

「優子と何を話していた。おまえ、何かを受け取っただろ」

反町には答えず、赤堀がカバンからノートパソコンを出して、フラッシュメモリーを差し込んだ。

数枚の写真が現れる。渡嘉敷沖縄県知事だ。音声データも入っている。

赤堀は無言で写真を見つめている。二人の男が寄り添って歩きながら話している写真だ。料亭で向かい合って談笑している写真もある。相手の男は――。

「やめてくれよ。こいつら、犬猿の仲のはずだろ」

反町が呟く。

赤堀がキーを操作すると男の顔が拡大される。伊計真司だ。沖縄有数の建設会社の社長だ。埋め立て用の砂利の採掘場を持ち、埋め立て工事に実績のある会社だ。

赤堀が次のファイルを開いた。

申し訳ないね――。困ってるときはお互い様だ――。いずれお返しはする――。ユイマール、ユイマール――。かすかな声が流れてくる。ユイマールとは沖縄言葉で、「助け合い」の意味だ。

「なんで二人が親しそうに話している。知事は基地移転に反対なんだろ。伊計は基地建設の急先鋒のはずだ。こんなのが公になると、マスコミが騒ぎ出す」

「二年前の沖縄知事選で不正政治献金が問題になった。あの時は、知事が勢いに任せて押し切った。おまけに献金側が伊計だったので、マスコミもまさかと思ってた。しかし疑惑は未だにくすぶったままだ」

沖縄は昔も今も、基地移転でもめている。おそらく将来もだ。

現在の渡嘉敷知事は革新系で、沖縄の米軍基地集中に否定的な態度を示して、常に政府と対立してきた。二年前の選挙では、政府は保守系の玉城勇也を応援したが、渡嘉敷がオール沖縄の意思を掲げて逃げ切った。

当時、選挙資金に困っていた渡嘉敷は、地元の建設会社から政治資金を受け取ったとの噂が立った。しかし、明確な証拠は何もなかった。渡嘉敷が勝ってからは、その噂も鳴りを潜めている。

反町の脳裏に統合型リゾート施設建設開発の計画書が浮かんだ。あの中の手書きのキーパーソンという言葉が指す人物は——。

「確かに爆弾だ。これで沖縄の政治の流れが変わる」

赤堀が呟いた。

「知事の違反献金を立証できるモノなのか」

「厳しいところだ。しかし、こんなものがマスコミに流れると、知事の立場は圧倒的に悪くなる。議会は大荒れだ。下手をすると、知事辞任だけでは済まない。これをチラつかせば、誰の言うことも聞かざるを得ない。金の受け渡しらしい写真と、そのときの録音テープもある」

「優子がおまえにこれを渡したのか」

「彰が俺に渡してくれって、優子さんに預けたそうだ」

「優子を助けたお礼ってわけか」

赤堀がフラッシュメモリーを見つめている。

「おまえが追ってたのは、これだったんだな」

反町の言葉に、しばらく考え込んでいた赤堀が話し始めた。

「去年の今ごろ東京から二人が僕のところに来た。内密に頼みたいことがあると言って」

赤堀が軽い息を吐いた。

「沖縄から東京に来た男がフラッシュメモリーを売りたがってる、という情報が公安に入った。硬直した基地移転問題を含めて、沖縄に関する問題を解決に導く重要な情報だと聞かされた。下手をすると、日本の政財界を揺るがすものとなるって。僕は飛びついたよ。東京に帰れるチャンスだと思った。確かに、基地反対の急先鋒の渡嘉敷知事のスキャンダルだ。これで知事は失脚する」

「その沖縄から来た男が儀部彰だったというわけか」

「僕が捜査中の軍用地の権利証と実印の持ち逃げ事件の当事者だった」

「おまえは、土地取引事件を追ってるように見せかけて、そのフラッシュメモリーを追っていた」

「両方だ。だが、儀部にとって土地の権利証などどうでもよかった。それをエサにして、警察にフラッシュメモリーを捜させたんだ。しかし彰が高田に売ったと思ったんだろうな。それで彰の告訴を取り下げた」

「今度はトオルを使って高田からフラッシュメモリーを取り戻そうとした。だが、そうではなかったということか」

赤堀はかすかに頷いた。

「これで僕もやっと警察庁に帰ることができる。残念だよ、沖縄を離れるのは。おまえたちとも、別れなきゃならない」

言葉とは裏腹に反町に向けられる赤堀の顔は高揚で赤らみ、嬉しさを隠し切れない様子だ。

「チャンはなぜフラッシュメモリーを狙ってた」

「これもやはり、東京からの情報だ。新宿高層ビルでの密会は、カジノ付きの統合型リゾート施設の建設計画の話だ。中国資本が中心になって、具体的になっていたが、カジノの部分だけが停滞していた。建設地の知事の認可が必要だった。しかし、渡嘉敷知事はカジノには否定的だった。そんな時、儀部から黒琉会に、高田からフラッシュメモリーを取り戻してほしいという依頼があった。儀部は彰が土地の権利証と一緒にフラッシュメモリーを売ったと思っていたんだ。そのフラッシュメモリーには知事に影響を与える情報が入っているという噂だった。喜屋武からその話を聞いたチャンたちにとっては、渡りに船だ。それで、急きょ、手を打ったんだろ」

「だが、高田はそんなもの持ってなかった。一年後、再びフラッシュメモリーが現れた。彰は高田には売ってなかった。今度は大利根に売ろうとしたが、中国資本と通じているのを知って怖くなって身を隠した」

「チャンはフラッシュメモリーを手に入れて、それを使って頓挫している統合型リゾート施設建設を早めようとした。ついでに、うまくいけば我々に復讐できると思った。そのため、危険を冒してまで香港から東京に入った」

反町の言葉に赤堀が頷く。

「そのフラッシュメモリーをどうするつもりだ」

「これは、優子さんが僕にくれたものだ」

「否定はしてない。しかし、彰が儀部から盗んだものだ。彰には荷が重すぎたということか」

「儀部から出ている被害届は、土地の権利証と実印だけだ。このフラッシュメモリーは、まともなルートから手に入れたモノじゃない。正当なものなら、被害届を出している。だが、そんなことはどうでもいい」

「東京の二人に渡すつもりか」

赤堀は答えない。

3

赤堀と別れた後も反町の脳裏からは、赤堀の話が離れなかった。

下宿に帰る前に県警本部に顔を出した。

反町が部屋に入ると、具志堅がパソコンと睨み合っていた。最近はパソコンの前にいる時間がますます増えている。タブレットも始めたらしく、外出時にはデイパックを重そうに背負っている。

「お孫さん、大きくなりましたね。何歳でしたっけ」

「三歳になった。言葉もだいぶ覚えた。俺たちが歳とるわけだ」

反町がパソコンを覗き込むと、しみじみとした口調で言う。

具志堅が大きく伸びをして、身体を回して反町と向き合った。

「下宿の婆さんとはうまくいってるか」

突然聞いてきた。

「いつも通りです。俺の自由にさせてくれてます」

「八十七歳って言ってたな」

「八十八です。二ヶ月前に誕生会をやりました。近所の人が集まって、ちょうど俺もいたので、一緒に飯を食いました。知らなかったんで、何のプレゼントも買ってなくて」

「若いのがいるだけで楽しいんだよ、婆さんたちにとっては」

誕生会で言われたようなことを具志堅も言っている。

「年寄りは大事にしろよ。時間のある時でいいから、話は聞いておけ」

具志堅が前にも言ったことを繰り返すと、パソコンに向き直った。

その夜、数日振りに反町は下宿に帰った。

デッキの椅子に座って、波の音を聞きながらビールを飲んでいた。月明かりの下に、海がさざめくように輝いている。

闇に広がる海を見て、波の音を聞いていると、ここ数年の様々な思いが湧き上がってくる。ノエル、赤堀、ケネス、そして具志堅――愛海に会いに行こうか。彼女は自分を受け入れてくれるだろうか。また、サーフィンも始めたい。

カタンという音に振り向くと、下宿のオーナー、宮良よし枝がデッキに出てきた。

腰は曲がっているが、まだ裏の小さな畑で野菜を作っている。

右足が不自由なのは歳のせいではなく、先の沖縄戦で受けた傷の後遺症だと聞いている。

この下宿に住み始めた頃、夏でも長袖を着ているので、暑くないかと何の考えもなく聞いたことがある。よし枝はわずかに顔を曇らせ、何も言わず視線をそらした。以来、よし枝の身体については聞いたことがない。やはり、戦争の傷跡ともいえるものなのだろう。

独身を通してきたことも、身体のことに関係があるのかもしれない。顔立ちから想像すると、若い頃はかなりの美人だったはずだ。

初めて会ったのは大学一年のときだから、十年来の付き合いになる。

「帰えってたんか。声かけてくれれば、夕飯、作ってあげたんに」

「食べました。テイクアウトのハンバーガーですが」

テーブルの包み紙を目で指した。

「座りませんか」

具志堅の言葉を思い出して、よし枝の前に椅子を出した。

よし枝は頷いて腰を下ろした。陽に灼け、深く刻まれた顔のしわ、沖縄のオバアという顔をしている。

「お巡りさんが怪我したって聞いたけど、あんたも気つけるんよ」

海の上に月がのぼっている。

反町は泡盛とグラスを二つ持ってきてテーブルに置いた。

誕生日によし枝が飲んでいたのを思い出したのだ。

「ウチナーでは、いつも女が損する。損得の問題じゃないんだろうけど」

ウチナー、沖縄という言葉が自然な響きとなって反町の心に入ってくる。

「この辺りは静かでいいですよ。基地周辺はデモで大変だ」

「あんた、少しは勉強してえた方がいい。ウチナーでお巡りをやるなら、かならず知ってえてほしいことが山のようにある」

反町がよし枝の言葉に多少的外れな受け答えをしても、気にするそぶりは見せない。言葉より心で理解するのか。

だがこの数年で、よし枝の本格的な沖縄言葉が半分程度は分かるようになっている。初めて聞いたときはほとんど理解できなかったが、会話に不自由することはなかった。お互いに分かり合おうとする心さえあれば問題はない。よし枝も反町相手には、時にわざと強い沖縄訛りの言葉を使うことがある。

「ウチナーは江戸時代から特別な歴史を持ってる。ヤマトの人は、知ろうともしないからね」

反町の脳裏に彰が病院の喫茶室で見せた怒りに満ちた表情が浮かんだ。この土地には琉球人の血と汗と涙がしみ込んでいる。いずれ本土に帰る腰掛けの人間なんかに、理解できるはずがない。彰の叫びが耳元で響いた。

よし枝が話し始めた。今日は意識して分かりやすくしゃべっている。

「もともとウチナーは、琉球という独立国やったんよ。あんたや知っちょるでしょうけど」

戦中戦後の話は大学時代に読んだが、そこまで昔となると県警の採用試験を受けたときの付け焼刃だ。

今夜のよし枝は饒舌（じょうぜつ）だった。顔が少し赤いのは、ライトの光より、酔っているせいかもしれない。

月明かりの下、時折り一人で飲んでいるのを見たことがある。

江戸時代およそ四百年前、それまで中国、明朝の体制下にあった琉球は、薩摩(さつま)藩によって軍事的に制圧された。以来、薩摩藩は琉球を通して密貿易による富と、海外の情報を手に入れるようになる。十九世紀後半、幕府がたおれると、薩摩藩出身者が明治政府の要職に多く就いた。

琉球は廃藩置県によって、それまで施政を行ってきた中山(ちゅうざん)王府を廃し、沖縄県となる。その後、日清戦争によって日本政府の主権が確立した。

しかし本土と平等というわけではなく薩摩藩時代の人頭税は継続し、参政権の付与も二十年以上後になっている。

「それに、戦中、戦後もヤマトと平等じゃねえかった。ウチナーを語るにはウチナーの歴史抜きには語れないんよ。あんたも分かっとると思うけど」

よし枝は泡盛を飲みながら、ゆっくりとしゃべった。

一九四一年に太平洋戦争が始まりアメリカ軍の攻撃が激しくなると、十五万人の県民の島北部への集団疎開が行われた。その間には、琉球語の会話が禁止され、方言を用いた者にスパイ容疑がかかるといった問題も起こっている。

一九四五年にアメリカ軍が本島に上陸すると、戦闘によって沖縄人口四十二万人のうち十二万人が戦死するという悲劇が起こった。その大部分が民間人だ。

さらに戦後はアメリカによる軍事占領が続き、一九七〇年代にようやく返還された。しかしその後もアメリカ軍の基地は残り、極東アジアに対する軍事拠点としての役割は継続している。

ベトナム戦争では出撃基地となり、現在も面積の一五パーセントは米軍基地がある。航空機の墜落、騒音、米兵の関係する犯罪など、多くの問題が発生している。

「沖縄はやっぱり、特別な地域なんでしょうね。江戸時代から現在に至るまで、本土に翻弄され続けている」

反町が言うと、よし枝は頷いている。

戦時中は本土の盾にされ、戦後も様々な理由を付けてその状態は続いている。

「今は自由に話せることになったけど、戦後数十年間はひどかった。米軍はやりたい放題。そういうこと、ヤマトの人たちは、どれだけ理解してるか」

よし枝はポツリポツリと話した。沖縄の老女の言葉が反町の心に沁み込んでくる。

ふっと愛海の顔が心に浮かんだ。美しく悲しみに満ちた顔。沖縄の涙を一身に背負って生きてきた女だ。今ごろは――。

反町は時折り相槌（あいづち）を打ちながら、よし枝の話を聞いていた。

〈過去の亡霊の再来、県警の復権か〉

〈沖縄県警の快挙か失態か〉

〈これで解決か、一年前の惨殺事件〉

新聞やテレビの扱いは様々だった。しかし、フラッシュメモリーについてのマスコミ発表はなかった。警察庁と検察庁はどう扱うつもりなのか。

チャンの逮捕から半月もたつと、マスコミの興味は次の事件に移っていった。普天間の辺野古移転が進んでいるところに、朝鮮半島の新たな火種に対してオスプレイの配備拡大が決まったのだ。

連日のデモが辺野古や普天間基地、県庁周辺で繰り返されている。米軍基地問題を含めて、沖縄をめぐる政治情勢が大きく変わる予感がしていた。

4

海からの風が吹いてくる。

穏やかな風だが、それでも昼間溜まっていた熱を吹き散らすようで心地よかった。

反町、赤堀、ノエル、ケネスの四人は、海辺のカフェテリアのテラスにいた。

反町と赤堀は、事件の報告書作りに連日泊まり込みや深夜までの残業が続き、久し振りに集まったのだ。

ヤシの木が月明かりの中で南国の雰囲気をかもし出している。闇の中から波の音が聞こえてくる。全員がどこかボンヤリした顔をしていた。

反町の脳裏には、昨夜のよし枝の声が残っている。その声は暗い海のように身体の奥にまで流れ込んで、細胞の中にまで沁み込んでくる。

「このまま時間が止まればいいのにな」

反町は誰にともなく言ってから、赤堀に視線を向けた。

数秒の間の後に、赤堀が頷く。

「儀部さんが優子さんとの離婚を受け入れた」

ノエルがポツリと言った。赤堀がノエルを見た。彼は知らなかったのだ。

「優子さんが儀部さんに電話した。自分を襲ったのは敏之さんだって。敏之さんのことを黙っている代わりに、離婚をしてくれって」

ノエルが眉根を顰（ひそ）めて話した。

「儀部がそれを呑んだのか。優子にあんなに執着してたんだぞ」

「呑まざるを得なかったんじゃないの。儀部さんの家を任せられるのは、今となっては敏之さんしかいない。彰さんは家に戻る気はない。ここまでこじれたらね。それに、彼の性格からして、儀部さんの事業を継ぐには向いてない」

「女と家。儀部は家を取ったってわけか。沖縄らしい。それに、あの身体じゃな。いくら若くて綺麗な嫁さんがいてもな」

「おまえという奴は――」

赤堀が反町を睨む。

「優子さんと彰さん、今朝、東京に発った。空港から優子さんが電話をくれたの。初めから一緒に行けばよかったって。私には真実を言っておきたかったんだって。赤堀さんと反町さんに、ありがとうって。彰さんからもね」

ノエルが反町と赤堀を交互に見た。赤堀が複雑な顔をしている。

「私が知る限り、彰さんが一番まともな神経をしてる。きっと優子さんを幸せにする。これでよかったんじゃないの」

「あの野郎、俺にはよく分からない奴だった。沖縄を憎みながらも愛している。愛しながらも憎んでいる。基地を利用して裕福な生活をしている父を憎んでいる。しかしその父の財力でなに不自由なく暮らし、最後も親父に頼らなければならなかった。意気地のない奴だ。だが、その親父も戦後の占領時代には、アメリカにひどい目に遭わされている。じいさんは戦争で家族と親族を亡くしている」

「それが沖縄なのよ。ウチナーンチュ、沖縄人の宿命」

ノエルがしみじみとした口調で言う。ノエルも沖縄、そして父親に対して相反する感情、愛情と憎しみを持っているに違いなかった。

ケネスが興味深そうな顔で三人の会話を聞いている。

反町はノエルの言葉に反論しようとしたがやめた。自分はまだ、沖縄の心の奥底は分かっていない。反町は無意識のうちに胸に手をやった。まだ違和感がある。

「喜屋武はなぜ、逮捕されないんだ。チャンの行動は知っていたはずだ。それに助けてる。一課は何を考えてる」

赤堀が反町を見て言う。

「法律はおまえの方が詳しいだろ。チャンはすべて単独でやったと言ってる。それを覆す証拠はない。喜屋武はやはり頭がいいんだ。独学で法律を勉強したと具志堅さんが言ってた。中学高校時代も自分より成績はずっとよかったって」

「具志堅さんと喜屋武は何があったの。うちの課に具志堅さんと同期の人がいるんだけど、それとなく聞いても知らないって。あんた、相棒でしょ。何か聞いてるでしょ。教えなさいよ」

ノエルが好奇心満々の顔で反町を覗き込み、肩を拳で叩いた。全身に痛みが広がる。

「やめろよ、まだ痛いんだから」

胸の傷が痛み始めた。去年の秋に、やはり防弾ベストの上から撃たれた傷とほぼ同じところだ。前回と同じく今度も肋骨二本にヒビが入っている。

「鍛え方が足りないのよ。それとも歳とったから。一年だけど」

反町には反論のしようがない。ノエルも去年同じように、防弾ベストの上から撃たれたが、痛みだけの反町に対して肋骨が二本折れていた。

反町はオリオンビールを一気に飲み干した。沖縄の味が全身に広がる。ルートビアよりはるかに美味い。

赤堀に身体を向けた。

「新宿、高層ビルの男たちはどうなった。大利根のほかに日本人の政治家が一人に中国人が二人いただろう」

「忘れろ。あの映像と音声は、公安が非公式に入手したものだ。公的にはないと同じだ」

「警察機構の盗聴に盗撮か。こっちの方が犯罪だな。脅しには使えても、裁判には使えないってことか」

赤堀が反町を見て頷いた。

統合型リゾート施設建設の話は消えたわけではない。中国資本が中心となって動いている。しかしこれも噂だけで、明確な話はない。

「いずれにしても東京の奴ら、大騒ぎだろ。おまえの大手柄だ」

「我々の捜査は地道な捜査だ。中国資本は一時は引いたが、すぐにまた戻ってくる。国際感覚の違いだろうな」

　赤堀が感慨深げに言うと、海の方に視線を向けた。

「香港政府からチャンの身柄受け渡しの要請が来てる。警察じゃなく、政府から政府にだ。東京の後輩から連絡があった」

　赤堀が一瞬躊躇したが、遠慮がちに口を開いた。

「そんなの無理な話だろ。日本の事件の裁判だけで数年かかる。どうせ、死刑は免れない」

「分からんぞ。チャンは僕たちが思っているより、はるかに大物かもしれない。国際犯罪にも多く関係している。日本での逮捕を機に、今までの犯罪を一気に暴こうとしてるのかもしれない」

　チャンは日本で裁く――反町は出かかった言葉を呑み込んだ。だが、中国はもとより、アメリカの様々な犯罪にも関係しているはずだ。

「日本の事件の解明が終わったら、香港に移送される可能性はある。そのあたりは政治判断だ」

　赤堀が考えながら言う。

　日本、中国、アメリカ。裏では様々な取引が行われているのだろう。反町はふっとノエルの父親のことを思い浮かべた。彼も今はアメリカのはずだ。

「奥は深いわよ。何年、何十年かかるかもしれない」

「どうせ、シャバには出られない」

当然のこととして言った言葉だが、チャンの顔を思い浮かべると現実感のない言葉のような気もする。チャンの表情は余裕と自信にあふれていた。とても、死刑判決が待っている男とは思えなかった。単なる強がりで、表面的なものなのか。それとも、あの男の中では自分を含め、人の生き死になどどうでもいいのか。

「いずれにしても、もう俺たちの手を離れてる」

反町は赤堀を見た。

「教えてくれ。おまえが中城から電話してきたとき、新垣部長に何と言ったんだ。部長はおまえと話した後、黒琉会のガサを中止して廃墟ホテルに行くよう指示した」

「僕はクビをかける。チャンがいることに。これは重い。声が震えたよ」

「自分で言うか、バカが」

準キャリアがクビをかけた言葉だ。よほどの思いがあったのだ。だから新垣刑事部長もその気になった。

「おまえの警察庁復帰はどうなった。送別会は盛大にやってやるよ」

赤堀が何も言わずビールをあおった。ケネスが不思議そうな顔で見ている。

「帰る」

赤堀が立ち上がると、店の外に歩いていく。足元が少しふらついている。

「おい待て。もう少し飲もうぜ」

足にノエルのキックを受けた。

「放っておいてあげなよ。あれが彼なりの喜び方なのよ」

ノエルが、本当にデリカシーのない男と呟いている。

月明かりに海面がぼんやりと浮かび、楽園の輝きを見せている。

「ねえ、愛海ちゃんに会いに行かないの。彼女、きっと待ってるよ」

ノエルが反町の耳元で囁く。

愛海の寂しさに満ちた瞳が蘇ってくる。反町といるときは、その寂しさがいく分かは癒されたのだろうか。近いうちに休みを取って東京に行こう。そして、愛海に会おう。

「私も帰る。久し振りにママとでも飲むか」

ノエルが立ち上がった。

波の音が静かに聞こえる。

ガジュマルの葉が涼しそうな葉音を立てて揺れた。

月明かりの中をオスプレイの機影が太平洋に向けて消えていった。

解説

西上心太

二〇一八年の新春に、長谷川博己主演で「都庁爆破！」が放送され話題を呼んだ。このテレビドラマと同名の原作を書いたのが、本書の著者高嶋哲夫である。『都庁爆破！』（二〇〇一年）はテロリストとの闘いをメインにしたパニック型のサスペンス小説であるが、高嶋哲夫の名を成さしめたのが、自然災害をテーマにした一連の作品であることに異を唱える者はいないだろう。

すなわち、首都東京を直下型地震が襲う『M8』（〇四年）、近い将来必ず起こるといわれている東海地震、東南海地震、南海地震の三つが連続して起き、その結果、太平洋沿岸を巨大津波が襲う『TSUNAMI 津波』（〇五年）、夏以来の大雨によって保水力が限界に達した日本に、合体した巨大台風が襲来する『東京大洪水』（〇八年の単行本刊行時のタイトルは『ジェミニの方舟　東京大洪水』）の三作である。いずれも集英社文庫から刊行されているので一読をお勧めする。

『TSUNAMI 津波』で描かれた光景は、不幸にも東日本大震災という現実で直面することになった。『M8』で描かれた三つの地震への対応は焦眉の急であることは論をまたない。そして『東京大洪水』も現実が追いつき始めている。この作品のストーリーは、巨大台風が東京を直撃する進路を取ることになり、下町を流れる隅田川と荒川の堤防が決壊の危機にさらされるという内容だった。つい最近、高潮や大潮の時に二つの川の堤防が決壊した際、東京区部の浸水状況がどうなるかという研究が進められているという新聞記事があったのだ。これらの話題作を見るにつけ、書くべきテーマを選択する高嶋哲夫の作家としての嗅覚が優れていることがわかるだろう。

しかも作者は単なる興味本位でこのようなテーマを選んでいるわけではない。避けることのできない自然災害に対し、少しでも被害を少なくするため、愛する者たちを一人でも多く救うため、人智を振り絞り行動する者たちの姿を浮き彫りにしていくのだ。そのようなドラマ作りがしっかりしているからこそ、読者の共感を呼ぶのである。

そんな作者が新たなジャンルに挑み始めた。それが沖縄県を舞台にした警察小説〈沖縄コンフィデンシャル〉シリーズなのだ。

本書を含め高嶋哲夫はこれまでに五冊の警察小説を書いている。そのうちの三作が本シリーズであるが、最初に書いた警察小説が『追跡　警視庁鉄道警察隊』（〇九年）であった。鉄道警察隊よりも、その前身である鉄道公安官（正式名称は鉄道公安職員）という名称の方がなじみがあるかも知れない。日本国有鉄道に属していた鉄道公安官が、国家分割民営化に伴って一九八七年三月三十一日に廃止され、その代わりに警視庁及び各都道府県の警察本部に所属する鉄道警察隊が設置されたのである。

ところがこの鉄道警察隊が唯一存在しない県がある。そう沖縄県である。沖縄には戦後鉄道がなく、当然ながら国鉄民営化の際に、鉄道も公安官も存在していなかった。ようやく二〇〇三年になって、沖縄都市モノレール線（ゆいレール）が開業したが、小規模であるため、鉄道警察隊は置かれていないのだ。初のシリーズとなった警察小説の舞台が、その沖縄県というのも、ちょっと面白い偶然である。ちなみに瀬戸内海を望むO県警生活安全部の特別チームの活躍を描いたのが、二作目の警察小説『フライ・トラップ　JWAT・小松原雪野巡査部長の捜査日記』（一三年）で、小松原雪野と『追跡』の主人公小松原梓（あずさ）とはいとこ同士という趣向が凝らされている。

さて本書『楽園の涙』は〈沖縄コンフィデンシャル〉シリーズの三作目である。既刊に『交錯捜査』（一六年）、『ブルードラゴン』（一七年）がある。実はこの三作は三部作と考えた方がいい。本書だけでも面白さは保証つきなのだが、一作目から通して読むと、事件の背景や、登場人物たちが抱える問題がいっそう理解できるからである。

このシリーズの面白さと特徴はいくつもあるが、まず一つ目が登場するキャラクターたちのチームワークだろう。主人公は沖縄県警捜査一課の反町雄太（そりまちゆうた）巡査部長だ。反町は東京生まれだが大学生時代に初めて訪れた沖縄にすっかり魅せられ、大学卒業後は沖縄でバイトをして暮らし、一年後に沖縄県警に職を得たのである。〈おばあ〉が経営していた元民宿の部屋を借りて、自転車で通勤している。サーフィンが趣味のため、真っ黒に日焼けしている二十九歳の若手刑事である。

県警の刑事部刑事企画課国際犯罪対策室に所属しているのが、反町と同期の天久(あめく)ノエルだ。反町と同じ巡査部長だったが、本書ではいち早く警部補に出世している。彼女は沖縄生まれ。母は日本人、父は黒人と白人のハーフの元海兵隊少尉。幼いころ父親は失踪し、母一人の手によって育てられてきた。留学経験もあり、英語はネイティブ並みという語学力を持ち、優れた空手の遣い手でもある。

そして捜査二課所属の赤堀寛徳(あかぼりひろのり)警部は大阪出身。反町たちより一歳年下だがすでに警部であるのは準キャリア警察官で、出世が早いからだ。しかし東京とキャリアに対してコンプレックスを抱いており、一刻も早く警察庁に戻りたいと思っている。

最後の一人がアメリカ海兵隊に所属するＭＰ（ミリタリー・ポリス）のケネス・イームス軍曹だ。もともと仕事上でノエルと交流があったが、アメリカ軍基地となっている土地問題がテーマだった『交錯捜査』で、反町たちとも親しくなったのだ。この四人が所属や立場の違いを超え、ある時はぶつかり合いながらも、複雑にからみ合った事案に肉薄していくのだ。

沖縄を舞台に、警察小説を書くには覚悟がいる。警察小説はもとより現実により添った事件を描く必要がある。他の地域と比べ、はるかに状況が複雑な、沖縄という地とがっぷり四つに組み合わなければならない分、ハードルが高いのだ。この沖縄の特殊性をストーリーに盛り込んでいるのが、第二の特徴である。

一作目の『交錯捜査』で浮上したのが、アメリカ軍基地問題だった。基地に使用されている土地取引にからんで起きた殺人事件、暗躍する沖縄唯一の暴力団黒琉会（こくりゅうかい）、彼らと提携する中国マフィア、そして日本政府から毎年多額の借地料が支払われる土地所有者たち。作者は物語の中で、基地に収用された土地は、超優良な金融商品であることを明らかにする。毎年数パーセント値上がりし、しかもメンテナンスも不必要なのだ。金融機関は基地の土地を担保にするのなら、たちどころに多額の融資をするという。あまりマスコミの口の端に上らない話題が、作品のテーマとして横たわっているのだ。

もう一つが人種をめぐる問題だ。天久ノエルは混血である。父親は海兵隊に所属していたジェームス・ベイルという少尉だったが、ノエルが幼いころに母子を捨てて姿を消してしまっていた。しかもその失踪には軍機に関わる問題があるらしいのだ。ノエルが警察官になったのも、父の行方を知りたいという欲求があるからだ。ノエルは常に自身のアイデンティティの問題と向かい合っているのだ。さらにもう一人の女性も重要な役割をはたす。ノエルの外見は母親の血が濃く出たが、彼女と幼なじみの愛海（あいみ）は漆黒の肌で生まれた。そのために子供のころからずっと差別を受けてきた。ノエルは差別に対抗するため空手に精進し、愛海を守ってきたという経緯がある。

二作目の『ブルードラゴン』は危険ドラッグの蔓延（まんえん）が物語のテーマとなる。捜査の過程で愛海と知り合った反町は、愛海に好意を抱き始める。そしてノエルは危険ドラッグの製造と密売を広げる中国マフィアと父親との関係に気づいていく。

本書は先の二作で一応の解決は見たものの、反町たちにとって心残りだったもろもろの問題に決着がつく。

ショッピングセンターの駐車場で、ひったくりに抵抗した女性が転倒して頭を打ち、意識不明になる。急遽（きゅうきょ）呼び出された反町は、女性の身元を聞いて驚く。軍用地の大地主である儀部誠次（ぎぶせいじ）の三番目の年若い妻、優子（ゆうこ）だったのだ。優子は誠次と仲違（なかたが）いしている長男の彰（あきら）と男女の仲になっていた。さらにバッグの中には三百万円が入っていた。ただのひったくり事件とは思えない反町と、ベテラン刑事の具志堅正治（ぐしけんしょうじ）が捜査を進めていくと、その現金は『交錯捜査』で怪しげな動きをしていた、東京でレストランを経営する大利根富雄（おおとねとみお）から受け取っていたものと判明する。水面下ではアメリカ軍から返還される土地の開発をめぐる大金がからんだ計画があった。そして多くの事件を起こしながら、政治的判断で捕まえることができず、国外に逃れていた香港マフィアのジミー・チャンが戻っているらしいという情報も入る。楽園の影でうごめく陰謀に反町らは挑んでいく。

先述したように、反町は明るい太陽と美しい海の沖縄に魅せられている。しかし江戸時代は薩摩藩からの搾取や圧政に苦しみ、第二次大戦では戦場となり多くの民間人が犠牲となった。そして戦後はアメリカに占領され、日本に返還された後もアメリカ軍の基地が島の多くを占めている。沖縄は平坦でない歴史を刻み、地獄を見てきた島なのだ。ある登場人物はいう。

「沖縄は亜熱帯、南国のエキゾチックな楽園なんです。しかし、涙を流し続けてきた楽園です。その涙の部分なんて考えたこともないでしょう」

異邦人の反町には、沖縄の、そしてウチナーンチュの苦しみは、心から理解することはできない。しかし沖縄の現実がからんだ事件を通じて、反町は徐々にその理解度を深めていくのだ。それはこのシリーズを読むわれわれ読者も同じことだ。高嶋哲夫は沖縄が舞台となる警察小説を書くことで、〈ウチナーンチュ〉以外の人間が考えなくてはならないことを、示してくれたのである。

ところでわたしはこの三部作は「スター・ウォーズ」のエピソードⅣ〜Ⅵのような気がしてならない。反町の先輩であるベテラン刑事具志堅正治と、彼の幼なじみで黒琉会ナンバースリーの喜屋武泰の二人は、この三部作の名脇役であり、重要な役割を負っている。この二人は、かつて親友であったが、ある時に仲違いしてしまい、まったく別の道を歩むようになったのだが、その詳細はまだ語られていないのだ。

作者には「スター・ウォーズ」のエピソードⅠ〜Ⅲのように、過去にさかのぼり二人をメインにすえた作品を書く計画があるのではないだろうか。それを語ってから再びエピソードⅦに相当する現代編が登場するのでは……。そんなことを夢想するほど、このシリーズには重要なテーマと、わくわくさせられる要素がつまっているのだ。はたしてわたしの夢想は実現するのか、楽しみでならない。

（にしがみ・しんた　書評家）

集英社文庫

沖縄コンフィデンシャル　楽園の涙

2018年５月25日　第１刷　　定価はカバーに表示してあります。

著　者　高嶋哲夫

発行者　村田登志江

発行所　株式会社　集英社
東京都千代田区一ツ橋2-5-10　〒101-8050
電話　【編集部】03-3230-6095
【読者係】03-3230-6080
【販売部】03-3230-6393（書店専用）

印　刷　凸版印刷株式会社

製　本　加藤製本株式会社

フォーマットデザイン　アリヤマデザインストア　　マークデザイン　居山浩二

ISBN978-4-08-745742-1 C0193